FANATICISM HUNTER

광신사냥꾼

류승현 판타지 장편 소설

FANTASY FRONTIER SPIRIT

광신사냥꾼 2

류승현 판타지 장편 소설

초판 1쇄 찍은 날 § 2014년 6월 10일
초판 1쇄 펴낸 날 § 2014년 6월 17일

지은이 § 류승현
펴낸이 § 서경석

편집부장 § 권태완
편집책임 § 박은정

펴낸곳 § 도서출판 청어람
등록번호 § 제387-1999-000006호
등록일자 § 1999. 5. 31
어람번호 § 제1-1871호

주소 § 경기도 부천시 원미구 부일로 483번길 40 서경B/D 3F (우) 420-822
전화 § 032-656-4452   팩스 § 032-656-4453
http://www.chungeoram.com
E-mail § chungeorambook@daum.net

ISBN 979-11-316-9069-7 04810
ISBN 979-11-316-9067-3 (세트)

FANATICISM
HUNTER
광신사냥꾼

류승현 판타지 장편 소설

FANTASY FRONTIER SPIRIT

2

도서출판 청어람

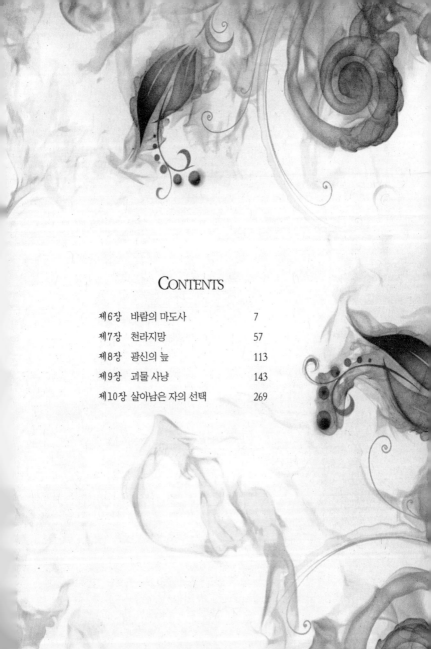

CONTENTS

6장

바람의 마도샤

"후. 그러니까 날 죽인 녀석이 새로운 칠흑의 마왕이 된다는 건가?"

제온은 마족들을 향해 비웃듯이 말했다. 그러자 방금 전에 흥분했던 오크가 손에 쥔 해머를 지면에 내려치며 소리쳤다.

"칠흑의 마왕은 무슨! 난 그런 마법 없이도 힘으로 세상을 지배하겠다!"

단지 해머를 내리찍은 것뿐인데도 지진이 난 것처럼 지면이 흔들렸다. 제온은 마 대륙의 오크 부족 중에 다쿤이라는 이름의 수장이 있다는 것을 떠올리며 물었다.

"혹시 네가 다쿤인가?"

"후우우우욱! 과연! 마왕 살해자조차도 내 이름을 알고 있지 않나!"

오크는 흥분된 얼굴로 콧김을 내뿜었다. 사실 마도대전에 참전한 모든 마법사는 마족들을 이끄는 수장의 이름과 정보를 공유하고 있었기 때문에 모르는 게 더 이상했다.

"잘 알고 있지. 다쿤 해머 로드(Hammer lord). 오크 최대 부족인 우르젠 부족과 하그마 부족을 통합해서 이끌고 있는 부족장."

"크하! 그렇다! 내가 바로……."

"오우거 이상의 근력을 가지고 있지만 마법은 전혀 쓰지 못함. 여러 종류의 해머를 다루는데 해머에 마력이 담겨 있어 주의해야 함. 단, 그것만 주의하면 크게 위험하지 않다. 역장을 쓰지 못하지만 기본적으로 마법에 대한 강한 저항력을 가지고 있다. 전장에서 발견했을 경우, 미들 위저드급의 마도사라면 최소 세 명 이상이 함께 싸울 것을 권장."

제온은 마치 책을 읽듯 다쿤에 대한 정보를 늘어놓았다. 그러자 기분이 좋아 보이던 오크의 표정이 순간 붉으락푸르락하며 일그러졌다.

"망할! 지금 감히 이 다쿤님을 보고 크게 위험하지 않다고 말한 거냐?"

"나도 그냥 그렇게 읽었을 뿐이다. 마도대전이 터졌을 때 아카데미의 정보부에서 나눠 준 문서로 말이지."

"가소로운 인간들! 어디 정말로 그런지 확인해 볼까!"

다쿤은 무게가 50킬로그램은 나갈 것 같은 해머를 한 손에 치켜든 채 성큼성큼 다가오기 시작했다. 제온은 마치 통통하게 살찐 벌레가 제 발로 거미줄에 날아오는 것 같은 기분을 느끼며 미소를 지었다.

'일단 한 녀석은 쉽게 처리할 수 있겠군.'

제아무리 강력한 내구력과 항마력을 가지고 있다 해도 그것이 살아 있는 육체인 이상 뇌전을 버티는 건 불가능했다. 그러나 제온이 오른팔을 들어 올린 순간, 먼저 말했던 혼 데몬이 양손에 손톱을 길게 뽑으며 소리쳤다.

"다쿤! 우리가 맺은 협정을 잊은 거냐!"

그러자 놀랍게도 막무가내일 것 같던 오크가 멈칫하며 걸음을 멈췄다.

"후우, 우욱! 누가 협정을 어긴다고 했나! 우선권을 준 크레이그가 실패했다! 다음은 내 차례다!"

"이제 와서 순서 같은 건 의미 없다. 왕자가 다 차려놓은 음식에 포크만 꽂는다고 해서 마왕으로 인정할 수는 없다."

그렇게 말한 것은 창백한 피부의 뱀파이어이다. 제온은 뱀파이어의 여왕인 퀸을 떠올리며 그에게 소리쳤다.

"거기 뱀파이어! 리비스는 당신이 여기서 칠흑의 마왕 자리를 놓고 싸우는 걸 알고 있는 건가?"

"그럴 리가. 여왕님은 자유로우신 분이다. 그리고 뱀파이어는 이 동맹에 가입하지 않았기 때문에 마왕의 자리에는 관심이 없다."

뱀파이어는 태연한 얼굴로 말했다. 리비스 정도는 아니라 해도 그 역시 무시할 수 없는 강력한 마력을 가지고 있었다.

'사실 저 녀석들 모두가 무시할 수 없는 강력한 마족이다. 정면으로 붙으면 몇 놈이나 해치울 수 있을까?'

제온은 남은 마력을 가장 효율적으로 사용해 적을 제거할 수단을 생각했다. 그리고 한편으로는 태연하게 웃으며 뱀파이어에게 말을 걸었다.

"그렇다면 왜 여기 있는 거지? 마왕 쟁탈전에 심판이라도 봐주기로 했나?"

"거의 정확히 맞혔다. 혼 데몬의 왕자가 제온 스태틱, 바로 널 죽이고 정식으로 칠흑의 마왕을 계승하는 것을 지켜보기 위해 함께 온 것이다."

"정말로 심판인가? 그렇다면 지금은 판결이 어떻게 되지?"

"물론 왕자의 계승은 보류한다. 그리고 이다음에 누가 너의 목숨을 끊는다 해도 그자에게 마왕의 자리가 돌아갈 일은 없을 것이다."

"내가 지친 상태라서?"

"바로 그렇다."

"그것참 안타깝군. 그럼 내가 회복될 때까지 기다리기라도 할 건가?"

"협정에는 왕자가 널 해치움으로써 마왕의 원한을 갚는 것을 계승의 조건으로 정했을 뿐이다. 하지만 이곳에 있는 다른 수장들이 마왕의 자리를 원한다면 그렇게 하는 것도 나쁘지 않겠지."

뱀파이어는 순순히 제온의 말에 동의했다. 그러자 앞으로 나선 혼 데몬이 접어놨던 날개를 착 펼치며 소리쳤다.

"아리알드, 그대는 나서지 마라! 여기서는 일단 마왕 살해자를 해치우는 게 우선이다! 마왕의 계승에 관해서는 그다음에 다시 정해도 늦지 않다!"

"하긴, 그렇게 해야 저 사랑하는 왕자님께 다시 한 번 기회를 줄 수 있겠지."

제온은 노골적으로 빈정거리며 혼 데몬을 향해 오른팔을 내밀었다. 덕분에 어중간한 사이에 끼어버린 다쿤은 황급히 콧소리를 내며 옆으로 물러났다.

"어리석은 인간! 그런 하찮은 계략으로 우리 동맹에 내분을 일으킬 생각인가? 그렇다면 큰 오산이다!"

혼 데몬은 새파란 안광을 뿜어내며 몸 주위의 역장을 강화했다. 제온은 뒤쪽에 있는 다른 혼 데몬은 물론 옆에 있는 정체불명의 마족과 리치의 몸에서도 마력이 움직이는 것을 느끼며 소리 없이 한숨을 내쉬었다.

"아무래도 상관없어. 그냥 다 쓸어버리면 그만이니까."

"허세가 심하군, 제온 스태틱! 너 혼자 여기 모인 각 종족의 대표자들을 모두 꺾을 수 있을 것 같나?"

"그거야 해보면 알겠지. 그리고 당신도 이름을 좀 알려주지 않겠어? 가뜩이나 혼 데몬은 다 똑같이 생겨서 구분을 못 하겠는데 말이야."

"…바라키오. 혼 데몬의 장로다."

그것은 제온의 기억 속에 있는 이름이었다. 과거 칠흑의 마왕의 오른팔로 마력이 뛰어난 건 아니지만 강력한 전투력을 가진 전사로 알려져 있었다.

'아카데미의 분석에 의하면 위험 랭크 B였지. 다쿤도 B였고. 문제는 정체불명의 저 녀석과 리치인가?'

과거의 분석을 바탕으로 현재의 전투를 판단하는 건 위험천만한 일이다. 제온은 그것을 알면서도 어떻게든 적들의 위험도를 구분해야 했다. 남은 마력을 감안했을 때 라이트닝 캐논을 쓸 수 있는 건 한 번이고, 그 한 번으로 최대한 강력한 적들을 해치워야 하기 때문이다.

제온은 태연한 얼굴로 어깨를 으쓱이며 물었다.

"좋아, 바라키오. 가능하면 피가 튀기 전에 다른 대표분들의 이름도 알려주면 안 될까?"

"흠, 쓸데없군. 시간을 끌어 마력을 회복할 생각인가?"

사실 마력보다는 체력을 회복하고 싶은 심정이다. 제온은 표정 없는 얼굴로 오른팔에 마력을 끌어올렸다.

"마력 회복이라……. 난 그저 내 손에 죽을 놈들의 이름이라도 알아두고 싶을 뿐이야."

그리고 잠시 동안 침묵이 찾아왔다. 제온은 마족들 사이로 끓어오르는 분노와 광기, 그리고 약간의 두려움 같은 것을 느낄 수 있었다.

잠시 후, 누군가 박수를 치며 짧은 침묵을 깨뜨렸다.

"과연 마왕 살해자인가. 대단해. 자신감이 하늘을 찌르는군."

그렇게 말한 것은 오른쪽 끝에 서 있는 리치였다. 리치는 잠시 동안 박수를 친 다음, 얼굴을 가리고 있던 로브의 후드를 뒤로 넘기며 말을 이었다.

"내 이름은 조슈아다. 한때는 인간이었지만 지금은 이렇게 마족들과 함께 우정을 다지는 사이가 되어 있지."

달빛 아래로 드러난 조슈아의 머리는 해골이었다. 물론 적의 정체가 리치라는 것을 파악했을 때부터 예상하긴 했다. 하지만 제온도 인간인 이상 새하얀 백골이 턱을 덜그럭거리며 말하는 광경에 섬뜩함을 느끼지 않을 수 없었다.

그래도 다행인 건 적의 정체를 파악했다는 점이다. 제온은 입가에 미소를 지으며 조슈아를 향해 가볍게 허리를 기울였다.

"이거 실례. 제가 선배님을 못 알아뵙고 버릇없이 날뛰었군요."

조슈아는 바로 제온이 나온 매직 아카데미 출신의 마도사였다. 비록 100년도 전의 일이고, 마도의 극한을 추구해 인간의 몸을 버리고 리치가 되었지만.

"생각보다 예의가 바르군. 크크크."

조슈아는 턱을 덜그럭거리며 불길하게 웃었다.

"내 몇 년 전부터 후배님의 소문은 많이 들었지. 원래 잘 나서지 않은 성격이라 저번 마도대전에서는 상대할 기회가 없었지. 오늘 많이 배워보도록 하겠네."

제온은 대답 없이 고개만 살짝 끄덕였다. 리치라는 존재 자체가 가볍게 볼 수 없는 강력한 마족이지만, 그중에서도 조슈아는 가장 경계해야 할 악명 높은 전설 중의 하나였다.

'조슈아, 아카데미의 수치[Academy's shame]. 원래 화염계 마법을 쓰는 마도사. 하지만 리치가 되고 나서 냉기계 마법도 쓸 수 있게 되었다. 인간은 죽었다 깨어나도 상극 마법을 쓸 수 없지.'

조슈아는 살아 있을 때 하이 위저드(High wizard) 등급의 마도사였고, 언데드가 된 이후에는 아크메이지에 근접한 마력을 가지게 되었다고 알려져 있다. 아카데미가 지정한 위험 등급 A랭크의 마족이자, 따로 현상금까지 걸고 제거하려고 하는 아카데미의 실존하는 흑역사였다.

"토부. 칼리오그 족의 족장이다."

온몸에 화상 자국이 남아 있는 또 다른 오크가 퉁명스러운 목소리로 말했다. 그 역시 제온의 기억에 있는 이름이고, 다쿤과 더불어 경계해야 할 오크의 수장 중 하나였다.

'토부. 육체적인 능력은 다쿤보다 떨어지는 것으로 알려져 있지만 낮은 등급의 마법을 쓸 수 있다. 같은 위험 랭크 B라도 어쩌면 이쪽이 더 까다로울지도 몰라.'

토부는 3차 마도대전에 자신의 부족을 직접 이끌고 전쟁에 참여한 전력을 가지고 있었다. 제온은 직접 상대하지 못했고, 현재 페슈마르 왕국의 국왕이자 나인제로 몬스터즈의 일원이던 네프카에게 격퇴되었다.

제온은 네프카에게 들었던 당시의 이야기를 떠올리며 말했다.

"네가 바로 그 토부인가? 온몸에 화상을 입고도 필사적으로 도망쳤다는 이야기는 들었지. 그 고생을 겪고도 용케 이 땅에 다시 돌아왔군. 네프카의 불꽃이 그리워지기라도 한 건가?"

토부는 이글거리는 눈으로 제온을 노려보며 이를 갈았다. 그러나 다혈질인 다쿤과는 달리 앞으로 나서지 않고 묵묵히 입을 다물었다.

'오크치고는 대단한 인내심이군.'

어쩌면 네프카에게 당한 패배가 오크의 머릿속에 신중함이라는 덕목을 새겨주었을지도 모른다. 중요한 것은 그 역시 제온의 일차 목표에서 벗어났다는 것이다. 제온은 마지막으로 남은 조그만 마족을 바라보며 말했다.

"그쪽이 마지막이군. 처음 보는 종족 같은데?"

"……"

마족은 아무 말 없이 고개를 저었다. 이름을 밝히고 싶지 않은 건지 처음 보는 종족이 아니라고 말하고 싶은 건지는 알 수 없었다.

확실한 건 제온의 감지력으로도 녀석의 정체를 파악할 수 없다는 것이다. 얼핏 보면 어린아이 정도의 인간처럼 보이지만, 망토가 온몸을 덮고 있어 그 안에 무엇이 들어 있는지 조금도 보이지 않았다.

'망토 안쪽으로 단순한 생체 전류가 빽빽하게 들어차 있어. 대체 뭐지? 세상에 저런 생물이 존재했나?'

제온이 알아낼 수 있는 건 거기까지였다. 마력도 상당히 강한 것 같았지만 정확한 세기를 가늠할 수 없었다.

"코어(Core)는 네 녀석과 말을 섞고 싶지 않은가 보군. 그럼 통성명도 끝났으니……."

혼 데몬의 장로인 바라키오가 날개를 확 펼치며 전투태세를 갖췄다. 뒤쪽의 다른 혼 데몬들도 장로의 뒤를 따라 움직이는 가운데, 뱀파이어 아리알드가 옆으로 빠지며 마족들에게 선언했다.

"난 이 전투에 참가하지 않겠다."

"아리알드!"

바라키오의 눈구멍에서 푸른빛이 번뜩였다. 아리알드는

창백한 얼굴에 희미한 미소를 지으며 말했다.

"내가 따라온 이유는 어디까지나 왕자가 제온을 쓰러뜨리고 칠흑의 마왕을 계승하는 것을 지켜보기 위해서였다. 행여나 저 제온 스태틱과 싸우는 거라면 어불성설이지."

"마왕의 원수를 갚을 절호의 기회다! 여기서 발뺌을 하겠다는 건가?"

"너의 마왕이지 나의 마왕이 아니다."

아리알드는 천천히 고개를 저었다. 제온으로서는 천만다행이었지만, 그렇다고 희망이 보일 만큼 상황이 좋아진 것은 아니었다.

가장 위험한 것은 리치 조슈아와 코어라고 불린 정체불명의 마족이었다. 가능한 한 라이트닝 캐논으로 두 녀석을 동시에 제거하고 싶었지만, 둘 사이의 거리가 멀어 동시에 타격하는 것은 무리였다.

'역시 조슈아를 먼저 해치우는 편이 좋겠어. 어중간하게 공격하면 어차피 되살아나 다시 싸울 테니……'

리치는 자신의 생명을 담아놓은 '생명의 항아리'를 파괴하지 않는 이상 언제라도 다시 부활할 수 있었다. 적어도 라이트닝 캐논의 직격 정도는 먹여야 한동안 부활할 수 없을 만큼의 치명타를 입힐 수 있을 것이다.

문제는 그다음이었다. 계획대로 조슈아를 해치운다 해도 남은 마력으로 다섯 마리의 혼 데몬과 두 마리의 오크 수장,

그리고 정체불명의 마족을 상대해야 하는 것이다.

그때, 제온의 귀에 조그만 발소리가 들렸다. 고개를 돌리자 하얀 머리카락의 조그만 소녀가 자신을 향해 걸어오고 있었다.

"마이?"

"지금은 같이 싸우는 게 좋다고 생각해."

마이는 무표정한 얼굴로 마족들을 바라보았다. 제온은 어떻게든 그녀가 싸우지 않기를 바랐지만, 마족들의 눈에 띈 이상 이미 엎질러진 물이었다.

'내가 싸우는 동안 도망쳐 줬으면 했는데……'

하지만 그럴 일은 없을 거란 사실도 알고 있었다. 그녀가 존재하는 목적 자체가 바로 자신이니까.

제온은 지금 이 순간 자신이 지을 수 있는 가장 차가운 표정으로 마이를 노려보며 말했다.

"…넌 뒤쪽에서 지원이나 해라. 발목을 잡거나 하면 내 손으로 죽일 테니까."

지금은 그렇게 말할 수밖에 없었다. 저 작은 소녀가 자신의 약점이라는 것을 마족들이 눈치챈 순간 제온에겐 그야말로 실낱만 한 승산조차 남지 않을 테니까.

"……"

마이는 갑자기 냉담해진 제온의 태도에 잠시 동안 말없이 눈을 깜빡거렸다. 제온은 그것이 가슴 아팠지만, 지금은 부디 자신의 생각을 그녀가 눈치채주길 바랄 뿐이었다.

"알겠습니다, 제온님. 마이는 명령에 따르겠습니다."

그러자 마이도 한층 딱딱해진 말투로 기계적으로 대꾸했다. 제온은 정면의 마족들을 노려보며 마음속으로 한숨을 내쉬었다. 아무래도 마이도 제온의 뜻을 눈치채고 장단을 맞추기로 한 모양이다.

"흠, 지원군인가?"

그사이 바라키오는 눈을 가느다랗게 뜨고 마이를 살피고 있었다.

"그렇게 강해 보이진 않군. 동료가 한 명 늘어나서 해볼 만하다고 생각한다면 큰 오산이다."

"저런 건 애당초 전력으로 생각하지도 않았어. 나중에 시체 처리 정도는 할 수 있겠군."

"네 녀석의 시체 말이냐?"

바라키오는 순간 날개를 펄럭이며 부하들과 함께 제온을 향해 돌진했다. 그러나 제온의 신경은 이미 다른 곳에 쏠려 있었다. 첫 번째 목표인 조슈아와 자신의 사이에 엉거주춤한 자세로 해머를 치켜들고 있는 다쿤이 서 있었다.

'아쉽지만 너라도 같이 죽어라.'

순간적으로 오른팔의 상처를 묶고 있던 붕대 전체가 붉게 물들었다. 라이트닝 캐논은 고도의 집중력과 극도로 섬세한 마력의 조작을 필요로 했다. 덕분에 마력의 신경망이 좀 더 발달하고 익숙하기도 한 오른팔로 마법을 쓸 수밖에 없었다.

혼 데몬들의 돌격이 코앞에 다가온 순간, 제온은 뒤로 당겼던 오른팔을 비스듬하게 앞으로 내밀었다.

그리고 그 순간, 어둠을 가르는 눈부신 섬광이 공간을 관통했다.

콰과과과과과과과과광!

그것은 귀청을 찢는 뇌성이었다.

한 치의 틈도 없이 압축된 수백 가닥의 전류가 한순간에 방출되어 목표를 향해 질주했다. 제온을 향해 막 돌진하려던 다쿤의 거대한 몸이 순식간에 전류에 휩싸이며 푸른 불꽃을 사방으로 튕겼다.

파직!

그러나 그것은 목표에 도달하는 과정에 불과했다. 다쿤을 관통한 라이트닝 캐논은 그대로 뒤쪽에 있는 조슈아를 향해 뻗어 나갔다.

파지지지직!

하얀 냉기를 띠고 있던 조슈아의 역장이 잠시 동안 거대한 뇌전을 막아냈다. 그러나 정말로 잠시뿐이었다. 순간적으로 역장을 파괴한 수백 가닥의 전류는 뼈밖에 남지 않은 조슈아의 몸을 휘감으며 작열하기 시작했다.

"죽어라!"

동시에 혼 데몬들의 공격이 제온을 향해 쏟아졌다. 제온은 미리 강화해 놓은 역장으로 적들의 공격을 한번 막아낸 다음, 곧바로 왼팔을 뻗어 눈앞에 있는 바라키오를 향해 체인 라이트닝을 발사했다.

파직!

순간적으로 바라키오의 몸을 감싸고 있던 검은 역장이 유리창처럼 깨지며 파괴되었다. 그러나 거기까지였다. 바라키오는 감전의 충격으로 그 자리에 경직되었지만, 그의 역장을 깨는 데 대부분의 힘을 소모한 탓에 체인 라이트닝이 다른 곳으로 튕기지 못했다.

덕분에 남은 네 명의 부하가 제온의 역장을 향해 정신없이 손톱을 후려쳤다. 제온은 계속 뒷걸음을 치며 역장을 강화하는 데 마력을 집중했다.

'젠장! 이런 데 마력을 낭비할 틈이 없는데……'

평상시에는 크게 문제되지 않겠지만, 지금은 이런 식으로 역장을 강화하는 데 쓰는 마력조차 아까울 지경이다. 제온은 정신없이 양손을 휘두르는 마족을 향해 급하게 만든 체인 라이트닝을 뿌렸다.

파직!

파직!

파직!

파지지직!

이번에는 정확히 튕기며 네 마리의 혼 데몬을 모조리 감전시켰다. 그러나 그사이에 소모된 마력이 만만치 않았고, 동시에 지면을 박차고 달려온 또 다른 오크의 공격이 시작되었다.

"죽어라아아!"

칼리오그 족의 족장인 토부의 양손에는 예리한 창 한 자루가 쥐어져 있었다. 그러나 토부는 단순히 힘만 가지고 싸우는 오크가 아니었다. 제온은 그의 창끝에 걸려 있는 마법의 힘을 감지하며 라이트닝 볼트를 뿌렸다.

'이걸로 저지할 수 있을까?'

한줄기의 뇌전이 달려오는 토부의 몸을 직격하며 휘감았다. 순간적으로 오크의 눈알이 튀어나올 것처럼 돌출되며 끔찍한 비명을 질렀다.

"쿠웨에엑!"

그러나 오크는 그 정도로는 돌진을 멈추지 않았다. 녀석은 악을 쓰며 몇 걸음 더 달린 다음 단숨에 뛰어올라 제온의 정수리를 향해 커다란 창을 내리꽂았다.

그것은 엄청난 충격이었다. 강력한 오크가 전력으로 내지른 힘과 속도에 마법의 힘이 더해지자 상상 이상의 상승효과를 일으켰고, 그 결과 역장의 파괴라는 결말을 만들어냈다.

'젠장!'

순간적으로 위기를 느낀 제온은 전력으로 몸을 틀어 머리를 향해 떨어지는 창을 피했다. 그나마 역장을 파괴하는 동안 속도가 떨어졌기 때문에 피할 수 있었다.

'안 돼! 역장이……'

한 번 파괴된 역장은 다시 만드는 데 약간의 시간이 필요했다. 그리고 그사이에 토부가 거칠게 콧김을 내뿜으며 발로 제온의 배를 걷어찼다.

"컥!"

제온은 숨이 끊어질 것 같은 고통과 함께 뒤로 나가떨어졌다. 충격이 얼마나 컸는지 거의 완성한 새로운 역장마저 사라졌고, 눈앞의 모든 것이 작은 모자이크처럼 흐려지며 뿌옇게 변하기 시작했다.

"후욱!"

그사이 토부는 거친 콧김을 내뿜으며 쓰러진 제온을 향해 창을 휘둘렀다.

"안 돼!"

동시에 뒤쪽에 있던 마이의 쇼크 볼이 토부의 창날에 명중하며 창끝을 옆으로 튕겨냈다. 충격계 5급 마법의 강력한 위력이 오크의 손아귀를 무참히 찢어버렸지만, 억센 오크는 그정도로는 어림도 없다는 듯 피가 흐르는 손으로 창대를 단단히 움켜쥔 채 버텨냈다.

"크와아아악!"

토부는 다시 한 번 함성을 지르며 제온을 향해 창을 휘둘렀다. 마이는 속도를 상승시키는 질풍계 마법인 윈드 워커(Wind walk)를 자신의 몸에 걸고 직접 제온의 앞으로 뛰어들어 투명한 역장으로 토부의 일격을 막아냈다.

파직!

전력을 모은 마이의 역장이 적의 공격을 아슬아슬하게 막아냈다. 마이는 무표정한 얼굴로 고개를 치켜든 채 다시 한 번 창을 치켜든 토부를 바라보며 중얼거렸다.

"충격계 3등급 마법인 쇼트 임팩트가 창날에 걸려 있어. 마이의 역장으로 방어할 수 있어."

"꺼져라, 인가아안!"

토부는 과거 네프카에게 당한 한을 풀기라도 하듯 한이 맺힌 함성을 지르며 다시 한 번 창을 내리쳤다. 마이는 전력으로 역장을 강화하며 재차 떨어지는 적의 일격을 막아냈고, 또 막아냈고, 그리고 또 막아냈다.

"읍⋯⋯."

다섯 번째 공격을 막아낸 순간, 양손을 치켜들고 있던 마이의 입에서 붉은 선혈이 흘러내리며 역장이 소멸되었다. 마력은 아직 충분했다. 하지만 보통 사람보다도 연약한 그녀의 육체는 역장 안쪽까지 전달되는 미세한 충격파를 견디지 못했다.

"쿠워어어!"

토부는 지칠 새도 없이 함성을 지르며 여섯 번째의 일격을 휘둘렀다. 아니, 휘두르려 하는 순간이었다.

"⋯⋯."

어느새 정신을 차리고 일어난 제온이 마이의 머리 너머로 손을 뻗어 토부의 창날을 받아냈다.

파지직!

토부의 일격은 제온의 손바닥에 맺힌 강력한 역장을 뚫지 못했다. 그사이 마이는 눈을 반쯤 감으며 그 자리에 주저앉았고, 제온은 적의 창을 움켜쥔 채 그대로 주저앉은 마이를 뛰어넘으며 토부를 덮쳤다.

쿠웅!

강력한 보디체크였지만 거대한 오크의 육체는 끄떡도 하지 않았다. 그러나 제온은 충돌 순간 비어 있던 오른손으로 토부의 얼굴을 움켜쥐었고,

파지지지직!

그대로 전격을 퍼부어대며 토부의 몸을 뒤로 넘겨 쓰러뜨렸다.

"쿠워어어어어!"

강력한 전격에 얼굴부터 감전당한 토부는 온몸에 경련을 일으키며 몸부림치기 시작했다. 쓰러진 적의 몸에 올라탄 제온은 그대로 양손을 뾰족하게 모아 적의 눈알에 찔러넣었고,

푹!

동시에 양손으로 두 방의 라이트닝 볼트를 꽂아넣었다.

파지직!

소름 끼치는 감전음과 함께 터진 유리체 액과 핏물이 사방

으로 솟구쳤다. 하얀 연기가 머리에서부터 시작해 온몸에 피어올랐다. 꿈틀거리던 토부는 이내 축 처지며 움직임이 사그라졌다.

아무리 족장급 오크의 육체가 강인하다 해도 눈알에 손을 찔러 넣고 안쪽으로부터 퍼붓는 뇌전에 버티는 것은 불가능했다. 제온은 오크의 커다란 얼굴로부터 피투성이가 된 양손을 뽑아 들며 천천히 몸을 일으켰다.

"키긱……."

그러자 그때까지 정신을 잃고 쓰러져 있던 바라키오를 비롯한 혼 데몬들도 감전에서 회복되며 몸을 일으키기 시작했다. 역시 체인 라이트닝 한 발 정도로 숨통이 끊어질 만큼 간단한 적들이 아니었다.

'큰일이군.'

제온은 몸에 남은 마력을 갈무리하며 상황을 확인했다. 처음 날린 라이트닝 캐논에 직격당한 다쿤은 까맣게 탄 채로 바닥에 널브러져 있었다. 몸 안쪽에 생체 전류의 흐름도 거의 느껴지지 않았다. 즉사했거나 거의 죽은 것이 틀림없었다.

그리고 진짜 목표이던 조슈아는 마치 불에 타고 남은 잿더미처럼 그 자리에 오롯이 무너져 있었다. 검게 탄 뼈 무더기 위로 이리저리 찢긴 검은 로브가 얹혀 있는 모습은 마치 조장(鳥葬)을 치른 무덤처럼 을씨년스러웠다.

처음부터 생체 전류 따위는 느껴지지 않았기 때문에 생사를 확인하는 건 무의미했다. 그래도 최소한 한계를 넘는 충격으로 자신의 생명을 담아놓은 항아리와의 마력적인 연결이 끊어진 것은 틀림없어 보였고, 당장은 그것만으로도 충분한 성과라 할 수 있었다.

남은 것은 다시 일어난 다섯 마리의 혼 데몬과 처음부터 꼼짝하지 않고 그 자리에 서 있는 정체불명의 조그만 마족이었다.

"아리알드! 마왕 살해자를 쓰러뜨릴 절호의 기회다! 정말로 싸우지 않을 거냐!"

바라키오는 멀찍이 떨어진 곳에서 방관하고 있는 뱀파이어를 향해 소리쳤다. 아리알드는 높게 솟은 옷깃 안으로 얼굴을 감추며 아무런 대답도 하지 않았다.

"빌어먹을 뱀파이어."

바라키오의 뻥 뚫린 눈에서 푸른빛이 쏟아져 나왔다. 그는 다시 가만히 있는 정체불명의 마족을 노려보며 소리쳤다.

"코어! 여기서 활약하면 그대의 종족을 마왕군의 일원으로 인정하도록 하겠다! 당장 나서서 싸워라!"

"……."

코어라 불린 마족은 잠자코 침묵을 지키며 아무런 반응도 보이지 않았다. 제온은 그사이에 어떻게 하면 남은 마력으로 혼 데몬들을 효율적으로 쓰러뜨릴지를 고민했다.

'남은 마력으로 쓸 수 있는 가장 강력한 마법은 볼 라이트닝 정도다. 어떻게든 혼 데몬들을 끌어들인 다음 한 번에 쓸어버린다면……. 하지만 그다음엔 어떻게 하지? 그리고 저 정체불명의 마족은?

그 순간, 꼼짝도 하지 않던 마족이 한쪽 어깨를 꿈틀거리며 말했다.

"내—가—싸—우—면—전—부—휩—쓸—린—다—뒤—로—물—러—나—라—"

그것은 목소리라기보다는 타악기의 울림에 가까운 소리였다. 제온은 거의 무슨 이야기를 하는지 알아듣지 못할 정도였지만, 바라키오는 금방 이해한 듯 손을 들어 부하들에게 신호를 보내며 뒤로 물러서기 시작했다.

"코어! 전부 끝낸 다음 반드시 원래대로 돌아와라! 여기서 이성을 잃고 폭주하면 수습할 수 없다!"

"알—았—다—약—속—은—지—켜—라—"

코어는 고개를 까딱이며 대답한 다음 불안한 걸음걸이로 제온을 향해 다가오기 시작했다. 그리고 적과의 거리가 가까워질수록 제온은 당장 이 자리를 도망쳐야 한다는 본능의 경고가 강해지는 것을 느꼈다.

'그렇다면……'

제온은 짧은 순간 뒤를 돌아보았다. 그곳엔 마치 조는 것처럼 고개를 꾸벅이고 있는 마이가 무릎을 꿇은 채 앉아 있었다.

얼핏 봐도 정상이 아닌 상태였다. 남은 마력을 전투가 아닌, 마이를 끌어안고 이곳을 탈출하는 데 사용해야 하는 게 최선일지도 모른다.

'하지만 어디로? 이런 꼴로 도망쳐 봤자 신수교단의 감시망에 걸릴 뿐이야.'

아무리 역병이 창궐해 사람이 없는 이켈 지방이라 해도 계획 없이 함부로 도망치는 건 자살행위나 다름없었다. 그토록 험준한 알바스 산맥에도 신수교단의 추적자들이 따라붙었다.

제온이 그렇게 이러지도 저러지도 못하는 동안, 비틀거리며 다가오던 코어가 10미터쯤 떨어진 곳에서 우뚝 걸음을 멈췄다.

"마—왕—살—해—자—는—과—연—"

거기까지 말한 순간 제온은 코어의 몸에서 압축된 듯 팽팽하던 생체 전류의 흐름이 폭발하는 것을 느꼈다.

그리고 실제로 코어의 몸이 폭발했다.

파바바바바박!

그것은 눈으로 포착하기 힘들 만큼 순식간에 일어난 일이었다. 코어의 몸을 감싸고 있던 망토가 단숨에 터져 나가며 안쪽에 있던 무언가를 사방으로 뿜어내기 시작했다.

"이런……."

제온은 자신도 모르게 뒤로 한 발 물러났다. 눈앞에 가득

찬 것은 투명한 녹색의 젤리 같은 덩어리였다.

얼핏 봐도 제온의 몸집보다 거대한 덩어리가 수십, 아니, 백 개도 넘게 사방에 흩어져서 꿈틀거리기 시작했다. 제온은 눈앞에서 벌어진 일을 도무지 믿을 수가 없었다.

'말도 안 돼. 저렇게 많은 덩어리가 어떻게 작은 아이만 한 몸 안에… 아니, 누가 뭐래도 일단은 벌어진 일이다.'

그러나 현실을 인지했을 때는 이미 수백 개의 덩어리가 파도처럼 제온을 향해 몰려오기 시작한 상태였다.

촤좌좌좌좌좌좌좌좍!

서로의 몸이 스치며 움직이는 소리가 끔찍할 정도로 소름 끼쳤다. 속도도 엄청났고 기세도 무시무시했다. 제온은 일단 뒤로 물러나 마이의 몸을 사정권 안에 넣은 다음 역장으로 두 사람의 몸을 모두 감쌌다.

'그러고 보니 마 대륙의 깊은 곳에는 저런 형태의 몬스터가 살고 있다는 이야기를 들은 적이 있어.'

제온은 뒤늦게 '슬라임'이라는 단어를 떠올렸다. 아마도 그것을 말해준 것은 뱀파이어의 여왕인 퀸인 것 같다. 물론 이제 와서는 아무래도 상관없는 일이고, 파도처럼 몰려온 슬라임의 군체는 제온과 마이의 몸을 그대로 집어삼키기 직전이다.

그리고 그 순간,

촤아아악!

젤리처럼 탄력 있는 슬라임의 몸이 무언가에 가로막히며 넓게 퍼지기 시작했다.

'뭐지?'

제온은 당황한 얼굴로 눈앞에서 벌어지는 광경을 지켜보았다. 동시에 자신의 몸이 폭신한 바람 같은 힘에 안기며 공중으로 떠오른 것이 느껴졌다. 제온은 본능적으로 그것에 반항하려 했지만, 이내 힘의 정체를 파악하며 뒤에 무릎 꿇고 있는 마이를 향해 소리쳤다.

"마이! 지금 작용하는 힘에 저항하지 마!"

그러나 그녀의 몸은 이미 아무런 저항도 없이 공중으로 솟구쳐 올라가고 있었다. 제온은 안도의 한숨을 내쉬며 자신의 몸을 감싼 힘에 몸을 맡기며 공중으로 떠올랐다.

그리고 동시에 슬라임의 군체를 막고 있던 무형의 벽이 사라졌고, 엄청난 힘으로 밀어붙이던 슬라임들이 순식간에 제온이 있던 자리를 향해 쏟아지기 시작했다.

촤자자자자자자작!

그것은 마치 수백 마리의 군대 개미가 사냥감을 향해 일제히 몰려드는 것 같은 무시무시한 광경이었다.

'엄청나군.'

공중에 뜬 제온은 심장이 철렁 내려앉는 것을 느꼈다. 하지만 위험은 여기까지였다. 제온은 고개를 들어 밤하늘을 올려다보며 말했다.

"타이밍 끝내주는군. 혹시 거기서 지금까지 기다리고 있던 건 아니지?"

바로 그 높은 하늘의 한복판에 긴 머리카락을 휘날리는 가느다란 실루엣의 인간이 제온을 바라보고 있었다.

그는 웃으며 말했다.

"무슨 소리. 나도 방금 온 거야."

"정말이야?"

"정말이고말고."

"아닌 거 같은데. 아무튼 지금은 일단 믿어줄게. 그건 그런데……."

제온은 달빛 아래 모습을 드러낸 자신의 오랜 친구를 바라보며 눈살을 찌푸렸다.

"꼴이 그게 뭐냐?"

"전에 말했잖아. 전쟁 끝나면 이러고 다닐 거라고."

"마그나스."

"마그라고 불러줘."

그렇게 말하며 윙크를 날리는 오랜 친구의 모습에 제온은 당혹과 반가움을 동시에 느꼈다. 얼핏 보면 짙은 화장에 남색 원피스와 하늘색의 카디건을 걸친 여성처럼 보이지만, 그는 바로 나인제로 몬스터즈의 일원이자 제온과 가장 절친했던 마그나스였다.

그리고 물론 마그나스는 남자다.

그는 처음부터 대단한 미형의 얼굴을 가지고 있었고 몸 또한 가늘었기 때문에 여장이 무서울 정도로 잘 어울렸다. 제온은 허탈한 웃음을 지으며 마그나스에게 말했다.

"그람벨 백작님이 그 꼴을 보면 눈이 뒤집히시겠군."

"당연하지. 아버지 눈 뒤집히라고 이러고 다니는 건데. 이 정도는 해줘야 그만 날 포기하고 가문에서 쫓아내 버리지 않을까?"

마그나스는 어깨를 으쓱이며 웃었다. 목소리만큼은 제온의 기억과 똑같아서 다행이었지만, 지금 저런 모습으로 남자 목소리를 내고 있는 게 과연 다행인지는 좀 더 심각하게 생각해 볼 문제였다.

"아무튼 말이야."

마그나스는 눈살을 찌푸리며 제온을 향해 손가락을 뻗었다.

"넌 진짜 매정한 놈이야. 어떻게 나한테 한마디 말도 없이 이런 일을 벌이냐?"

제온은 자신을 향한 삿대질에 쓴웃음으로 답했다. 그리고 파도처럼 휘몰아치고 있는 지상의 슬라임 군체를 바라보며 말했다.

"미안하지만 이건 내가 벌인 일이 아냐. 저 녀석들이 예고도 없이 몰려온 거지."

"누가 마족들 말하는 줄 알아? 설마 신수교단을 상대로 전쟁을 벌여 놓은 걸 잊어버린 건 아니겠지?"

"그거라면……."

제온은 말을 흐리며 입을 다물었다. 마그나스는 그럴 줄 알았다는 듯 한숨을 내쉬며 말했다.

"안 봐도 뻔하지. 남한테 폐 끼치기 싫다 이거지?"

"…폐 끼치는 정도로 끝나는 게 아니야. 온 세상을 적으로 돌리는 일이라고."

"온 세상 좋아하시네."

마그나스는 지면을 향해 침을 뱉으며 말했다.

"그까짓 온 세상 뒈져 버리라 그래. 그딴 걸 내가 신경이나 쓸 것 같아?"

"마그나스……."

"뭔 일이 있었는지는 나도 다 들었어, 이 못된 놈아! 친구 좋다는 게 뭐냐? 다른 녀석들은 둘째치더라도 나한테는 어떻게든 알렸어야지!"

마그나스는 이를 갈며 소리쳤다. 그사이 지면에서는 미친 듯이 휘몰아치던 슬라임의 군체가 서로의 몸으로 탑을 쌓으며 제온이 있는 하늘로 솟구쳐 오르기 시작했다. 제온은 무시무시한 마물의 기세에 마른침을 삼키며 말했다.

"마그나스, 화난 건 알겠는데… 일단 저걸 좀 어떻게 해야 하지 않을까?"

"어떻게 하긴 뭘 어떻게 해. 잽싸게 도망쳐야지."

마그나스는 길게 내려온 앞머리를 뒤로 쓸어 넘기며 말했다.

"내 마법은 저 슬라임 군대를 상대하기에 상성이 나빠. 안전한 곳으로 도망쳐서 작전을 다시 짜는 게 좋겠어."

"안전한 곳은 있고?"

"며칠 정도라면. 꽉 잡아!"

그 순간 제온과 마이의 몸이 마그나스와 같은 높이까지 순식간에 솟아올랐다. 동시에 아슬아슬한 곳까지 탑을 쌓고 올라오던 슬라임의 군체가 탑을 유지할 수 있는 한계에 부딪치며 순간적으로 무너져 사방으로 흩어지기 시작했다.

"저 정도면 섬 전체를 초토화시킬 만하군."

마그나스는 제온이 모르는 이야기를 중얼거린 다음, 즉시 두 사람을 이끌며 서쪽을 향해 날아가기 시작했다. 제온은 물결처럼 출렁이는 슬라임의 군체가 점점 멀어지는 것을 바라보다 순간적으로 의식을 잃고 고개를 떨어뜨렸다.

그렇게 얼마나 정신을 잃었을까. 제온은 물이 끓는 것 같은 소리를 들으며 가까스로 정신을 차렸다.

"여긴……."

허리를 일으키자 가장 먼저 보인 것은 파도가 잔잔한 바다였다. 제온은 마지막으로 상대했던 슬라임의 군체를 떠올리며 두통과 함께 눈을 질끈 감았다.

"큭……."

"여, 일어났어?"

고개를 돌리자 작은 솥의 무언가를 젓고 있는 마그나스의 모습이 보였다. 그들이 있는 곳은 해변의 암벽지대에 있는 작은 동굴이었다. 제온은 한참 동안 멍한 얼굴로 마그나스와 솥을 바라보다 이내 자신의 오른쪽에 누워 있는 마이를 발견하며 중얼거렸다.

"마이… 아까 입에서 피를 흘렸는데……."

"아까는 무슨, 너희들 기절한 지 꼬박 하루 지났어."

"하루?"

"몸 상태가 엉망이더라. 특히 거기. 대충 치료는 해놨는데 그 정도로는 턱도 없어."

마그나스는 새 붕대가 감겨 있는 제온의 오른팔을 가리키며 말했다.

"이대로 놔두면 언젠가 팔을 못 쓰게 될지도 몰라. 제대로 고치려면 신관이 필요해."

"신관이라니, 덤비지 않으면 다행이게?"

"뭐 방법이 없는 건 아니야. 자, 일단 이거부터 먹어라."

마그나스는 솥에서 끓고 있는 수프를 그릇에 퍼서 제온에게 내밀었다. 제온은 불그스름하면서도 걸쭉한 수프를 잠시 바라보다 물었다.

"이게 뭐야?"

"밥 겸 약."

"뭐?"

"밥이면서 약이라고. 먹고 죽는 거 아니니까 일단 퍼 먹어."

제온은 나무로 된 스푼을 받아 든 다음 꺼림칙한 얼굴로 수프를 떠먹기 시작했다. 그러나 한입 삼키자마자 말로 형용할 수 없는 맛의 불협화음에 오만상을 찌푸릴 수밖에 없었다.

"무슨 맛이 이따위야? 대체 뭘 넣고 끓인 거야?"

"토마토, 말린 고기, 마을에서 구해온 약초 세 뿌리, 해변의 습지에서 뜯어온 해초 한 움큼."

"해초? 뭔지도 모르고 그냥 뜯어다가 넣은 거야?"

"난 모르지만 마을 사람들이 좋다고 했어."

"맛은 최악인데… 그런데 마을 사람이라니? 그리고 여긴 어디야?"

"제스터 섬."

마그나스는 짧게 대답한 다음 자신도 수프를 떠서 한입 삼킨 다음 웩하고 혀를 쑥 내밀었다.

"진짜 맛없네. 소금은 넣지도 않았는데 왜 이렇게 짜지?"

"해초라서 짠 거 아냐? 그리고 제스터 섬?"

"이켈 지방 서북쪽에 위치한 섬이야. 마 대륙이랑 가까워서 많이 알려져 있진 않아."

"마 대륙이랑 가깝다니… 그래도 괜찮은 거야?"

제온은 반사적으로 감지력을 최대한으로 넓히며 주위를 경계했다. 마그나스는 어깨를 으쓱이며 수프를 계속 떠먹기 시작했다.

"괜찮을 거야, 당분간은. 이미 한번 쓸고 갔거든."

"쓸고 갔다니, 마족?"

"그래. 어제 봤던 그 슬라임이 쓸고 갔어."

"코어 말이야?"

"그거 이름이 코어였어?"

"마족들이 그렇게 부르더라고."

"그렇군. 코어라……."

마그나스는 심각한 표정으로 솥 안의 수프를 노려보았다. 제온은 몸을 돌려 여전히 정신을 차리지 못하고 있는 마이의 창백한 얼굴을 손으로 쓰다듬었다.

"타이밍이 절묘하던데, 날 찾아다녔던 거야?"

"물론 찾아다녔지. 그런데 이번엔 좀 다른 일이었어."

마그나스는 가볍게 한숨을 내쉬며 이야기를 시작했다. 제온이 프로나를 잃고 레스톤 왕국에서 자취를 감추고 사라진 이후, 소식을 들은 마그나스는 어떻게든 친구를 돕기 위해 사방으로 수소문을 하며 제온을 찾아 나섰다.

"그런데 그때도 넌 신수교단의 주요 경계 대상이었거든. 그래서 대놓고 찾아다닐 수가 없어서 고생 좀 했지."

"대놓고 찾았어도 찾긴 힘들었을 거야. 사람이 사는 곳은 극단적으로 피해 다녔으니까."

"그러다가 갑자기 마요르를 발칵 뒤집어놨지. 뭐 그건 그렇고… 그사이에 나도 조합으로부터 의뢰가 있었거든. 그래서 널 찾아다니는 걸 좀 뒤로 미룬 상태였어."

"조합? 무슨 조합?"

"알타 왕국의 상인조합."

마그나스는 어쩔 수 없다는 듯 어깨를 으쓱이며 말했다.

"자유에도 돈이 필요하잖아? 난 자유롭게 살고 싶은 거지 부랑자가 되고 싶은 건 아니니까."

마그나스는 해상 교역으로 막대한 부를 쌓고 있는 알타 왕국 출신이고, 거기에서도 둘째가라면 서러워할 만큼 부유한 그람벨 백작 가문의 장남이었다.

비록 천성적으로 자유로운 성격 때문에 가문을 등지고 자유롭게 세상을 떠돌아다니고 있었지만, 그래도 어릴 때부터 알고 지내던 상인 조직과 연결은 끊지 않고 있었다. 그들로부터 다양한 의뢰를 수행하며 필요한 돈을 벌고 있는 것이다.

마그나스는 동굴 밖을 바라보며 말했다.

"여기가 위험한 위치인 건 확실해. 그래도 입맛 까다로운 알타의 부자들이 원하는 해산물이 잡히거든. 다른 곳에서는 거의 나지 않는 희귀한 거 말이야. 그래서 위험을 무릅쓰고 많은 사람이 살고 있었어. 한창때는 인구가 이천 명쯤 되었고. 그러니까 한 달 전까지만 해도 말이야."

그런데 바로 그 한 달 전에 문제의 사건이 일어났다.

　섬에 살고 있던 이천여 명의 주민이 순식간에 증발해 버리는 사건이 일어난 것이다.

　"말 그대로 시체도 남기지 않고 모조리 사라져 버렸어. 섬에 살고 있던 인간 모두가 말이야."

　"이천 명 모두가?"

　"거의. 그래서 상인조합이 나한테 조사 의뢰를 맡긴 거야."

　"섬에서 무슨 일이 벌어진 건지 알아봐 달라고?"

　"응. 그래도 다행히 찾아보니까 생존자가 있었어. 틈이 없는 지하실이나 여기처럼 외진 해변에 있는 동굴로 피신한 사람이 열댓 명쯤 되더라고."

　마그나스는 나지막하게 한숨을 내쉬었다. 생존자의 증언에 따르면, 온몸이 젤리처럼 물컹거리는 수백 마리의 마물이 섬 전체를 휩쓸며 인간들을 집어삼켜 녹여 먹었다는 것이다.

　마그나스는 일단 섬과 가까운 이켈 지방으로 건너와 마물의 흔적을 찾아다녔다. 그 와중에 멀리서 라이트닝 캐논의 섬광을 발견하고 전력으로 날아온 것이었다.

　"딱 보자마자 알았어. 그 슬라임들이 섬을 초토화시킨 원흉인걸."

　"설마 그런 괴물이 둘 이상 있진 않을 테니까."

　"그렇겠지? 아무튼 잡는 게 쉽진 않을 것 같아. 그런데……."

마그나스는 마법으로 가벼운 바람을 일으켜 제온의 머리카락을 날리며 물었다.

"대체 거기서 뭘 하고 있었어? 온 세상을 적으로 돌린 주제에 무슨 깡으로 마족들이랑 싸우고 있던 거야? 그리고 그 여자애는 또 누구고."

그러나 자신이 하던 일을 간략하게 설명한 마그나스와는 달리 제온은 자신에게 벌어진 지난 몇 달간의 일을 도저히 쉽게 꺼낼 수가 없었다.

"그러니까… 말이지, 마그나스."

"마그라고 부르라니까. 모르는 사람은 내가 알타 왕국 출신의 정체불명의 마법사인 마그 양으로 알고 있다고."

마그나스는 긴 머리카락을 쓸어 넘기며 요염한 포즈를 취해 보였다. 제온은 입술을 지그시 깨문 다음 말했다.

"마그 양 좋아하시네. 제발 그러지 마. 아무리 여장을 해도 목소리가 그런데 누가 널 여자로 보겠냐?"

"어머, 무슨 소리를 하시는 거죠? 지금 저 보고 여자가 아니라고 말씀하신 건가요?"

마그나스는 순간적으로 가성으로 목소리를 바꾸며 여성스런 말투로 호호거리며 말을 하기 시작했다. 비록 약간 허스키한 느낌이 남아 있었지만, 그 정도면 충분히 여자라고 쳐줄 만큼 설득력 있는 목소리였다.

"세상에, 그런 건 또 어디서 배운 거냐?"

"내가 워낙 팔방미인이잖아? 고향에서 사귀던 아가씨들을 불러놓고 6개월 정도 배우니까 이 정도는 되더라고."

마그나스는 목소리를 다시 정상으로 돌리며 말했다. 제온은 그런 마그나스의 모습에 혀를 차며 고개를 저었다.

"너란 놈은… 그럴 시간과 정성으로 마법을 훈련했으면 지금쯤 아크메이지는 되지 않았을까?"

"아크메이지는 무슨. 난 너희 같은 괴물들과는 근본적으로 달라서 안 돼."

마그나스는 고개를 저으며 끓고 있는 솥에 불을 부었다. 그가 뛰어난 마법사란 것은 논란의 여지가 없었지만, 그래도 나인제로 몬스터즈의 다른 멤버들에 비하면 격이 떨어지는 것은 사실이다.

하지만 제온은 마그나스가 가진 진정한 재능을 알고 있었다. 물론 마력의 절대량은 자신이나 네프카, 샤리에 비하면 확실히 적다. 그러나 실제로 마력을 다루는 운용법과 마법 그 자체에 대한 자유로운 발상은 나인제로 몬스터즈 중에서 마그나스가 최고였다.

제온의 라이트닝 캐논도 사실은 잡담 중에 마그나스가 먼저 꺼낸 이야기를 실체화시킨 것이다. 그리고 바로 어제 칠흑의 마왕의 아들인 크레이그를 쓰러뜨릴 때 사용한 라이트닝 소드 역시 과거에 마그나스가 떠올린 아이디어로부터 발전시켜 만들어낸 마법이다.

하지만 마그나스는 그런 문제에 대해 전혀 집착하지 않았
다. '나인제로 몬스터즈의 다섯 명 중에 최강자는 논란의 여
지가 있다. 그러나 최약자는 확실히 마그나스다' 라는 이야기
가 유행처럼 돌았지만, 만약 그가 없었다면 마도대전에서 제
온이 칠흑의 마왕에게 결정타를 날린 일도 없었을 것이다.

"아무튼 이 정도는 해줘야 아버지가 날 포기할 테니까. 그
양반의 고집도 알아주거든."

마그나스는 손거울을 꺼내 자신의 얼굴을 다양한 각도로
비춰보며 말했다.

"마도대전 끝나고 고향에 돌아가자마자 아버지가 무슨 짓
을 한 줄 알아? 귀족 아가씨 열댓 명의 프로필을 펼쳐놓고 일
단 골라잡으라는 거야. 일단 결혼부터 해야 한다면서."

"그거 괜찮네. 너 여자 좋아하잖아?"

제온은 웃으며 말했다. 스커트를 입고 화장까지 한 지금의
모습으로는 상상조차 할 수 없는 이야기지만, 원래 마그나스
는 아카데미에 재학할 당시 수많은 여학생을 울린 바람둥이
로 유명했다. 아름다운 외모에 능력까지 출중하다 보니 수많
은 많은 여학생이 애간장을 녹이며 그에게 열정을 바쳤던 것
이다.

"당연히 좋아하니까 결혼을 하면 안 되지. 결혼이라는 건
평생 동안 한 여자만 안겠다고 맹세하는 의식이잖아? 난 죽어

도 그렇게 못해. 여자의 매력이란 세상에 있는 여자의 숫자만큼이나 다양하니까."

마그나스는 너무도 당연하다는 듯 대꾸했다. 제온은 한숨을 내쉬며 천천히 고개를 저었다.

"너 말이야, 그러다 언젠가 자다가 여자한테 칼 맞고 죽을 거다."

"40년쯤 후라면 그것도 괜찮은 최후일 거야. 아무튼 지금은 나 말고 네 이야기나 좀 해봐. 대체 무슨 일이 있었기에 이런 조그만 여자아이를 데리고 마족들과 싸우고 있던 거야?"

"말했다시피 마족들이 먼저 날 찾아냈어. 후계자 자리를 계승하는 의식을 치르기 위해서 말이야."

"후계자 자리?"

제온은 어째서 칠흑의 마왕의 아들인 크레이그가 자신을 공격했는지, 그리고 다른 마족의 수장들이 그 자리에 있었는지를 설명했다. 한참 동안 이야기를 들은 마그나스는 이해가 간다는 듯 고개를 끄덕였다.

"과연… 마도대전 끝나고 마족들의 세력 판도가 혼란스럽다고 들었는데 결국 마왕부터 뽑아놓고 뭉치기로 결정했나 보구만."

"그런가 봐. 그래도 그 와중에 어떻게 날 찾아냈는지는 모르겠지만."

"뱀파이어가 있었다며? 퀸이 네 위치를 알려준 게 아닐까?

그 여자가 널 찾아내는 능력 하나는 귀신같으니까."

"그럴지도 모르지만… 아직까진 뭐라 확신하지 못하겠어."

퀸이 집착하는 것은 제온을 죽이는 게 아니라 그를 뱀파이어로 만들어 자신의 동료로 삼는 것이었다. 물론 그녀에겐 제온을 위기에 빠뜨리고 허우적거리는 것을 즐기는 악취미가 있었다. 하지만 이번에는 마그나스가 제때 도착하지 못했다면 정말로 제온의 목숨이 달아날 판이었다. 제온은 그동안의 경험을 통해 퀸이 자신을 정말로 죽음에 몰아넣을 짓은 하지 않을 거라는 확신을 가지고 있었다.

"뭐 아무튼… 그렇구만."

마그나스는 잠시 생각하다 고개를 끄덕였다. 그리고 제온의 옆에 누워 있는 하얀 머리카락의 소녀를 바라보며 물었다.

"그럼 저 여자아이는?"

"마이는… 좀 사정이 복잡해."

"쟤 이름이 마이야?"

"응. 마이라고 해."

제온은 작게 끄덕이며 마이의 얼굴을 바라보았다. 그때 의식이 없던 마이가 나지막한 신음 소리를 내며 눈을 꿈틀거리기 시작했다.

"마이, 정신이 들어?"

제온은 마이의 머리를 쓰다듬으며 말했다. 가까스로 정신을 차린 마이는 멍한 표정으로 제온의 얼굴을 바라보며 눈을 깜빡였다.

"제온, 여기가 어디야?"

"제스터 섬. 일단 안전한 곳이니까 안심해도 돼."

"제스터 섬… 마이는 제스터 섬을 알고 있어. 마 대륙과 이켈 지방을 연결하고 있는 '죽음의 길'에서 서쪽으로 250km쯤 떨어진 곳에 위치한 섬이야. 유리언 대륙의 근방에서 유일하게 왕피조개의 군락이 있어. 왕피조개는 맛이 좋아 비싸게 팔리지만 실제로 중요한 건 그 껍질이야. 가루를 내서 정제하면 특정한 마도구의 재료인 자패분(紫貝粉)을 얻을 수 있어."

막 의식을 회복해 정신이 없는 와중에도 마이는 자신이 알고 있는 제스터 섬에 대한 정보를 줄줄 늘어놓기 시작했다. 마그나스는 그런 마이의 모습이 신기한지 한쪽 손을 턱에 괴고 놀란 얼굴로 말했다.

"와, 애 진짜 똑똑한데?"

"마이는 똑똑한 게 아니라 지식을 많을 뿐이야. 그런데 당신은 누구야?"

"마그."

"마그… 마그나스 그람벨? 나인제로 몬스터즈의 일원?"

마이는 붉은 눈동자를 깜빡이며 마그나스를 바라보았다. 마그나스는 길게 한숨을 내쉬며 고개를 저었다.

"단번에 맞히다니… 역시 이름을 완전히 바꿀 걸 그랬나?"

"제온과 같이 있으니까 그렇지 않을까 생각했어. 그런데 마그나스는……."

"마그라고 불러줘."

"…마그는 남자 아니야?"

"맞아."

"그런데 왜 여자처럼 하고 있어?"

"왜냐하면 말이지."

마그나스는 장난스런 표정과 함께 목소리를 여자처럼 바꾸며 말했다

"예로부터 여장을 하는 건 영웅이 아니면 변태라고 정해져 있어요, 꼬마 아가씨. 호호호, 참고로 난 변태랍니다."

"……."

순간 경직된 마이는 한참 동안 마그나스를 바라보며 눈을 깜빡였다. 제온은 한숨과 함께 손바닥에 작은 전류를 만들어 마그나스를 향해 뿌렸다.

"아다닷! 뭐하는 거야, 제온!"

마그나스는 순간 펄쩍 뛰며 소리쳤다. 제온은 라이트닝 캐논이라도 쏠 것처럼 오른팔을 뒤로 당기며 말했다.

"시끄러, 이 변태야. 가뜩이나 세상 경험 없는 애한테 이상한 거 말하지 마."

"웃자고 한 소리에 죽자고 덤비긴……."

마그나스는 눈을 흘기며 반사적으로 펼친 역장을 거뒀다.

그리고 다시 만면에 미소를 지으며 마이를 바라보았다.

"농담이야, 마이. 너 표정이 우울해 보여서 좀 웃겨볼까 해서 그런 거야."

"…그러면 마그는 변태가 아니야?"

"아니. 저놈은 변태 맞아. 아카데미 때부터 여자 밝히는 걸로 유명했어."

제온이 한마디 끼어들었지만 마그나스는 상관없다는 듯 고개를 끄덕였다.

"맞아. 난 좀 밝히는 편이지. 어떻게든 가문의 수치가 돼야 했거든. 그래서 지금도 본능에 충실해 살고 있어."

"그럼 마그는 변태가 맞는 거구나. 마이가 알고 있는 정보에 추가해 넣을게."

마이는 고개를 끄덕이며 말했다. 마그나스는 그 와중에도 표정의 변화가 없는 마이의 얼굴을 유심히 바라보다 말했다.

"정보라니, 정확히 무슨 정보 말이야?"

"마그나스 그람벨. 성의력 74년 출생. 알타 왕국의 그람벨 백작 가문의 장남. 나인제로 몬스터즈의 일원으로 알파의 친구."

"알파?"

"아니, 제온의 친구."

마이는 급히 말을 정정하며 설명을 계속했다.

"매직 아카데미의 졸업 성적은 전체 14위. 마력 등급은 하이 위저드(High wizard). 질풍계 속성의 마도사로 특기는 고속 비행과 광역 방어 마법. 7등급까지의 모든 질풍계 마법을 자유롭게 다룸. 현존하는 마도사 중에 질풍계 8등급 방어 마법인 캐슬 오브 윈드(Castle of wind)를 쓸 수 있는 유일한 존재. 제3차 마도대전 당시 주로 아군의 군대를 지원하는 역할로 활약함. 그리고 광신 사냥 프로젝트에서……."

"마이."

제온은 재빨리 이름을 부르며 말을 끊었다. 마이는 순간적으로 눈을 깜빡이며 입을 다물었고, 마그나스는 잠시 두 사람의 분위기를 살피다 어깨를 으쓱이며 말했다.

"대단한데, 마이? 너 말이야, 어디 도서관 같은 데서 살다가 온 거야?"

"비슷해. 마이는 책과 서류를 찾고 정리하는 일을 도왔어."

"그렇구나. 그러면 지금부터는……."

마그나스는 가느다란 눈으로 제온을 바라보며 말했다.

"네가 설명해. 대체 앤 어째서 이런 걸 모두 알고 있는 거지? 정체가 뭐야? 그리고 왜 너랑 같이 다니고 있지? 또 '광신 사냥 프로젝트'는 뭐야?"

"이야기가… 길어질 거야."

제온은 한숨과 함께 솥 밑에 타고 있는 불꽃을 바라보았다.

여기까지라면 어떻게든 얼버무릴 수 있을 것이다. 하지만 일단 이야기를 꺼내기 시작하면 되돌릴 수 없었다.

자신에게 얽힌 이 거대한 죄업과 숙명의 굴레에 과연 아무 상관없는 이 친구를 빠뜨려도 괜찮은 것인가?

'괜찮을 리가 없어. 이건 은혜를 원수로 갚는 일이야.'

제온은 마음이 괴로웠다. 마그나스는 자신을 인간으로 되돌려준 소중한 친구였다. 프로나를 제외한다면 가장 큰 역할을 했다고 해도 과언이 아니다.

항간에는 나인제로 몬스터즈에서 제온과 가장 가까운 친우가 네프카인 것으로 알려져 있다. 그러나 그것은 사실이 아니었다. 물론 네프카로부터 인간에게 필요한 많은 것을 배웠고 서로 친한 것도 사실이지만, 그것은 어디까지나 서로를 인정하고 격식을 갖춘 라이벌 같은 느낌의 관계였다.

그에 비해 마그나스는 그냥 친구였다.

쓸데없이 시시덕거리고 별거 아닌 일을 가지고 밤새 토론을 펼쳤다. 심심풀이로 마법 대련을 하고, 다른 친구들을 놀래기 위해 계획을 짜거나, 맛있는 음식을 먹기 위해 비밀리에 아카데미를 빠져나가곤 했다.

그리고 그런 쓸데없는 짓들이야말로 제온을 진정한 인간으로 만들어 주었다. 제온은 결코 그를 곤경에 빠뜨리고 싶지 않았다.

그렇기 때문에 지금 이 상황에서 도저히 입이 떨어지질 않았다.

"너 말이야……."

한참 동안 기다린 마그나스는 이내 식은땀마저 흘리기 시작한 제온을 향해 혀를 차며 말했다.

"쓸데없는 고민은 집어치워. 이제 와서 설마 날 걱정하는 건 아니겠지?"

"하지만… 돌이킬 수 없을 거야."

"돌이키긴 뭘 돌이켜? 애당초 내가 왜 널 찾아다녔을 거라고 생각한 거야?"

제온은 고개를 숙이며 입을 다물었다. 마그나스는 어이없다는 얼굴로 제온을 노려보며 소리쳤다.

"야, 이 멍청아! 프로나가 네 마누라인 줄만 아냐?"

"뭐, 뭐?"

"프로나는 네 마누라였지만 내 친구이기도 했다고! 벌써 머리가 굳어버린 거냐? 아카데미에서 날 소개해 준 게 대체 누구였다고 생각해?"

"그건……."

"난 너보다 훨씬 전부터 프로나를 알고 있었어! 우리 망할 아버지의 마법에 대한 열정을 모르는 거야? 난 무려 다섯 살 때부터 전 대륙의 유망한 마법 가문의 딸내미들과 친교를 나눴다고! 미래의 신붓감을 위해서 말이야! 그리고 프로나의 화이트 가문은 그중에서도 일 순위였다고!"

제온은 멍한 얼굴로 마그나스를 바라보았다. 마그나스는

여장을 위해 화장을 한 얼굴이 무색할 정도로 표정을 구기며 제온을 향해 삿대질을 했다.

"그러니까 너만 괴로울 거라고 생각하지 마! 나도 그 망할 초신수를 찢어 죽이고 싶다고!"

"하지만… 온 세상을 적으로 돌리게 될 거야."

"하! 온 세상 좋아하시네!"

마그나스는 코웃음을 치며 말했다.

"얼어 죽을 온 세상! 난 그딴 거 신경 안 써. 내가 왜 집을 뛰쳐나와서 이 모양 이 꼴로 살고 있는지 알아? 바로 이런 문제가 생겼을 때 내 맘대로 하기 위해서라고!"

"마그나스……."

"빌어먹을! 프로나는 정말 좋은 친구였어! 나인제로 몬스터즈? 웃기지 말라고그래. 그 괴물들을 한데 모아서 친구로 만든 게 대체 누구였다고 생각하는 거지? 프로나야! 프로나가 없었으면 나인제로 몬스터즈는 존재하지도 않았다고!"

마그나스는 참았던 분노가 폭발한 듯 떨리는 손으로 주먹을 움켜쥐며 말했다.

"다들 나랑 똑같은 생각일 거야. 네프카, 샤리. 하지만 그 녀석들은 자신의 자리에 묶여서 꼼짝도 할 수 없어. 하지만 난 달라. 그러니까 제발 그 빌어먹을 걱정은 그만둬. 네가 무슨 짓을 하더라도 난 도울 거니까!"

마그나스는 반론의 여지가 없이 선언했다. 제온은 입술을 깨물었다. 사실 처음부터 알고 있었다. 마그나스라면 이렇게 말하고 이렇게 행동할 것이란 사실을.

그럼에도 불구하고 끌어들이기 싫었던 것이다. 이 싸움에는 뒤라는 것이 없었다. 패배하면 죽음이고, 승리하더라도 남은 인생을 평생 동안 어둠 속에서 살아야 할 테니까.

"…칠흑의 마왕 때완 비교도 할 수 없을 거야."

제온은 가까스로 입을 열며 말했다. 마그나스는 그제야 잔뜩 구겼던 표정을 풀며 웃음을 지었다.

"당연하지. 그 녀석은 어둠 속에 숨어서 치졸한 작전에 의지하는 겁쟁이일 뿐이었잖아?"

"네가 말했다시피 네프카와 샤리는 도와주지 못할 거야."

"상관없어. 하지만 프로나의 원수니까, 그래도 밍우이는 발 벗고 나서 주겠지."

밍우이는 나인제로 몬스터즈의 다섯 번째 멤버로, 인간이 아닌 수인(獸人)으로서 아카데미에 입학한 최초의 인물이다. 제온은 마치 친자매처럼 프로나와 친했던 밍우이의 모습을 떠올리며 가만히 고개를 끄덕였다.

"밍우이라면 그럴지도. 하지만 베이라 군도(群島)에는 아직 소식이 가지 않았을지도 몰라."

베이라 군도는 유리언 대륙의 서쪽에 있는 수인들의 고향이다. 마그나스는 눈살을 찌푸리며 제온에게 말했다.

"그러니까 네가 나쁜 놈이라는 거야. 밍우이는 자신과 가장 친했던 인간의 죽음조차 모르고 있는 거야. 아무리 충격을 받았어도 먼저 소식을 알렸어야지."

"그럴… 겨를이 없었어."

"괜찮아. 사실 내가 알려줬으니까."

"뭐?"

"내가 직접 가기는 좀 힘들어서 석 달쯤 전에 밍우이의 고향에 따로 사람을 보냈어."

마그나스는 별거 아니라는 듯 말하고는 제온의 어깨에 손을 얹었다.

"그러니까 신경 쓰지 말고 말해. 정확히 무슨 일이 있었는지, 그리고 앞으로 어떻게 그 망할 초신수를 해치울 건지 말이야."

7장

천라지망

"베오르그를 찾았습니다!"

오두막집을 뒤지던 신관이 밖으로 나오며 소리쳤다. 쭈그리고 앉아 지면을 살피고 있던 클로시아는 몸을 벌떡 일으키며 신관이 들고 있는 칼을 바라보았다.

"어째서… 정말로 베오르그인가요?"

"틀림없습니다, 집행관님."

신관은 칼집에서 칼을 뽑아 자신의 말을 증명해 보였다. 날카로운 칼날에서 선명한 빛이 남서쪽을 향해 뻗어 나갔고, 클로시아는 눈살을 찌푸리며 급히 소리쳤다.

"알겠으니 빨리 집어넣으세요! 베오르그를 뽑는 건 큰 불경입니다!"

신관은 깜짝 놀라며 칼을 도로 집어넣었다. 클로시아는 신관에게 다가가 칼을 건네받은 다음 손잡이에 새겨져 있는 신수교단의 문양을 확인했다.

'기껏 탈취해 놓고서… 어째서 이런 곳에 놔두고 간 거지? 그만큼 상황이 급박했던 건가?'

클로시아는 방금 전까지 자신이 쪼그리고 앉아 살피던 곳을 바라보았다. 지면에는 수없이 파여 있는 자국과 다양한 마법의 흔적이 남아 있었다.

그중에서 주목할 만한 것은 역시 제온의 결전 마법인 라이트닝 캐논의 흔적이었다. 클로시아는 칼을 안아 든 채로 라이트닝 캐논이 휩쓸고 지나간 장소를 향해 걸어갔다.

"제온님은 여기서 라이트닝 캐논을 쐈고… 여기서 뭔가가 당했어."

클로시아는 몸을 숙이고 지면에 떨어져 있는 검은 조각을 집어 들었다. 그것은 무언가의 살점이 녹아 붙은 가죽 조각이었다.

"지방이 많아. 살찐 인간… 아니, 오크인가?"

"클로시아! 뭔가 발견했어?"

뒤늦게 현장에 도착한 블랙빈이 쿵쾅거리며 클로시아를 향해 달려왔다. 클로시아는 자신과 마찬가지로 집행관인 거구의 남자를 바라보며 고개를 끄덕였다.

"전투의 흔적이요. 그리고 베오르그도."

"베오르그? 그 이단자가 놔두고 간 건가?"

"여기 있던 건 확실해요. 그런데 대체 누구와 싸운 걸까요?"

클로시아는 한숨을 내쉬며 주위를 둘러보았다. 이곳은 마 대륙과 인접한 이켈 지방의 한복판에 위치한 벌판으로, 전 대류에서 흘러들어 온 유랑민들이 농사를 지으며 근근이 먹고 살던 땅이다.

그러나 올해 초에 발생한 역병이 이 땅을 사정없이 몰아쳤다. 각지에 흩어져 살던 수많은 유랑민이 손 한 번 제대로 써보지 못하고 목숨을 잃었고, 남은 것은 텅 빈 마을과 잡초만이 무성한 농지뿐이었다.

'세상의 섭리께서도 역병은 주관하시지 못하는 걸까.'

클로시아는 안타까운 마음으로 이 땅에 살던 사람들의 죽음을 애도했다. 자신이 살던 고향을 떠나 먹고살기 위해 이토록 위험한 땅에 정착할 수밖에 없던 불쌍한 사람들에게 또다시 피할 수 없는 불행이 찾아온 것이다.

그러나 지금은 감상에 빠져 있을 때가 아니었다. 클로시아는 흐트러진 금발을 다시 모아 묶으며 블랙빈에게 말했다.

"제온님은 여기서 다수의 적과 싸우셨어요. 라이트닝 캐논을 쓸 정도로 강력한 적과 말이죠. 그런데 세상에 제온님과……"

"어이, 클로시아."

그러자 주위를 살피던 블랙빈이 눈살을 찌푸리며 클로시아를 돌아보았다.

"그 이단자에게 존칭을 붙이는 건 좀 자제하는 게 어떨까?"

"아……."

"사실 나는 별로 상관없긴 한데, 다른 사람들이 불쾌해할 거야. 특히 체리오트님 앞에서 그랬다간 경을 칠지도 모른다고."

체리오트는 신수교단의 대집행관으로 몇 달 전 제온과의 전투에서 심각한 부상을 입고 가까스로 목숨만 건진 상태이다.

다행히 지금은 신수교단이 자랑하는 회복 마법의 도움을 받아 건강을 회복했다. 하지만 제온에게 당한 불명예스러운 흔적은 그의 자랑이던 빼어난 외모를 영원히 빼앗아 버렸다.

"주의할게요. 워낙 습관이 되어버려서……."

클로시아는 고개를 숙이며 붉은 화상 자국으로 괴물처럼 변해 버린 체리오트의 얼굴을 떠올렸다.

제온이 그에게서 빼앗아간 것은 외모뿐만이 아니었다.

그 사건 이후 여유롭고 고풍스럽던 체리오트라는 인간은 사라져 버렸다. 남은 것은 이단자에 대한 증오와 분노만이 가득한 신수교단의 대집행관뿐이었다. 클로시아는 몸서리를

쳤다. 그리고 인간이 아닌 다른 무언가로 변한 듯한 체리오트의 모습을 머릿속에서 지우며 말했다.

"아무튼 좀 더 조사해 봐야 할 것 같지만, 제 생각에 제온… 아니, 그 이단자가 여기서 싸운 것은 아무래도 마족 같아요."

"마족?"

"그렇지 않고서는 설명할 방법이 없어요. 토벌단이 이켈 지방에 도착한 게 바로 어제고, 마족을 제외하면 그 이단자와 이렇게까지 격렬하게 전투를 벌일 존재는 없으니까요."

"흐음, 마요르에 나타난 뱀파이어가 계속 그자를 노리고 있는 건지도 모르겠군."

블랙빈은 솥뚜껑처럼 커다란 손바닥으로 턱을 쓰다듬었다. 클로시아는 잠시 생각하다 고개를 저었다.

"아마 퀸은 아닐 거예요. 퀸은 뱀파이어의 여왕이긴 하지만 수하를 거느리지 않고 혼자 다니는 걸로 유명하니까요."

"하지만 한두 마리를 상대로 이런 난장판을 만들진 않았겠지. 사방에 흔적이 남아 있잖아?"

"네. 일단 오크 같은 흔적을 발견했어요. 물론 이단자가 고작 오크를 상대로 라이트닝 캐논을 사용했는지는 의문이지만……."

클로시아는 말끝을 흐리며 라이트닝 캐논의 흔적을 따라 계속 걸어갔다. 그러다가 다시 지면에 남은 흔적을 발견하고는 몸을 숙였다.

"여기 뼛조각 같은 게 있네요."

"뼛조각?"

블랙빈은 검은 뼛조각을 건네받으며 눈살을 찌푸렸다. 클로시아는 뼛조각 말고도 바닥에 흩어져 있는 검게 탄 천 조각을 주워 들며 말했다.

"아마도 라이트닝 캐논의 진짜 목표는 여기 있던 마족인 것 같네요. 로브를 입고 다니고, 뼛조각에 살점이 전혀 붙어 있지 않은 걸로 봐서는……."

"스켈레톤?"

"그럴 리가요. 고작 스켈레톤에 라이트닝 캐논을 쓰겠어요?"

클로시아는 쓴웃음을 지으며 손바닥 위의 천 조각을 후 하고 불어버렸다.

"아마 리치일 거예요."

"리치? 그런 고위 마족이 여기까지 왔다고?"

블랙빈은 놀란 얼굴로 손 안의 뼛조각을 보았다. 클로시아는 고개를 끄덕이며 다른 장소로 천천히 걸음을 옮기기 시작했다.

"확실한 것 같아요. 그자를 죽이기 위해서 강력한 마족들이 여기까지 몰려왔던 거예요."

"믿을 수가 없군. 마도대전에서 패배한 지 몇 년이나 지났다고."

"그만큼 그자를 죽이고 싶었던 거겠죠. 누가 뭐래도 칠흑의 마왕을 죽인 원수니까요."

클로시아는 생각에 잠겼다. 문제는 제온이 이곳에 있는 것을 어떻게 마족들이 알아냈냐는 것이다. 전 대륙에 거미줄 같은 정보망을 갖춘 신수교단도 겨우 어제 제보를 받고 이곳으로 토벌단을 보냈는데 말이다.

'게다가 타이밍도 절묘해. 만약 제온님이 마 대륙과 가까운 이켈 지방이 아니라 다른 곳으로 도망쳤다면 어쩔 생각이었을까?

생각할 수 있는 것은 마족들도 독자적으로 제온을 죽이기 위해 감시망을 펼치고 있다는 것이다. 나인제로 몬스터즈의 열렬한 팬이자 제3차 마도대전의 연구가이기도 한 클로시아는 자신이 알고 있는 모든 지식을 동원해 제온을 노리는 마족을 분석했다.

'일단 오크와 리치가 있었던 건 확실해. 평범한 오크라면 리치 같은 고위 마족과 함께 다니진 않을 테니… 분명 족장급의 오크일 거야. 해머 로드 다쿤? 아니면 매직랜스 토부? 아니, 토부는 3차 마도대전에서 네프카님께 죽었던가?

클로시아의 추론은 놀라울 정도로 진실에 근접해 있었다. 그러나 증거가 없는 이상 추론은 추론일 뿐이다. 그보다 중요한 것은 제온과 싸운 마족의 정체가 아닌, 바로 지금 이 순간 제온이 어디에 있느냐는 사실이었다.

클로시아는 화염 마법에 맞은 듯 둥글게 탄 지면 앞에 멈춰 서며 말했다.

"아무튼 그자는 여기서 마족들과 싸웠어요. 하지만 마족들도 목표를 달성하지는 못했을 거예요."

"증거가 있는 거야? 아니면 네 희망?"

"경험에 의한 추론이죠. 우리 모두 그자가 얼마나 강한지 알고 있잖아요?"

클로시아는 블랙빈을 돌아보며 어색한 미소를 지었다. 블랙빈은 미소 대신 입술을 깨물며 고개를 끄덕였다.

"물론 잘 알고 있지. 하마터면 죽을 뻔했으니까."

"이 정도 전력으로는 그자를 잡을 수 없어요. '라시드의 눈' 정도는 돼야 그자의 역장을 뚫을 수 있을 테니까요."

"그렇다면 어째서 베오르그를 놔두고 간 거지?"

블랙빈은 클로시아가 안고 있는 신수교단의 성물을 바라보았다. 클로시아는 잠시 생각하다 고개를 한쪽으로 기울이며 말했다.

"급해서… 였을지도 모르겠네요."

"급하다고?"

"마족들은 제온, 아니, 그자를 해치우지는 못했지만 그래도 꽤 큰 타격을 입힌 게 아닐까요? 마력을 거의 고갈 냈다던가 말이죠. 그리고 지원군이 더 도착해서 그자도 어쩔 수 없이 이곳을 탈출해 도망친 게 아닐까 싶어요."

그것이 클로시아가 유추할 수 있는 유일한 결론이었다. 하지만 블랙빈은 생각이 다른 듯 고개를 저었다.

"아니, 그보다 명확한 결론이 있어."

"예를 들면요?"

"딱히 예를 들 것도 없지. 그냥 마족들이 이단자를 해치운 거야."

블랙빈은 한쪽 주먹을 다른 쪽 손바닥에 부딪쳤다.

"그래야 이야기가 맞아. 안 그러면 이단자에게 죽은 동료의 시체를 대체 누가 치웠겠어?"

"물론… 살아남은 마족이겠죠."

"내 말이 그 말이야. 녀석들은 동료의 시체를 치우면서 동시에 그자의 시체도 같이 처리한 거지. 간단한 결론이잖아?"

블랙빈은 어깨를 으쓱였다. 물론 클로시아는 제온이 이미 죽었다는 사실을 받아들일 수 없었다. 하지만 적어도 이 시점에서 블랙빈의 주장이 가장 설득력이 높다는 것을 인정하지 않을 수도 없었다.

"그럴 가능성이… 없는 건 아녜요."

"없는 게 아니라 이게 맞을 거야. 사실이라면 우리가 할 일을 마족 놈들이 대신 해준 셈이지."

"정말 그랬으면 좋겠네요. 기적은 두 번 일어나지 않을 테니까요."

클로시아는 체념한 듯 말했다. 마요르에서 제온을 상대로 싸우던 자신들이 살아남은 것은 말 그대로 기적에 가까운 일이었다. 아슬아슬한 순간에 뱀파이어가 나타나 제온을 공격하지 않았다면 자신은 물론이고 그 자리에 있는 모든 집행관들은 땅속에 묻혀 썩어가고 있을 것이다.

하지만 클로시아는 제온이 죽지 않았기를 바랐다. 그것은 자신도 어쩔 수 없는 본능 같은 감정이었다.

클로시아는 문득 과거를 떠올렸다.

그녀의 고향은 이곳, 바로 이켈 지방에 있는 마을이다.

이름마저 없던 작은 마을은 그냥 레스톤 왕국에서 살 수 없게 된 사람들이 모여서 살던 공동체 같은 것이었다.

클로시아가 일곱 살이 되었을 무렵, 간간이 대륙을 넘어오던 마족의 습격으로 마을이 쑥대밭이 되고 말았다. 살아남은 것은 뒷산으로 놀러나갔던 그녀뿐이었다. 그녀는 먼 곳에서 자신의 가족과 마을 사람들을 잡아먹고 있는 마족들을 발견했다. 석상처럼 얼어붙은 그녀는 그곳에서 아무것도 하지 못한 채 끔찍한 참극을 지켜볼 수밖에 없었다.

가족을 잃고 고아가 된 그녀는 이후 3년 동안 떠돌이 생활을 하며 가까스로 목숨을 연명했다. 이켈 지방의 남쪽에 있는 작은 도시에서 구걸을 하다가 한 신관의 눈에 띄어 신수교단에 거두어지게 된 것은 그녀가 태어나서 처음으로 경험한 행운이었다.

덕분에 클로시아의 마음속에 마족에 대한 증오는 그 뿌리가 깊었다. 그녀는 전투신관이 되길 원했고, 다행히 마법에 재능이 있어 열두 살부터 본격적인 수련을 받기 시작했다.

안타깝게도 그녀의 재능은 포스 필드 같은 역장이나 방어계 마법에 한정된 것이었다. 전투신관이 되어도 직접 마족을 해치우는 것은 무리였다. 그녀는 잠시 좌절했지만 그래도 의지를 잃지는 않았다. 언젠가 있을 마족과의 전투에 조금이라도 도움이 되길 바라며 전투신관이 되기 위한 힘든 수행을 꿋꿋이 견디며 유년 시절을 통과했다.

그러던 중 칠흑의 마왕이 대규모의 병력을 이끌고 유리언 대륙을 침략했다.

바로 3차 마도대전의 시작이었다. 마침 열여섯 살이 된 클로시아는 전투신관으로서 인정을 받고 실전에 투입될 수 있는 상태였다.

그러나 신수교단은 이 전쟁에 병력을 파견하지 않았다. 클로시아는 증오스러운 마족들이 인간의 군대를 격파하며 끊임없이 남하해 내려오는 소식을 들으며 발만 동동 구를 수밖에 없었다.

그러던 중 매직 아카데미가 그해의 졸업생을 모조리 전쟁에 투입하는 극단적인 선택을 감행했다. 이 소식은 빠르게 전 대륙으로 퍼져 나갔다. 아카데미와 대륙 연합군은 더 많은 인적, 물적 지원을 이끌어내기 위해 아카데미 졸업생들의 영웅적인 활약을 문서로 만들어 하루가 멀다 하고 전 대륙으로 퍼

나르기 시작했다.

덕분에 클로시아는 전장에서 날아오는 일명 '나인제로 몬스터즈'의 소식에 크게 열광하며 대리만족을 느꼈다. 그중에서도 뇌전계 마법으로 엄청난 숫자의 마족을 학살한 제온은 그녀의 마음을 송두리째 빼앗아 버렸다.

특히 제온이 어린 시절 그녀의 마을을 공격했던 홉고블린(Hobgoblin) 천 마리로 구성된 군대를 혼자서(사실은 나인제로 몬스터즈의 다른 멤버인 마그나스의 지원을 받았지만, 좀 더 극적으로 보이기 위해 연합군이 의도적으로 이야기를 바꿨다) 전멸시켰다는 이야기를 들었을 땐 클로시아의 가슴엔 영원히 지워지지 않을 각인이 새겨졌다.

애정, 사랑, 존경, 열광, 감사, 희망……. 단지 하나의 단어로는 제온에 대한 클로시아의 감정을 표현할 수 없었다.

그녀는 전쟁이 끝날 때까지 계속된 나인제로 몬스터즈의 기적적인 활약을 전해 들으며 자신도 좀 더 나은 존재가 되어야 한다는 긍정적인 목표를 가지게 되었다. 그래서 전투신관의 최고 지위라 할 수 있는 '집행관'에 지원했고, 힘겨운 수련 기간을 통과해 정식으로 2급 집행관의 지위를 움켜쥐게 되었다. 다만 집행관이 된 그녀의 첫 정식 임무가 초신수의 축복의 제물이 된 제온을 감시하는 것이라는 아이러니한 일이 벌어지고 말았지만.

"아침부터 수고가 많습니다. 전투의 흔적을 살피고 있는

건가요?'

클로시아가 상념에 빠져 있는 사이 한발 늦게 현장에 도착한 렌파가 두 사람을 향해 다가오며 물었다. 블랙빈은 즉시 가슴에 손을 얹으며 화답했고, 클로시아도 뒤늦게 인사를 건네며 렌파에게 말했다.

"오셨나요, 렌파님. 일단 여기서 그 이단자가 전투를 벌인 것은 확실합니다."

"10㎞ 이상 떨어진 곳에서도 번쩍이는 섬광을 목격했다고 하니까요. 하지만 그자도 위험한 곳을 골라 숨었군요. 마족도 마족이지만 하필이면 역병이 휩쓸고 지나간 곳을……."

렌파는 뭔가를 더 말하려다 이내 쓴웃음을 지으며 고개를 저었다. 클로시아는 전도유망한 1급 집행관이자 자신의 직속 상관인 렌파의 얼굴을 잠시 바라보며 생각했다.

'역시 피곤해 보여. 요즘 너무 무리하고 계시는 게 아닐까?'

렌파는 30대 후반이라는 나이와 어울리지 않는 귀여운 인상의 동안이다. 그러나 아무리 어려 보인다 해도 무리한 강행군에 눈 밑이 검게 변하는 것은 어쩔 수 없었고, 거기에 어깨까지 축 처져 있어 툭 치면 바로 쓰러질 것 같은 위태로운 상태로 보였다.

렌파는 제온을 제거하기 위해 결성된 토벌단의 실질적인 지휘관이었다. 대륙 각지에서 몰려오기 시작한 다양한 성격의 지원군을 관리하는 것만으로도 엄청난 일인데, 거기에 끝도 없이 쏟아지는 정보의 분석과 실전에 필요한 다양한 플랜의 전술까지 만들어놓아야 했다.

물론 클로시아는 자신이 할 수 있는 한도 내에서 렌파의 일을 최대한으로 보조했다. 그러나 어쩔 수 없이 렌파가 혼자 감당해야 하는 일도 있었는데, 그중에서도 가장 심각한 것이 바로 대집행관인 체리오트의 역정을 받아내는 것이었다.

―그 찢어 죽일 이단자의 위치를 아직도 알아내지 못한 건가!

―당장 찾아내라! 바로 지금, 지금 말이다!

―빌어먹을! 대체 자네는 뭘 하고 있는 건가! 수천 명의 부하를 붙여줘도 그놈 하나 찾아내지 못하다니!

―무능하군! 난 자네가 이렇게 무능한지 처음 알았네! 대체 하는 일이 뭔가!

체리오트는 하루가 멀다 하고 렌파에게 일방적인 역정을 쏟아냈다. 그것이 짜증 섞인 화풀이에 불과하다는 것을 모르는 사람은 없었지만, 사람 좋은 렌파는 한마디의 반발도 하지 않고 자신의 무능을 사과하며 지금까지 대집행관의 비위를 맞춰온 것이다.

"일단 현장에 남아 있는 이 베오르그와 다른 여러 가지 정황을 고려해 볼 때… 이곳에서 벌어진 일과 그자가 현재 어떤 상황에 처해 있을지에 대해서 몇 가지 가설을 세울 수 있을 것 같아요. 일단 먼저 가능성이 높은 사실을 말씀드리자면……."

클로시아가 막 설명을 시작하려 하는 순간, 렌파는 힘없이 웃으며 고개를 저어 보였다.

"아니, 그런 이야기라면 나중에 하는 게 좋겠습니다."

"네?"

"두 번 말하면 번거로울 테니까요. 다른 사람들도 오고 있습니다. 특히 대집행관도 오셨으니… 곧 브리핑이 시작될 겁니다."

렌파는 그렇게 말하며 뒤를 돌아보았다. 오십 미터쯤 떨어진 곳에서 대규모의 수행단을 거느린 체리오트가 신경질적인 발걸음으로 이쪽을 향해 걸어오고 있었다.

"렌파, 부하들을 데리고 저 집으로 들어오게!"

얼굴을 붕대로 칭칭 감은 체리오트는 베오르그가 발견된 오두막집을 가리키며 날카로운 목소리로 소리쳤다. 렌파와 집행관들은 즉시 가슴에 손을 얹고 경례를 붙인 다음 오두막 집을 향해 이동하기 시작했다.

'역시 변해도 너무 변하셨어.'

오두막집으로 들어온 클로시아는 창밖으로 보이는 대집행

관의 수행원들을 바라보았다. 체리오트는 원래 신앙에 충실하고 권위를 내세우지 않는 모범적인 성직자의 대표였다. 공식적인 행사에도 경호 한 명 없이 자유롭게 돌아다녔고, 신수교단의 복잡한 정치 상황 속에서도 그저 믿음 하나만 가지고 중립을 지키던 강직한 인물이었다.

그러나 마요르에서의 치욕적인 사건 이후 체리오트는 완전히 변해 버렸다.

우선 세 명의 직속 집행관과 스무 명이 넘는 수련집행관의 호위가 없으면 한 발자국도 움직이지 않을 정도로 안전에 민감해졌다. 물론 이 대규모의 수행단을 관리하는 것은 렌파의 업무 중 하나이기 때문에 그에 따른 고충도 무시할 수 있는 수준이 아니었다.

거기에 평소에 거리를 두었던 다리우스 추기경 밑으로 들어가 그의 충실한 부하를 자처하기 시작했다. 다리우스는 신수교단의 교황인 그랜트 3세가 병석에 누운 이후 교단의 실권을 거머쥔 실력자지만, 교단의 힘을 노골적으로 자신의 것으로 만드는 모습에 반발을 가진 사람도 많았다.

'다리우스 같은 자의 밑으로 들어가다니… 체리오트님은 정말로 제온님을 죽이기 위해 자신의 모든 것을 버린 걸까?'

클로시아 역시 그런 사람들 중의 한 명이기 때문에 지금의 체리오트의 모습에 안타까움을 느끼지 않을 수 없었다. 집 안으로 들어온 체리오트는 부하들이 들고 온 간이 의자에 걸터

앉은 다음 팔짱을 끼고 눈을 감았다. 과거에는 다른 사람들과 대화하기를 좋아하던 사교적인 성격이었지만, 지금은 제온의 토벌이 관련된 일이 아니면 입 자체를 열지 않았다. 물론 스스로의 분노를 참지 못하게 되었을 때 렌파에게 역정을 쏟아내는 것은 예외지만.

"잠시 후에 크롬 나이트의 아셰린 경이 도착할 예정입니다. 브리핑은 아셰린 경이 오면 바로 시작하도록 하겠습니다."

렌파는 멀뚱히 서 있는 부하들을 위해 간단히 상황을 설명했다. 집 안에는 체리오트와 그를 수행하는 세 명의 집행관이 있었는데, 세 명 모두 렌파와 동일한 일급 집행관이면서도 체리오트를 수행하는 일 이외에는 아무것도 하지 않았다.

일급 집행관이 렌파를 포함해 고작 열두 명뿐이라는 것을 생각할 때 그것은 실로 재앙에 가까운 인력의 낭비였다. 특히 렌파와 개인적으로 친분 관계가 있는 하스톤이라는 집행관은 체리오트의 뒤쪽에서 안타까운 눈으로 자주 친구의 얼굴을 바라보았다. 그럴 때면 렌파는 그저 어깨를 으쓱이며 힘없이 웃어 보일 수밖에 없었다.

잠시 후, 오두막집 문이 열리며 은회색의 풀 플레이트 아머를 입은 기사가 안으로 들어왔다. 클로시아는 육중한 기사의 모습을 바라보며 입안에 고인 침을 삼켰다.

'크롬 나이트… 온다 온다 하더니 결국 합류한 모양이네.'

한 명의 로우 위저드(Low wizard)가 30명의 병사를 상대할 수 있는 이 마법사의 시대에서 유일하게 순수한 무력으로 그 명성을 떨치고 있는 타로스 왕국의 기사단이 바로 크롬 나이트였다.

"이런이런. 늦어서 죄송합니다. 서두른다고 서둘렀는데 마차 바퀴가 빠져버리는 바람에 시간이 걸려서 말입니다."

실내에 들어온 기사는 커다란 투구를 벗어 손에 쥔 다음 넉살 좋게 웃으며 자신을 소개했다.

"타로스 왕국의 아셰린이라고 합니다. 명색이 남작이지만 급조된 가문이라 신경 쓰지 않으셔도 됩니다. 하하핫!"

아셰린은 서른 살 정도로 보이며 엄청나게 무거워 보이는 갑옷에 비해 상대적으로 호리호리해 보이는 체격을 가지고 있었다. 짧게 깎은 머리카락과 각진 얼굴은 전형적인 군인 스타일이지만, 성격은 보기보다 밝은 듯 연신 웃으며 이야기를 계속했다.

"체리오트님과 수행분들, 그리고 저기 계신 렌파님과는 어젯밤에 인사를 나눴죠. 다른 분들은 처음 뵙는 것 같은데 부디 성함을 알려주시지 않겠습니까?"

"이급 집행관 블랙빈입니다."

"마찬가지로 이급 집행관인 클로시아입니다. 잘 부탁드립니다."

두 사람은 고개를 숙이며 아셰린을 향해 인사를 건넸다. 아셰린은 만면에 웃음을 띠며 고개를 끄덕였다.

"블랙빈님과 클로시아님이시군요. 만나서 반갑습니다. 특히 클로시아님처럼 아름다운 미인을 만나 뵙게 되어 무척 기분이 좋군요. 하하핫! 물론 그렇다고 여신관님께 불경한 마음을 품을 생각은 없으니 안심하셔도 괜찮습니다. 하하하!"

아셰린은 신나게 웃었지만 안타깝게도 그를 따라 웃는 사람은 아무도 없었다. 클로시아 역시 미인이라는 소리에 기분 나빠할 정도로 뒤틀린 성격은 아니지만, 그렇다고 얼굴에 붕대를 감은 채 눈을 질끈 감고 있는 대집행관 앞에서 함께 웃을 정도로 개념을 상실하지도 않았다.

클로시아는 조신하게 고개를 숙이며 대답했다.

"감사합니다, 아셰린 경. 아침부터 먼 곳까지 오시느라 수고가 많으셨습니다."

"확실히 수고가 많긴 했습니다. 하하! 이 갑옷을 챙겨 입는 게 여간 힘든 게 아니라서 말입니다."

아셰린은 자신의 가슴을 손바닥으로 두드렸다. 크롬 나이트의 상징이라고 할 수 있는 그 두꺼운 풀 플레이트 아머는 그 자체로 다양한 마법적인 효과가 깃들어 있는 성법기라 할 수 있었다.

"사실 토벌단의 집결지에서 그리 먼 거리는 아니라고 생각합니다만, 아쉽게도 이 갑옷을 입고는 도저히 말을 탈 수가 없어서 말입니다. 하하하! 기본적으로 이동에 마차가 필요한 짐 덩어리인 셈입니다. 그런데 기왕 마차를 움직이는 김에 부하 세 명도 함께 태워가지고 왔습니다. 일단 밖에 세워놓긴 했는데, 별문제가 안 된다면 안으로 들어오라고 해도 괜찮을는지요?"

"그대로 두시오. 지금부터 브리핑을 시작할 테니."

그러자 눈을 감고 있던 체리오트가 싸늘한 목소리로 입을 열었다. 아셰린은 기분 나빠할 법도 했지만, 전혀 상관없다는 듯 웃으며 고개를 끄덕였다.

"알겠습니다. 부하들에겐 나중에 제가 전달하도록 하죠."

"그럼 시작하게."

체리오트가 눈짓을 했다. 렌파는 고개를 끄덕이며 설명을 시작했다.

"우선 이 브리핑의 첫 번째 목적은 이단 토벌단의 현재 구성과 목표, 그리고 목표를 달성하기 위한 진행 상황과 앞으로의 작전 개요를 타로스 왕국의 아셰린 경에게 전달하는 것입니다."

"저런, 절 위해 마련해 주신 자리군요. 집중해서 경청하도록 하겠습니다."

아셰린은 몸 둘 바를 모르겠다는 듯 고개를 조아렸다. 렌파는 피로한 얼굴에 가벼운 미소를 지으며 고개를 끄덕였다.

"감사합니다, 아셰린 경. 그럼 성의력 99년 8월 21일, 마요르에서 벌어진 대학살 사건으로 인해 신수교단의 교황령으로 공식 이단자로 지정된 제온 스태틱을 토벌하기 위한 토벌단의 규모부터 설명하겠습니다."

렌파는 그렇게 말하며 준비해 온 서류를 꺼내 펼쳤다.

"성의력 9월 24일 현재 정식으로 토벌단에 등록된 신수교단의 인력은 다음과 같습니다. 토벌단의 단장이자 총책임자이신 체리오트 대집행관 이하 1급 집행관 여섯 명, 2급 집행관 아홉 명, 수련집행관 여든다섯 명입니다."

이것은 신수교단에 소속된 집행관 총 전력의 절반에 해당하는 숫자였다. 아셰린은 놀랍다는 듯 휘파람을 불었고, 곧바로 자신의 행동이 무례했다는 듯이 미안한 표정으로 고개를 꾸벅거리기 시작했다.

'재미있는 남자네.'

클로시아는 그런 아셰린의 모습을 보며 속으로 웃었다. 렌파는 괜찮다는 듯 고개를 끄덕이며 설명을 계속했다.

"그리고 회색망토단 휘하 전투신관 420명, 신전기사단 1,380명이 공식적으로 토벌단에 소속된 신수교단의 전력입니다. 현재 회색망토단은 전원 집결지에 도착해 있고, 신전기사단은 트로스 경이 이끄는 480기를 제외하고는 마찬가지로 전원 합류해 있는 상태입니다."

신전기사단은 신수교단이 운영하는 공식 기사단으로, 비록 마법은 쓸 수 없지만 무(武)로써 교단에 이바지하려는 지원자를 받아 운용되는 조직이었다. 성법기를 독점적으로 생산하는 신수교단이니만큼 장비 면에 있어서는 다른 어떤 기사단에 비해 높은 수준을 유지하고 있었는데, 그중에 유일한 예외가 바로 이 자리에 있는 아셰린의 크롬 나이트였다.

"그리고 신수교단에서 고용한 총병력 이천 명의 세 개 용병단이 현재 집결지로 이동하고 있으며, 삼천 명 내외라면 현지에서 활동 중인 다른 용병 단체를 고용할 수 있는 교황 예하의 허가서가 떨어진 상태입니다. 여기까지가 저희 신수교단의 총병력입니다."

"이거야 원, 굉장하군요. 제가 괜히 와서 짐만 되는 건 아닐까요?"

아셰린은 놀란 눈을 하며 어깨를 으쓱여 보였다. 렌파는 천천히 고개를 저으며 말했다.

"크롬 나이트는 이번 토벌작전에 중핵을 맡게 될 예정입니다. 그전에 우선 신수교단을 제외한 토벌단의 지원 병력에 대해 설명하도록 하겠습니다."

렌파는 손에 든 서류의 페이지를 넘기며 말했다.

"우선 타로스 왕국에서 이곳에 계신 아셰린 경 이하 크롬 나이트 30기를 보내주셨습니다. 현재 집결지에 합류한 상태로 언제든지 전투에 투입될 수 있는 상태입니다."

"바로 그렇습니다."

아셰린은 뿌듯한 표정으로 고개를 끄덕였다.

"그리고 페슈마르 왕국에서 샐러맨더 킬러(Salamander

killer) 세 부대를 보내주기로 약속해 주셨습니다. 현재 페슈마르 왕국 내에 다수의 샐러맨더가 출현해 당장 합류하진 못하고 있습니다만, 최소 한 달 안으로 합류하지 않을까 예상하고 있습니다."

샐러맨더 킬러는 페슈마르 왕국의 최고 전투 조직으로, 이름처럼 국내에 출몰하는 샐러맨더를 제거하기 위해 만들어진 마법사단이었다.

한 부대가 열두 명의 마법사로 구성되어 있기 때문에 강력한 마법사로 유명한 페슈마르 왕국에서도 손에 꼽히는 서른여섯 명의 마법사가 토벌대에 합류하는 셈이다.

아셰린은 환영한다는 듯 박수를 치며 말했다.

"샐러맨더 킬러라니, 페슈마르의 국왕 폐하께서 큰 결심을 하셨군요. 가급적 결정적인 전투는 그들이 합류한 이후에 하는 게 좋을 것 같습니다."

"과연 어쩔지 모르겠군."

그러자 체리오트가 무거운 목소리로 입을 열었다.

"샐러맨더가 출몰한 것도 너무나 타이밍이 절묘하다. 물론 언젠가는 반드시 보내주겠지만 우리 토벌단의 임무는 한시라도 빨리 이단자를 제거하는 것. 지원 병력이 도착하는 것을 한없이 기다리고 있을 수만은 없다."

"그야 지당하신 말씀이십니다. 하하! 물론 폐하께서도 가능한 한 빠르게 지원 병력을 보내주실 테고 말이죠."

아셰린은 가볍게 웃으며 무거운 분위기를 빠져나갔다. 체리오트는 붕대에 감겨 표정을 알 수 없는 얼굴을 한 손으로 움켜쥐며 말했다.

"그랬으면 좋겠군. 렌파, 남은 지원 병력에 관한 건 짧게 끝내고 작전으로 넘어가게."

"알겠습니다. 이후로도 다양한 국가와 조직에서 많은 병력과 물자를 지원해 주고 계십니다. 물론 직접적인 지원이 아니라 해도 이번 토벌작전에 중요한 역할을 담당하고 있습니다. 바로 천라지망입니다."

렌파는 서류를 한 장 더 넘기며 설명을 계속했다.

"이단자 제온을 제거할 직접적인 전투에 앞서 토벌단은 그를 정신적, 육체적인 한계에 몰아넣기 위해 광범위한 포위망을 구축한 상태입니다. 이를 천라지망이라 하며, 기본적으로는 신수교단에 협력하는 모든 국가의 감시망에 의해 펼쳐집니다."

"감시망이라 하시면?"

아셰린이 되묻자 렌파는 블랙빈을 바라보며 고개를 끄덕였다. 블랙빈은 즉시 렌파의 옆으로 걸어오며 세 번 접은 커다란 지도를 펼쳐 보였다.

렌파는 지도의 북쪽 중심부를 가리키며 말했다.

"이곳이 현재 저희들이 위치한 이켈 지방입니다. 그리고 바로 여기 이켈 지방의 자치도시인 사자렌에 토벌단의 집결지가 있습니다."

아셰린은 고개를 끄덕였다. 렌파는 이켈 지방의 주위를 감싸고 있는 지역에 U자를 그리며 설명을 이었다.

"마요르가 있는 동쪽의 스벡 자치령, 피렉스 공국, 무암 왕국, 신수교단 자치령, 그리고 레스톤 왕국까지, 이켈 지방을 감싸고 있는 모든 지역에 제온의 수배령이 내려진 상태입니다. 모든 도시에 신관들이 추가로 배치되어 있으며, 모든 숙박 시설과 상점은 제온과 비슷한 외모를 가진 남성에게 잠자리를 제공하지도, 물건을 팔지도 못하게 되어 있습니다. 먼저 신고를 해서 파견된 신관이 진위를 파악하기 전까지 말입니다."

"하핫, 도시나 마을에는 발도 못 붙이겠군요."

"그렇습니다. 물론 제온이 필요한 물자를 얻기 위해 무력을 동원할 가능성은 있습니다만, 이것은 그가 가진 약점 때문에 쉽지 않을 것으로 생각됩니다."

"그자에게 약점 같은 것도 있습니까?"

"그렇습니다."

렌파는 고개를 끄덕이며 페이지를 넘겼다.

"이단자인 제온 스태틱의 유일한 약점은 바로 그자가 이동 마법에 능하지 못하다는 것입니다."

"호, 이동 마법이라……."

"물론 누가 뭐래도 아크메이지 급의 마법사가 이동 마법

자체를 못 쓰는 일은 없습니다. 그러나 기본적인 레비테이션 마법의 수준에서 크게 벗어나지 못하고 있습니다. 일단 확실한 위치가 드러나게 되면 이동 마법에 특화된 미들 위저드급의 마법사로도 충분히 뒤를 추적할 수 있습니다."

신수교단은 마법협회가 제공한 정보의 분석을 마친 상태였다. 거기에는 제온이 매직 아카데미에 재학하며 남긴 모든 기록과 마도대전에서 활약하던 당시의 비밀스런 내용까지 모두 담겨 있었다.

"결국 사람이 사는 땅에 그자가 도망칠 장소는 없습니다. 어떻게 눈에 띄지 않고 이 라인을 넘어간다 해도… 나오는 건 타로스 왕국이나 페슈마르 왕국, 혹은 알타 왕국의 세력권입니다. 모두 저희 신수교단에 협력을 아끼지 않고 계신 강대국들입니다. 다른 그 어떤 왕국보다 신관의 숫자가 많은 곳이기도 하고 말입니다."

'사실이야. 하지만 과연 페슈마르 왕국까지 완전히 돌아섰을까?'

클로시아는 잠자코 설명을 들으며 마음속으로 생각했다.

물론 페슈마르의 국왕인 네프카는 이번 토벌단에 자국이 보유한 최강 전력의 일부를 지원해 주기로 약속했다. 하지만 누가 뭐래도 네프카는 제온과 같은 나인제로 몬스터즈의 일원이다. 목숨 걸고 전장에서 함께 싸운 동료이자 최강의 마법사들끼리 쌓아온 돈독한 우정이 그리 쉽게 깨질 거라고는 생각할 수 없었다.

'물론 제온님과 가장 친한 건 세간의 소문과는 달리 마그나스님이었지만… 그렇다고 네프카님이 제온님과 친하지 않았다는 이야기는 아니야. 그리고 내가 들은 여러 가지 뒷이야기들을 종합해 보면 오히려 네프카님이 더 제온님을 아끼고 의지했던 것 같으니까.'

하지만 클로시아는 입을 다물고 아무 말도 하지 않았다.

물론 신수교단의 집행관인 이상 교단의 적인 이단자를 처치하는 일을 거부할 수 없었다.

하지만 그녀의 진정한 영웅은 지금도 광채를 발하며 마음 속에 생생하게 남아 있다.

신기한 것은 제온에게 직접 죽을 뻔했음에도 불구하고 그런 마음이 전혀 사라지지 않았다는 사실이었다.

덕분에 클로시아는 예나 지금이나 제온에 관해 물어보지 않은 일을 알아서 말할 생각이 없었다. 물론 시키지 않은 일을 알아서 할 생각도 없었다. 그녀는 오직 수동적으로 명령에 따르며 집행관으로서의 임무에 충실할 따름이었다.

"즉, 그자가 자유롭게 움직일 수 있는 장소는 이곳 이켈 지방, 혹은 파라스 해(海)를 건너 서쪽의 바이켈 산맥이나 알바스 산맥에 한정됩니다."

렌파는 지도를 가리키며 말했다. 아세린은 주의 깊게 지도를 바라보며 고개를 끄덕였다.

"바이켈 산맥이면 몰라도 알바스 산맥은 사람이 살 수 있는 땅이 아니라고 들었습니다만……."

"말씀하신 대로입니다. 춥고 척박한 땅이죠. 그러나 저희 교단은 제온과의 최종 결전이 벌어질 장소가 바로 이 알바스 산맥일 가능성이 매우 높다고 생각하고 있습니다."

"호, 이유를 물어도 될까요?"

"여러 가지 이유가 있습니다만, 가장 중요한 건 최근 그자가 알바스 산맥 주변에서 목격되었기 때문입니다."

"그자의 목적, 입에 담기도 불경한 그 일 때문이기도 하다."

체리오트가 입을 열며 한마디 거들었다. 아셰린은 이내 알바스 산맥이 초신수 아프레온의 성지라는 것을 깨닫고는 고개를 끄덕였다.

"그렇다면 결국 제온의 목표는 아프레온이라는 것이군요."

"이단 중의 이단이지. 불경에도 정도가 있는 것이다."

체리오트는 뿌득 하는 소리가 들릴 정도로 이를 갈았다. 아셰린은 놀란 표정으로 휘파람을 불었다. 태도를 보아 분명 신수교의 돈독한 신자는 아닌 것 같았다.

"제온 스태틱, 그자에 대한 이야기는 정말 많이 들었습니다만, 그중에 멍청이란 설명은 없던 걸로 기억합니다. 진심으로 세상의 섭리와 싸울 생각일까요?"

"베오르그를 탈취했다는 것만으로도 그자의 의도는 확실하다. 어리석으니 이단자가 된 것이지."

"저, 그 베오르그는 일단 되찾았습니다."

클로시아는 두 사람의 말을 끊으며 품에 안고 있는 베오르그를 내밀었다.

"조사가 길지는 않았습니다만, 이곳에서 무슨 일이 벌어졌는지를 먼저 말씀드리는 게 좋을 것 같습니다."

"짧게 설명해라, 클로시아 집행관."

체리오트는 의외로 담담하게 베오르그를 건네받으며 말했다. 클로시아는 고개를 끄덕인 다음 설명했다.

"제온이 이 오두막집으로 도망쳐 온 것은 확실합니다. 그리고 그런 제온을 노리고 마족들이 공격해 왔습니다."

"마족이요?"

상황을 전혀 모르는 아셰린이 깜짝 놀라며 되물었다.

"네, 마족입니다. 정확히 어떤 마족인지는 확정할 수 없지만, 중요한 건 그 마족들과의 전투에서 제온 스태틱은 베오르그를 이곳에 놔두고 도망칠 수밖에 없을 정도로 큰 피해를 입은 것 같습니다. 어쩌면… 이미 마족에게 당해 죽었을 가능성도 있습니다."

"아니, 그자는 살아 있다."

체리오트는 단박에 클로시아의 말을 일축했다.

"시체가 발견되지 않는 이상 살았다고 생각하고 작전을 진행한다."

"저, 그렇지만……."

"내 말을 못 들었나, 클로시아 집행관?"

체리오트는 핏발 선 눈으로 클로시아를 노려보았다. 클로시아는 등줄기가 섬뜩해지는 것을 느끼며 즉시 고개를 숙였다.

"실례했습니다. 무례를 사과드립니다."

"자리로 돌아가도록. 렌파, 설명을 계속하게."

"네. 그럼……."

렌파는 어깨가 축 처진 채 뒤로 돌아가는 클로시아를 잠시 바라본 다음 말을 이었다.

"제온과의 전투는 이곳 이켈 지방의 서쪽 해안 지대, 혹은 바이켈 산맥이나 알바스 산맥에서 벌어질 것으로 예상하고 있습니다. 그러나 어느 곳에서 전투가 벌어지던 간에 기본적인 작전의 개요는 동일합니다. 바로 지구전입니다."

"지구전이라……. 시간을 끈다는 말씀이십니까?"

"정확히 말씀드리면 장기적인 전투를 통해 제온의 체력과 마력을 고갈시키는 것이 목적입니다."

렌파는 손에 든 서류의 페이지를 넘기며 말했다.

"그자가 아무리 현존하는 최강의 마법사라 해도 결국 한 명의 인간이라는 사실에는 변함은 없습니다. 특히 집중적으로 노려야 할 것은 체력입니다. 보통 마법사는 마력에 관련된 훈련이나 지식의 습득에 집중하기 때문에 육체적인 능력이 부족합니다. 저희가 입수한 자료에 따르면 아카데미에 재학하던 당시 제온의 신체적인 능력은 전혀 특출 나지 않았으며, 오히려 특정 분야에서는 평균에서 한참 떨어진 것으로 기록되어 있습니다."

"특정 분야라니, 어떤 분야를 말씀하시는 건가요?"

"대표적으로 육상입니다. 아카데미가 재학생들을 상대로 실시한 체력테스트 결과를 보면, 제온은 단거리 달리기와 장거리 달리기에서 형편없을 정도로 낮은 성적을 기록했습니다."

"달리기라……. 혹시 테스트가 귀찮아서 대충 한 건 아닐까요?"

"그럴 가능성도 없진 않겠습니다만, 이후 그자가 남긴 기록에 따르면 무언가 다리 쪽에 문제가 있는 게 아닐까 의심하지 않을 수 없습니다. 아카데미 재학 당시, 그리고 제3차 마도대전 중에 제온 스태틱이 전력 질주하는 모습이, 아니, 최소한 달리는 모습이 목격된 일조차 한 번도 없으니까요."

'제온님이? 그게 정말이야?'

순간적으로 클로시아의 눈이 동그랗게 커졌다. 그것은 제온에 관련된 일이라면 광적으로 정보를 수집하는 그녀조차도 모르는 사실이다.

"물론 신체적인 능력과 마법은 크게 상관관계가 없습니다만, 그중에서 이동 마법만큼은 시전자의 육체적 능력과 많은 연관성이 있다는 조사결과가 있습니다. 예를 들어 그자의 아카데미 동기인 마그나스라는 마법사의 경우를 보면, 이동 마법에 탁월한 재능을 가지고 있으며 동시에 마법을 쓰지 않고도 빠른 몸놀림으로 아카데미의 경비 여럿을 제압했다는 기록이 남아 있으니까요."

"호, 그건 참 흥미로운 이야기군요."

아셰린은 재밌다는 얼굴로 고개를 끄덕이며 말했다.

"그렇다면 일단 전투가 벌어지면 제온이 도망치는 일은 없을 거라고 생각해도 괜찮다는 말씀이시군요."

"정확히는 도망친다 해도 충분히 추적할 수 있다는 것입니다. 물론 전투 자체는 상황에 따라 유동적으로 변하겠지만, 일단 1차적으로 저희 집행관이 그자의 주위를 둘러싸는 형식으로 포위망을 만들 생각입니다. 이것은 우선 제온이 사용하는 최강의 마법……"

렌파는 잠시 말을 멈추고 체리오트의 표정을 살핀 다음 말을 이었다.

"…으로 불리는 라이트닝 캐논에 의한 피해를 최소한으로 줄이기 위해서입니다."

"라이트닝 캐논! 그 마법의 명성은 저도 익히 들었습니다. 칠흑의 마왕의 숨통을 끊은 바로 그 마법이죠?"

"그렇습니다. 라이트닝 캐논은 마법협회가 정한 최고 등급인 9등급의 마법으로 등록되어 있습니다만⋯ 실제로 다른 9등급의 마법을 막을 수 있을 만큼의 강력한 역장도 파괴하는 능력을 가지고 있습니다."

그것은 칠흑의 마왕과의 최종 전투를 통해 실제로 증명된 사실이다. 네프카의 화염계 9등급 마법인 '인퍼널 스톰(Infernal storm)'은 칠흑의 마왕의 역장을 파괴하지 못했지만, 제온의 라이트닝 캐논은 마왕의 역장은 물론 단 일격에 목숨까지 앗아가 버릴 정도로 엄청난 위력을 보여주었다.

물론 네프카의 마법으로 칠흑의 마왕의 힘이 약화되었고, 제온은 그 틈을 노린 것에 불과하다는 견해도 있었다. 그러나 그런 견해는 마도대전이 끝난 다음 마법협회의 요청으로 제온이 많은 마법사 앞에서 라이트닝 캐논을 시전했다는 사실을 모르기 때문에 나온 말이다.

"마법협회의 공식 기록에 따르면 라이트닝 캐논은 모든 9등급 마법 중에 가장 강력한 위력을 가지고 있습니다. 다만 이 마법은 지름이 약 4미터, 길이가 약 50여 미터인 원통형의 뇌전을 쏘는 것으로, 제온을 중심으로 포위하듯 전력을 흩어놓으면 그 피해를 최소한으로 줄일 수 있을 거라고 판단됩니다."

"지름이 4미터인 원기둥이라⋯⋯."

아셰린은 머릿속으로 라이트닝 캐논의 모습을 상상하며 물었다.

"그렇다면 마법의 피해 반경도 그 4미터가 끝입니까?"

"그렇지 않습니다. 적어도 2미터 이상의 눈에 보이지 않는 피해 반경이 추가로 존재합니다. 물론 직격에 맞는 것보다는 피해가 덜합니다만, 그 눈에 보이지 않는 범위조차도 로우 위저드 등급의 마법사가 모든 마력을 역장에 쏟아부어도 단숨에 파괴할 정도의 파괴력을 가지고 있습니다."

"무시무시하군요. 그럼 저희 크롬 나이트도 집행관 여러분처럼 전투가 시작되면 적의 주위로 분산되어야 하는 것입니까?"

"아니요. 그렇지 않습니다."

렌파는 다시 페이지를 넘기며 말했다.

"전투에 동원된 크롬 나이트는 1차적으로 적의 마력을 받아내는 역할입니다. 물론 기분 나쁘게 들리실 거라고 생각합니다만……."

"아니아니, 그런 거라면 상관없으니 마음껏 말씀하셔도 괜찮습니다. 하하하!"

아세린은 손사래를 치며 시원하게 웃었다.

"사실 신수교단에서 저희들을 요청했다고 했을 때부터 예상한 일이니까요. 화살받이, 고기방패, 뭐든 편하실 대로 부르셔도 상관없습니다."

"아무리 그래도 그렇게까지는……."

렌파는 어색한 웃음을 지으며 말을 흐렸다. 아세린의 말은 노골적이긴 했으나 사실이다.

물론 상대가 적당했다면 크롬 나이트를 다른 용도로도 쓸 수 있을 것이다. 그러나 상대가 최강의 마도사인 제온인 이상 그들이 할 수 있는 일은 제온의 힘을 빼는 것뿐이었다.

'하지만 어떤 의미에서는 결국 우리 모두가 화살받이일 뿐이지.'

렌파는 속으로 쓴웃음을 삼키며 말을 이었다.

"그럼 설명을 계속하자면, 일단 크롬 나이트는 열 기가 한 분대가 되어 세 방향에서 제온을 향해 접근하게 됩니다. 목표는 제온이 크롬 나이트의 존재를 의식하고 그곳에 대량의 마력을 소모하게 만드는 것입니다."

"세 개 분대라……. 뭐 그 정도가 한계겠죠."

아세린은 잠시 생각하고는 고개를 끄덕였다. 클로시아는 그가 이곳에 들어와서 처음으로 표정이 심각해지는 것을 보며 마음속으로 생각했다.

'크롬 나이트… 정말 소문처럼 안티 매직(Anti magic)의 능력을 가지고 있을까?'

크롬 나이트는 타로스 왕국의 총사령관이자 국왕의 동생인 아베론 후작에 의해 창설된 기사단이다. 후작 스스로가 마법을 쓰지 못하는 일반인이라는 콤플렉스를 극복하기 위해 만들어진 이 기사단은 대륙 최대의 군사 강국인 타로스 왕국의 발달된 금속 기술과 신수교단의 최신 성법기 제작 기술이 모아 만들어진 첨단 기술의 집약체였다.

그들이 장비하고 있는 풀 플레이트 아머는 그 자체만으로도 3급 이하의 모든 종류의 마법을 무효화시키는 능력이 있으며, 6등급까지의 마법이라면 갑옷 자체에 충전된 마력을 소모해 착용자의 육체를 보호하는 특수 역장을 발동시키는 능력을 가지고 있었다.

사실 이런 식의 기술은 과거에도 존재했지만 실제로 만들어진 갑옷의 무게가 일반 갑옷의 몇 배에 달한다는 것이 문제였다. 그러나 아베론 후작은 발달된 야금술로 갑옷의 무게를 최소화하는 데 성공했다.

하지만 그렇게 경량화를 거듭한 갑옷조차도 총 50kg이 넘는 엄청난 무게였다. 처음엔 100kg이 넘는 걸 10년 동안 절반의 무게로 줄였지만, 일반적인 풀 플레이트 아머가 25kg 정도라는 것을 감안하면 여전히 압도적인 중량이라 할 수 있었다.

즉, 크롬 나이트가 되기 위한 첫 번째 조건은 엄청난 힘과 체력이었다.

50kg이 넘는 갑옷을 몸에 걸치고 전장을 달리며 전투를 펼치기 위해 타로스 왕국의 전역에서 선별된 남자들이 엄격한 심사와 강도 높은 훈련을 반복했다. 그렇게 최초의 크롬 나이트 100기가 탄생했고, 그중에서도 최고의 정예로 꼽히는 것이 바로 이곳에 있는 아셰린이 이끄는 1번 대의 30기였다.

"좀 더 세부적으로, 저희들이 전투 종료까지 받아내야 할 마법의 규모가 어느 정도인지 알 수 있을까요?"

아셰린은 진지한 얼굴로 렌파에게 물었다. 물론 렌파는 이미 머릿속으로 외우고 있는 사항이지만, 일부러 손에 쥔 서류를 한 번 더 들여다 본 다음 대답했다.

"저희들의 기댓값은 제온의 주력 마법인 체인 라이트닝 아홉 번, 그리고 볼 라이트닝 세 번입니다."

"각 분대가 체인 라이트닝 세 번, 볼 라이트닝 한 번을 받는 셈이군요. 6등급 마법 세 번에 7등급 마법 한 번이라……."

아셰린은 머릿속으로 빠르게 계산을 끝낸 다음 약간 밝아진 얼굴로 고개를 끄덕였다.

"그 정도는 문제없습니다. 저희들의 항마력은 뭉쳐 있을 때 진가를 발휘하니까요."

"바로 그 점이 제온과의 전투에서 크롬 나이트가 필요한 이유입니다."

렌파는 심각한 얼굴로 페이지를 넘기며 말했다.

"그자가 사용하는 뇌전계 마법의 문제는 상대가 집결해 있을수록 더욱 파괴적인 결과를 만들어낸다는 것입니다. 물론 대부분의 마법도 등급이 올라갈수록 마찬가지지만… 뇌전계 마법은 그중에서도 발군의 위력을 가지고 있습니다."

"바로 그렇죠."

"덕분에 그자를 상대할 때는 병력이 분산되어야 피해를 최소한으로 줄일 수 있습니다. 하지만 크롬 나이트는 오히려 집결해 있을 때 항마력이 배가되는 특성이 있죠. 제온은 분명히 뭉쳐서 돌진해 오는 크롬 나이트를 향해 우선적으로 마법을 퍼부을 겁니다."

"몸뚱이 하나로 여기까지 온 저희들입니다. 목숨을 걸고 버텨 보도록 하죠."

아셰린은 주먹으로 가슴을 두드렸다. 그리고는 다시 신중한 얼굴로 말했다.

"사실 훈련 과정에서 체인 라이트닝을 받아낸 적이 있습니다. 당시에는 여섯 명이 한 개 조였는데 4회 연속으로 견뎌냈죠."

"대단하군요. 그런데 뇌전계 마법사는 드물다고 알고 있는데… 타로스 왕국에는 체인 라이트닝을 연속으로 네 번이나 쓸 수 있는 마법사가 있습니까?"

"훈련을 위해 외국에서 잠시 모셔왔죠. 그나마도 두 명이 두 번씩 쓰고는 마력이 고갈되었습니다."

아셰린은 웃으며 고개를 저었다.

"하지만 그분들도 볼 라이트닝은 쓰지 못했습니다. 이론적으로는 같은 7등급 마법의 위력과 비슷하다고 계산했습니다만, 실제로 어느 정도인지는 자료가 없어서 조금 걱정되는군요."

"확실히 같은 7등급 마법 중에서는 가장 강력합니다."

그렇게 말한 것은 가만히 서 있던 클로시아였다.

그리고는 순간적인 침묵이 찾아왔다. 클로시아는 자신도 모르게 마음의 소리가 입으로 흘러나왔다는 것을 뒤늦게 깨닫고는 애써 침착한 표정으로 고개를 숙였다.

"죄송합니다. 주제넘게 끼어들었습니다."

"아니, 아닙니다, 클로시아."

렌파는 급히 고개를 저으며 말했다.

"가능하면 그쪽에 관해서 자세한 설명을 부탁해도 될까요? 당신은 아카데미 졸업생에 필적할 정도로 마법학(魔法學)을 공부했으니까요."

마법학은 현존하는 모든 마법의 능력과 특성을 집대성한 학문이다. 물론 클로시아가 기를 쓰고 마법학을 공부한 이유는 제온과 나인제로 몬스터즈 멤버들이 사용하는 마법에 대해 보다 자세히 알고 싶어서였다.

"그렇다면……."

클로시아는 가볍게 헛기침을 하며 설명했다.

"간략하게 설명드리면, 볼 라이트닝은 화염계 7등급 마법인 파이어 스톰(Fire strom)이나 냉기계 7등급 마법인 블리자드(Blizard)보다 강력합니다. 그러나 단순한 위력의 비교로 우위가 정해진 건 아닙니다."

"그렇다면 어째서입니까?"

아셰린이 흥미롭다는 표정으로 물었다. 클로시아는 고개를 끄덕이며 대답했다.

"파이어 스톰이나 블리자드는 보다 광범위한 지역에 효과를 주기 위해 만들어진 마법이기 때문입니다. 그에 비해 볼 라이트닝은 보다 유연한 특성을 가지고 있습니다."

"효과 범위가 좁은 대신 위력이 강력하다는 건가요?"

"그렇기도 하고 아니기도 합니다."

클로시아는 양손을 모아 동그랗게 만들며 설명했다.

"볼 라이트닝은 실제로 두 가지 패턴을 가지고 있습니다. 첫 번째는 전기의 구체가 일정한 장소까지 전진한 다음 순간적으로 주변에 있는 다수의 적을 향해 동시에 확산되는 패턴입니다. 파직! 이렇게요."

클로시아는 모았던 손을 쫙 펼쳐 보였다.

"이것을 확산형 볼 라이트닝이라고 합니다. 줄여서 그냥 확산형이라고 하죠. 확산형은 어떤 의미에서 파이어 스톰이나 블리자드보다 넓은 범위까지 타격을 줄 수 있습니다. 그러나 확산되는 뇌전 줄기의 숫자에 한계가 있습니다. 보통 20가닥에서 24가닥 정도의 줄기를 뻗어냅니다."

"즉, 밀집해 있는 적의 숫자가 24명 이상일 경우에는 파이어 스톰이나 블리자드가 더 효율적일 수도 있다는 말씀이시군요."

"이해가 빠르시군요. 바로 그렇습니다."

클로시아는 빙긋 웃으며 설명을 이었다.

"하지만 적의 숫자가 24명 이하라면 볼 라이트닝의 위력은 다른 어떤 7등급 마법을 압도합니다. 만약 적이 12명이라면 한 사람당 두 가닥의 뇌전을 쏠 수도 있구요."

"힘의 낭비가 전혀 없군요. 목표가 여섯 명이라면 네 가닥의 뇌전을 맞게 되는 겁니까?"

"시전자의 컨트롤에 달려 있긴 합니다만, 네. 이론적으론 가능합니다."

"그리고 제온 스태틱은 물론 그게 가능한 부류겠죠?"

"그 이상이 가능한 부류입니다."

클로시아는 자신의 표정이 너무 신 나 있지 않은지 걱정하며 입술을 살짝 깨물었다.

"그 이단자는 아예 볼 라이트닝을 확산시키지 않고 끝까지 유지할 수 있습니다. 이것을 집결형이라고 합니다. 실제로 그 이단자는 집결형 볼 라이트닝을 실전에서 사용한 최초의 마법사입니다."

"그렇다면 그 집결형의 위력은… 확산형이 뻗어내는 뇌전 줄기의 24배입니까?"

"안타깝지만 33배입니다."

클로시아는 억지로 안타까운 표정을 지으며 고개를 저었다.

"그 이단자의 볼 라이트닝은 최대 33가닥의 뇌전을 뿜어낼 수 있습니다. 이것도 역대 최고의 기록입니다."

"무시무시하군요. 흐음."

아셰린은 손으로 턱을 쥔 채 심각한 얼굴로 생각에 잠겼다. 클로시아는 애써 태연한 표정을 지으며 한 발 뒤로 물러났다.

"설명은 여기까지입니다. 이건 제 개인적인 의견이지만, 집결형의 위력은 일반적인 파이어 스톰의 위력 약 두 배 정도라고 생각합니다."

"두 배라……. 그렇다면 계산이 많이 틀어지겠군요."

아셰린이 말한 계산이란 물론 크롬 나이트가 받아내야 할 마법의 규모에 관한 것이다. 그러자 렌파가 불안한 표정을 지으며 물었다.

"그렇다면 먼저 말씀드린 게 불가능하다는 이야기입니까?"

"아니, 그렇지는 않습니다. 각 분대당 체인 라이트닝 3회, 볼 라이트닝 1회라고 하셨죠?"

"그렇습니다만."

"사실 볼 라이트닝의 위력을 제가 생각한 것의 두 배라고 잡아도 충분히 버틸 수는 있을 겁니다."

'정말로?'

클로시아는 마음속으로 반발심을 느꼈지만, 별다른 내색 없이 진지한 표정으로 아셰린의 이야기를 경청했다.

"중요한 건 여유가 사라졌다는 것입니다. 음, 물론 생사를 건 전장에서 여유를 따지는 게 불경한 짓이라는 건 알고 있습니다. 그래도 저희들에게 있어 마법을 견뎌내는 한계까지 얼마나 여유가 있는지는 곧바로 생사와 직결된 문제라서 말입니다."

아셰린은 손에 쥔 투구를 만지작거리며 말했다.

"어쩌면 마력 탱크 운용을 방어 쪽으로 쥐어 짜내야 할지도 모르겠군요. 흐음, 그렇다면……."

"마력 탱크라니, 어떤 걸 말씀하시는 겁니까?"

렌파의 질문에 아셰린은 갑옷의 옆구리를 두드리며 말했다.

"아, 갑옷 안에 장착된 마력 보관소를 말하는 겁니다. 양쪽 옆구리에 하나씩 달려 있죠."

"아, 그렇군요."

"물론 저희들의 일차 목적은 적의 공격 마법을 몸으로 받아내는 것입니다만, 동시에 적의 역장을 효과적으로 파괴하는 기술도 가지고 있습니다."

아셰린은 허리에 찬 검의 손잡이를 쥐어 보였다.

"이 칼은 안티 매직 소드(Anti magic sword)입니다. 물론 이 칼의 절반은 신수교단에서 만든 것이나 다름없으니 잘 알고 계시리라 생각합니다만……."

"말씀하신 대로 포스 필드(Force field)를 효과적으로 파괴하는 무기라고만 알고 있습니다."

"바로 그렇습니다. 물론 제온 스태틱의 포스 필드는 칠흑의 마왕조차 깨뜨릴 수 없는 철옹성이라고 들었습니다만, 그래도 이 칼로 무시할 수 없는 충격을 줄 수 있을 거라고 자신하고 있었습니다."

아세린은 아쉬운 표정으로 칼을 내려다보며 말했다.

"하지만 여신관님의 말씀대로라면… 아무래도 이 칼을 쓰기 위해 마력을 남겨놓을 여유 같은 건 없을 것 같군요. 사실대로 말씀드리자면 만에 하나라도 저희들의 손으로 그자의의 숨통을 끊어놓을 수 있지 않을까 기대하고 있었습니다. 하지만 역시 무리겠지요?"

"아니. 기회만 되면 누구라도 상관없습니다."

렌파는 고개를 저으며 대답했다.

"아무리 완벽히 준비해도 실제 전투는 난전이 될 가능성이 높습니다. 그 와중에 누구라도 그자의 숨통을 끊을 수 있다면 그렇게 해야 합니다. 물론 크롬 나이트의 역할은 제온의 마력을 소모시키는 것이지만… 혼란스러운 와중에 최후의 일격을 날릴 자가 나오지 말라는 법은 없습니다."

중요한 것은 누가 죽이느냐가 아니라, 누구든 죽여야 한다는 것이다.

물론 큰 그림으로 보자면 대집행관 체리오트가 마무리를 지을 가능성이 높다. 하지만 렌파는 일부러 역할을 한정지어 크롬 나이트의 사기를 떨어뜨릴 마음은 조금도 없었다.

크롬 나이트가 자신의 임무를 수행하는 와중에 어떻게든 여분의 마력을 보존해 제온과의 접근전을 성공시킨다면 그것이야말로 최선의 결과였다. 아세린은 약간 자신감을 회복한 얼굴로 고개를 끄덕였고, 렌파는 아직 절반이나 남은 서류의 다음 페이지를 넘겼다.

"마침 지금부터 설명할 내용은 제온 스태틱의 역장, 바로 포스 필드에 관한 것입니다. 미들 위저드 이상의 마법사는 대부분 자신의 역장에 특별한 능력을 부여합니다만, 제온은 그 중에도 매우 특수한 종류의 역장을 만드는 것으로 알려져 있습니다. 바로 그것은……."

"한 방에 역장이 뚫렸다고?"

마그나스는 놀란 얼굴로 제온을 바라보았다. 제온은 자신의 오른팔 붕대를 갈고 있는 마그나스의 손에 힘이 들어가는 것을 바라보며 눈살을 찌푸렸다.

"살살 좀 해. 아직 아프니까."

"그야 아프겠지. 아무리 진통제를 먹었어도 곪은 걸 다 긁어냈는걸."

마그나스는 붕대의 매듭을 지은 다음 옆에 놓여 있는 수술의 흔적을 바라보았다. 인적 없는 마을에서 빌려온 수건 위에는 제온의 상처에서 파낸 피와 고름의 흔적이 적나라하게 남아 있었다.

"그래도 지금부터는 괜찮을 거야. 알타 왕국 최고의 미인 의사가 치료했으니까."

"여장 의사겠지. 보는 사람도 없는데 좀 원래대로 돌아오면 안 되냐?"

제온은 평소에도 빈틈없는 마그나스의 여장에 한숨을 내쉬었다. 처음 봤을 때보다는 화장이 좀 연한 듯싶었지만, 그밖의 복장은 누가 봐도 여자로밖에 볼 수 없는 완벽한 차림을 갖추고 있었다.

마그나스는 언제나 상비하는 손거울을 한번 들여다본 다음 말했다.

"집에서 새는 바가지는 밖에서도 새는 법. 남들이 안 볼 때가 더 중요해."

"진짜 정성이다. 대체 언제까지 할 생각이야?"

"아마도 평생?"

"진짜냐?"

"당연히 농담이지. 동생 중에 아무나 집안을 이어받으면 그만둘 거야."

마그나스는 어깨를 으쓱였다. 그가 이런 차림을 하고 전 대륙을 떠돌아다니는 이유는 바로 그의 아버지인 그람벨 백작의 집요한 집착 때문이었다.

알타 왕국의 귀족 가문인 그람벨 백작가는 뛰어난 상업적 감각과 정치력으로 높은 부를 쌓은 경력을 가지고 있었다. 그러나 300년이 넘는 가문의 역사 중에 뛰어난 마법사가 배출된 적은 단 한 번도 없었고, 그것이 다른 귀족 가문들의 비웃음을 사는 중요한 요인으로 작용하고 있었다.

"우리 집안의 역사를 생각하면 나 정도의 마법사가 태어난 것도 기적 같은 일이긴 해. 그렇게 많은 돈을 들여서 전 대륙의 유력한 마법사 가문의 여자들을 부인이나 첩으로 들여왔는데도 지금까지 로우 위저드 등급의 마법사조차 한 명도 나오질 않았으니까."

마그나스는 혼잣말을 하듯이 중얼거렸다. 덕분에 마그나스가 어린 시절부터 아버지를 비롯한 가문의 모든 어른에게 받은 압박은 상상을 초월했다. 가문이나 귀족, 권력 같은 것을 혐오하는 그의 성격은 바로 이런 압박에 대한 반발에 의해 형성된 것이라 해도 과언이 아니었다.

'사실 우리는 알고 보면 전부 이런 식이지.'

제온은 쓴웃음을 지으며 생각했다. 속칭 '나인제로 몬스터즈'라고 불리는 친구들은 대부분이 정상적이지 않은 성장 과정을 거쳤다는 공통점을 가지고 있었다.

현재 제온 등이 있는 장소는 제스터 섬의 서쪽 해안가에 지어진 조그만 정자였다. 제온은 정자 옆의 모래사장에 모닥불을 피우고 쪼그려 앉아 있는 마이를 바라보았다.

하얀 머리카락을 가진 조그만 소녀는 지금 마그나스가 구해온 조개가 모닥불에 구워지고 있는 모습을 뚫어지게 노려보고 있었다. 마그나스 역시 제온의 시선을 따라 마이를 바라보며 말했다.

"어쩔 셈이야? 이대로 계속 데리고 다닐 거야?"

"모르겠어. 어디 안전한 데 맡기고 싶은데… 쟤가 떨어지질 않으려고 해."

알바스 산맥에 있는 연구소에서 벌어진 일과 마이의 정체에 대해서는 이미 마그나스에게 모두 말한 상태이다. 마그나스는 붉은색의 입술을 가볍게 깨물며 중얼거리듯 말했다.

"알바스 산맥에 살바스 수도회라니… 이름도 비슷한 것들끼리 대체 뭔 짓을 하고 있던 거냐고."

"광신 사냥. 근본적으로는 내가 하려는 것과 똑같은 일이야."

"그냥 한번 물어보는 건데, 혹시 힘을 합칠 생각은 없지?"

"그놈들이랑?"

제온은 코웃음을 쳤다. 그리고 가느다란 눈으로 바다를 바라보며 말했다.

"가능하면 아프레온보다 먼저 끝장내고 싶을 정도야."

"그럴 줄 알았어. 어째 싸워야 할 적들이 계속 늘어나는 것 같은데, 당연한 일인가?"

"당연한 일이지."

"뭐, 좋아. 하지만 당장은 신수교단에 집중하자."

마그나스는 가볍게 박수를 치며 말했다.

"내가 마지막으로 들은 정보에 의하면 신수교단은 속칭 '이단 토벌단' 이란 걸 대대적으로 만들어서 움직이고 있어.

동시에 대부분의 나라에 현상수배도 걸어놨고. 제대로 된 도시나 마을에 들어가는 건 이미 자살행위야."

"그럴 것 같았어. 그래서 이켈 지방 쪽으로 움직였던 거고."

"하지만 이켈 지방도 시간문제야. 신수교단도 네가 움직일 수 있는 곳이 한정되어 있다는 걸 뻔히 알고 있으니까."

"상관없어. 어차피 한 번 더 꺾어놓을 생각이니까."

"기세는 좋다만……"

마그나스는 팔짱을 낀 채 정자의 난간에 몸을 기대며 말했다.

"이번 토벌단의 총지휘관은 바로 그 체리오트야. 한 방에 네 역장을 뚫었다는 대집행관 말이야."

"그래? 용케 목숨은 구했나 보네."

새카만 숯 덩어리가 되었던 체리오트의 모습이 제온의 머릿속에 아른거렸다. 마그나스는 어깨를 으쓱이며 말했다.

"그러고 보니 그 사람, 인간이 좀 변했다는 이야기가 있어."

"변했다고?"

"성격이 달라졌대. 하긴 나 같아도 라이트닝 캐논을 맞고 살아남았다면 정신이 좀 이상해질 것 같긴 하다."

마그나스는 상상만 해도 오싹한지 몸을 부르르 떨며 말했다.

"아무튼 초신수의 성법기는 조심해야 해. 라시드의 눈이라고 했나? 네 역장을 한 번에 뚫을 정도면 9등급 마법 이상의 위력이라는 소린데."

"내 역장이 문제가 아니야. 그냥 열선이 모이는 순간 모든 것을 관통해 버리는 것 같아."

최강으로 평가 받는 제온의 역장의 비밀은 바로 두 겹의 역장 사이에 전류를 흘러 넣고 있다는 것이다.

역장이 피부라면 전류는 피부의 상태를 파악하는 신경이다. 강력한 힘으로 바깥쪽의 역장이 파괴되면 안쪽에 흐르는 전류가 반응하며 제온의 몸속에 있는 마력을 자동적으로 끌어올려 파괴된 부분을 빠르게 재건시키는 역할을 맡고 있는 것이다.

결국 제온의 몸속에 마력이 남아 있는 이상 그의 역장이 완파되는 일은 없었다. 하지만 라시드의 눈은 역장 속에 있는 전류가 반응하는 것보다 빠르게 모든 것을 관통해 버린다.

제온은 여전히 욱신거리는 오른팔을 바라보며 말했다.

"그런 건 나로서도 대처할 방법이 없어. 네프카라면 모를까."

"네프카는 왜?"

"네프카는 주변의 온도를 끌어올려서 자신의 모습을 흐리게 만들 수 있으니까. 체리오트는 강력한 성법기를 다룰 수 있을 뿐이지 스스로가 강력한 마법사는 아니니까. 아마도 마력으로 위치를 감지하는 능력은 없거나 약할 거야."

"하지만 넌 네프카가 아니잖아?"

"아니지. 그러니까 그자와 다시 싸우게 되면… 당하기 전에 먼저 끝내는 수밖에 없어."

제온은 체리오트의 성법기에서 느껴지던 특징적이면서도 강력한 기운을 떠올렸다. 자신의 감지 범위 안에 그것이 들어온 순간, 다른 모든 것을 제쳐두고 그쪽으로 화력을 집중하는 것이 유일한 대책이었다.

마그나스는 잠시 생각하다 어깨를 으쓱하며 물었다.

"가능하면 나중에 싸우는 게 좋지 않을까?"

"나중?"

"우리가 무슨 싸울수록 강해지는 동화 속의 용사도 아니고 말이야. 네 목표는 신수교단을 전멸시키는 게 아니잖아? 아프레온을 잡으면 그걸로 끝나는 거 아냐?"

"그건……."

"그런데 신수교단이다, 마족이다, 무슨 정신 나간 수도회다… 그거 전부 처리하다간 골병들어서 꼼짝도 못할 거야. 시간이 지날수록 점점 더 이 대륙에서 운신할 수 있는 폭도 줄어들 거고. 당연한 일이잖아? 그러니까 그전에 먼저 아프레온과 싸워야 하지 않겠어?"

"마족이나 살바스 수도회는 상관없어. 하지만 신수교단은 달라."

그때 마이가 두 개의 접시를 들고 정자 위로 올라오며 말했다.

"제온, 마그, 조개 다 구워졌어. 입이 벌어지고 안에 물이 끓으면 다 익은 거야."

"잠깐 마이, 신수교단은 다르다고?"

정자로 올라오는 사다리 근처에 앉아 있던 마그나스가 빠르게 접시를 건네받으며 물었다.

"그게 무슨 소리야? 신수교단과 싸우는 게 아프레온과 관계있다는 말이야?"

"관계있어."

마이는 다른 손에 든 접시를 제온에게 내밀었다. 제온은 접시에 담겨 있는 세 개의 커다란 조개를 바라보며 고개를 끄덕였다.

"고마워, 마이. 맛있을 것 같아."

"마이에게 고마울 건 없다고 생각해. 잡아온 건 마그니까. 마이는 그저 구워지는 걸 지켜보고 있었을 뿐이야."

"그보다 마이, 어서 신수교단과 아프레온이 무슨 관계인지 설명해 주지 않을래?"

마그나스는 웃는 얼굴로 마이를 재촉했다. 마이는 표정 없는 얼굴로 마그나스를 바라보며 말했다.

"신수교단은 초신수를 섬겨."

"아, 그건 나도 알고 있는데 말이지."

"마그도 알고 있었어?"

마이는 눈꺼풀을 빠르게 몇 번 깜빡였다. 마그나스는 한숨과 함께 허탈한 표정으로 웃어 보였다.

"당연히 알고 있지. 아마 유리언 대륙의 모든 인간이 알고 있을걸."

"…마이는 그게 중요한 비밀이라고 생각하고 있었어. 그런데 사실은 모두 알고 있었구나."

마이는 고개를 살짝 옆으로 기울이며 말을 이었다.

"신수교단은 초신수를 섬겨. 그래서 신수교단의 신관들을 죽이고 교단의 힘을 약하게 만들면 초신수도 약해져."

"그러니까 당연한 이야기를……."

순간 손사래를 치던 마그나스가 눈을 번쩍 뜨며 자리에서 일어났다.

"뭐라고? 방금 뭐라고 했지?"

"신수교단은 초신수를 섬긴다고. 마그도 알고 있다고 했잖아?"

"아니! 그거 말고 그다음에!"

"신관을 죽이고 교단의 힘이 약해지면 초신수도 약해져."

마이는 감정의 기복 없는 목소리로 천천히 대답했다. 마그나스는 믿을 수 없다는 표정으로 마이를 노려보다 이내 뒤쪽에 앉아 있는 제온을 향해 시선을 돌리며 물었다.

"제온, 방금 얘가 말한 게 사실이야?"

"…글쎄."

제온은 조갯살을 손으로 꺼내 먹으며 대답했다.

"나도 모르겠어. 하지만 100년 이상 초신수를 죽이고 싶어 하는 녀석들이 알아낸 거니까 아마 사실이지 않을까?"

8장

광신의 늪

그곳은 유리언 대륙의 모든 권력이 집결된 방이었다.

엄밀히 말해 방이라고 부를 수 없을 만큼 거대한 공간이다. 작은 신전 하나가 통째로 들어갈 만큼 넓었다. 그저 정식 명칭이 '교황의 방'이기 때문에 방으로 부를 뿐이다.

끼익.

오후의 늦은 시간. 마치 폐쇄된 것처럼 고요하던 교황의 방 문이 작은 소리와 함께 움직였다. 안으로 들어온 것은 신수교단의 추기경인 다리우스였다. 급한 안건을 처리하기 위해 교황청에 돌아온 김에 병석에 누워 있는 교황에게 인사를 올리기 위해 방으로 들어온 것이다.

"추기경 다리우스가 교황 예하께 인사드립니다."

방 안으로 들어온 다리우스는 멀리 보이는 거대한 침대를 향해 허리를 숙이며 인사를 건넸다. 얼마나 거리가 먼지 다리우스의 목소리가 닿지 않을 정도였지만, 형식상 하는 행동이기 때문에 아무래도 상관없는 일이었다.

"둘 다 수고가 많군."

그리고는 입구 근처에 서 있는 두 명의 기사를 향해 고개를 끄덕였다. 기사들은 황송하다는 듯 다리우스를 향해 한쪽 무릎을 구부렸고, 다리우스는 온화한 미소를 지으며 멀리 보이는 교황의 침대를 향해 걸어가기 시작했다.

'언제 봐도 멋진 풍경이다.'

다리우스는 통로처럼 넓은 방의 좌우로 가득 놓여 있는 조각품들을 바라보았다. 금과 은, 그리고 다양한 보석으로 장식된 다양한 조각품들은 역대 교황들이 받아온 선물이었다.

그중 하나만 팔아도 작은 마을 전체가 1년은 충분히 먹고 살 수 있을 것이다. 다리우스는 흐뭇한 표정으로 조각품들을 감상하며 마음속으로 생각했다.

'하지만 이런 건 아무것도 아니지.'

신수교단이 쌓고 있는 부는 이런 조각품 수십 개로는 가늠할 수 없을 정도로 거대했다. 전 대륙에 퍼져 있는 신전에서 신자들이 바친 공물의 절반이 매년 두 번씩 교황청으로 보내졌고, 그렇게 쌓인 곡물과 금화와 은화를 보관하기 위해 교황청의 지하는 10층이 넘는 깊이까지 파고 내려간 상태였다.

"오셨습니까, 추기경님."

다리우스가 다가가자 침대 옆에 앉아 있던 젊은 신관이 몸을 일으키며 허리를 숙였다. 다리우스는 신관이 들고 있는 신수교단의 교전(敎典)을 잠시 바라본 다음 물었다.

"예하께서는 좀 차도가 있으신가?"

"그게 좀처럼… 하루에 네 번씩 치유 마법을 시전하고 있지만 차도가 없으십니다."

"그렇군. 의식은 어떠신가?"

"가끔 회복하시는 것 같습니다만, 고작해야 눈을 깜빡이실 뿐입니다."

"그런가. 알겠네."

다리우스는 침통한 표정으로 고개를 끄덕인 다음 말했다.

"잠시 자리를 비켜주게. 예하께 조용히 드릴 말씀이 있으니."

"지금은 의식이 없으십니다만……."

"그래도 듣고 계실 거라고 믿고 있네."

"알겠습니다. 그럼……."

신관은 다시 허리를 숙인 다음 다리우스가 들어온 문을 향해 걸어가기 시작했다. 다리우스는 신관의 뒷모습을 잠시 바라본 다음 그가 앉아 있던 의자에 앉으며 속삭이듯 말했다.

"좋은 아이군요."

그리고는 침대 위를 바라보았다.

마치 미라를 연상시키는, 한없이 쪼그라든 남자가 그곳에 누워 있다.

그가 바로 신수교단의 교황이다. 열 사람이 동시에 누워도 충분할 것 같은 거대한 침대에 교황이 차지하고 있는 것은 겨우 어린아이만 한 크기의 공간뿐이다.

그것이 바로 대륙 전체에 공식적으로 300만의 신도를 거느린, 등록하지 않은 사람들까지 생각하면 그 두 배가 넘는 어마어마한 신자들의 정점에 군림하고 있는 남자의 현실이었다.

교황 그랜트 3세.

교황의 나이는 61살로 결코 젊지 않았다. 하지만 몇 년 전까지만 해도 30대가 무색할 정도로 건강을 과시하며 정력적으로 교단의 업무를 처리해 나갔다.

사건이 터진 것은 제3차 마도대전이 한창이던 4년 전의 겨울이다.

당시 서쪽에 있는 베이라 군도(群島)에서 수십 명의 수인(獸人)이 대륙으로 건너오는 사건이 있었다. 그들은 마도대전에 참전하여 싸우길 원하는 지원군이었고, 전장으로 투입되기 전에 형식적인 허락을 받기 위해 교황청으로 몇 명의 대표를 보냈다.

교황은 직접 이들 수인들과 회담을 가졌다. 회담은 화기애

애한 분위기 속에서 마무리되었다. 교황은 신수교단이 직접 참전하지 못하는 말 못할 사정이 있다는 것을 안타까워하며 대신 후방에 많은 신관을 배치해 지원할 것을 약속하기도 했다.

그리고 수인들을 위해 교황청이 마련해 준 저녁 만찬에서 교황은 갑자기 가슴을 움켜쥐고 테이블에 쓰러지고 말았다.

그 후로 지금까지 교황이 침대에서 스스로 몸을 일으킨 적은 한 번도 없었다.

교황청에 상주하는 치유신관들은 물론 대륙 각지에서 회복 마법으로 이름 높은 신관은 모두 교황청에 불려와 교황을 치료했지만 소용없는 일이었다. 몸을 제대로 못 가누던 교황은 얼마 후에는 스스로의 손으로 식사를 할 수 없게 되었고, 시간이 좀 더 지나자 온몸이 마비되어 꼼짝도 할 수 없게 되었다.

그리고 서서히 몸 전체의 근육이 쪼그라들며 몸이 작아지기 시작했다. 이는 마치 끔찍한 저주라도 걸린 것 같은 모습이었기 때문에 신수교단은 교황의 상태를 극비에 부치고 그 어떤 외부인의 면회도 허용하지 않고 있었다.

"그러고 보니 저 신관, 이름이 바인이라고 했던가요? 15년쯤 전에 조그만 아이를 교황청으로 데려온 일이 기억납니다."

다리우스는 온화한 미소를 지으며 교황을 향해 말했다.

"15년 전에는 저도 혈기 넘치는 청년이었죠. 그러다가 여러 가지 일을 알게 되었고… 듣고 계십니까, 예하? 아니……."

다리우스는 침대 속으로 손을 넣어 쪼그라든 교황의 손을 살짝 움켜쥐었다.

"지금은 아버지라고 부르는 편이 좋겠군요. 우리 둘뿐이니까요."

움켜쥔 교황의 손이 미세하게 떨리는 것이 느껴졌다. 다리우스는 고개를 끄덕이며 말을 이었다.

"아무래도 들리긴 하나 보군요. 다행입니다. 의식이 있어야 제가 하는 말을 듣고 더욱 괴로워하실 수 있을 테니까요."

"……."

"아니, 괴롭다는 표현은 좀 약하겠죠. 기분은 좀 어떠신가요? 얼마나 고통스러우신가요? 자신의 안쪽으로 서서히 갇혀가는 느낌은? 육체가 감옥이 되고, 감옥 안에서 스스로 목숨조차 끊을 수 없는 현실은?"

"……."

"당신이 제 아버지라는 걸 알았을 때부터 전 바로 이런 순간을 꿈꾸고 있었습니다. 물론 최근엔 매달 이곳에 들러서 똑같은 이야기를 하고 있으니까 이제는 아버지도 잘 알고 계시겠죠."

"……."

"계속 똑같은 이야기를 하는 게 질리지도 않냐구요? 하하, 그럴 리가 있겠습니까?"

다리우스는 웃는 얼굴로 고개를 저었다.

"매일매일 새롭게 행복합니다. 그래서 아무리 바빠도 이곳에 들르는 일은 빼놓지 않죠. 이번 달에는 아버지의 상태가 얼마나 더 나빠졌는지, 또 이번 달에는 아버지의 몸이 얼마나 더 쪼그라들었는지… 확인하는 게 얼마나 즐거운지 아시나요?"

"……"

"어머니는 언제나 절 때리셨죠. 나무막대기 같은 걸로 말입니다. 왜 너는 마력이 약한 것이냐, 왜 그따위로 태어난 것이냐… 매일같이 술을 드시고, 술을 드실 때마다 저를 때리셨습니다."

"……"

"그러니까 왜 그러셨어요. 마력도 별로 없으신 양반이. 페슈마르 왕국의 흉내라도 내고 싶으셨던 겁니까? 자신의 뒤를 이을 강력한 아들을 얻기 위해서?"

"……"

"웃기시네."

순간 웃고 있던 다리우스의 표정이 순간적으로 싸늘하게 변했다.

"진짜 웃기는 짓이라고. 알고 있어? 그쪽은 혈통부터 끝내

준다는걸. 그러니까 한 스무 명쯤 낳으면 네프카 같은 인간도 태어나는 거야."

"……."

"그런데 당신은? 어쩌자고 그 대책 없는 씨를 뿌리고 다닌 거지? 이제 와서 내가 그 뒤처리를 하느라 얼마나 귀찮은지 알기나 해? 저번 달에도 난 내 이복형제 두 명을 죽였다고. 암살자한테 나가는 비용만 해도 만만치가 않아."

속삭이는 듯한 목소리에 증오와 적의가 가득했다. 다리우스는 움켜쥔 교황의 손에서 우둑거리는 소리가 나는 것을 들으며 힘을 풀었다.

"저런, 미안해. 좀 아팠지? 물론 통증을 느낄 수 있다면 말이지만."

"……."

"그러고 보면 세상에 기적은 있는 법이야. 자포자기로 탔던 배가 난파되어 베이라 군도에 흘러갔던 일 말이야. 지금은 아무도 모르지만, 난 거기서 3년이나 더러운 수인들의 보살핌을 받으며 살아남았지."

"……."

"어째서 아무도 모르냐고? 그야 물론 당시에 나와 같이 살아남은 선원들을 모두 내가 죽였으니까. 아, 그리고 보니 이제 당신도 알고 있군. 하지만 상관없어. 이미 죽은 거나 다름없으니까."

"……"

"그러고 보니 이 이야기도 했던가? 당신의 식사에 10년 전부터 조금씩 타온 독은 내가 베이라 군도에서 얻어온 독초야. 지금은 교황청의 텃밭에 완전히 뿌리를 내리고 자생하고 있지. 아, 교황청의 요리사들을 매수하는 건 어렵지 않았어. 정확히는 매수도 아니었고."

"……"

"당신이 어지간히 정력에 좋은 음식을 밝혀서 말이야. 직접 말하기엔 좀 껄끄러워서 내게 대신 부탁했다고 말하니까 철석같이 믿더라고. 사실 틀린 말도 아니야. 그 독초에는 약간의 강정 기능이 있거든."

"……"

"더러운 수인들은 그 풀을 '후람'이라고 불러. 새끼를 많이 까고 싶을 때 아주 소량을 복용하지. 하지만 욕심이 지나쳐서 많이 먹으면 지금 당신처럼 되고 말이야. 온몸의 근육이 굳고 몸이 쪼그라들어 비참한 최후를 맞이하지. 아, 그러고 보니 말이야."

다리우스는 문득 떠올랐다는 듯 살짝 박수를 치며 말했다.

"다른 쪽 일도 계획대로 잘 진행되고 있어. 제물 말이야. 사실 수만, 아니, 수십만의 인간을 제물로 바치는 게 쉬운 일은 아니잖아? 원래대로라면 저번 마도대전에서 충분히 죽었어야 하는데 그 망할 괴물들 때문에 전쟁이 금방 끝나 버리는 바람에 일이 꼬였지."

"……."

"왜 그래? 여기까지는 바로 당신이 계획한 일이라고?"

다리우스는 무고하다는 듯 어깨를 으쓱였다.

"난 그저 당신의 유지를 이어받은 것뿐이야. 아버지. 그 소름 끼치게 멋진 계획을 말이야."

"……."

"그런데 말이지, 정작 일을 쉽게 만들어준 게 바로 그 괴물 중 하나인 제온이라는 게 믿겨져? 그 자식이 미쳐서 우리 교단을 상대로 전쟁을 시작했다고. 하, 기가 막히지. 덕분에 난 손쉽게 필요한 병력을 끌어모으고 더 많은 인간을 죽일 명분이 생겼어."

"……."

"당신이 남겨준 기록에 따르면 80만 명 정도일 거야. 물론 난 안전하게 100만 명쯤 죽일 생각이지만. 10년 동안 100만 명. 별로 어려운 것도 아니잖아?"

"……."

"그러면 조건이 갖춰지지. 새로운 초신수가 태어날 조건이. 후후후……."

다리우스는 그렇게 말하고는 소리 죽여 웃었다. 행복에 겨워 어쩔 줄 몰라 하는 표정이다.

"상상만 해도 두근두근. 우리가 섬기는 세상의 섭리 말

이야. 물론 당신은 자신이 직접 되고 싶었겠지. 아쉽게 됐어. 좀 억울하지?'

순간 희미한 떨림과 함께 감겨져 있던 교황의 눈꺼풀이 조금씩 올라갔다. 다리우스는 놀랍다는 얼굴로 교황의 쭈글쭈글한 이마를 쓰다듬었다.

"대단해. 정말 멋진걸. 지금 눈을 뜬 거야?'

"……."

"얼마나 억울했으면. 그리고 그다음은? 이 불효막심한 자식의 얼굴에 따귀라도 날려야 하지 않겠어? 어디 한번 해보시지?'

그러나 거기까지였다.

가까스로 눈을 뜬 교황은 안구조차 제대로 움직이지 못한 채 초점 없는 뿌연 눈동자를 이리저리 굴리기 시작했다.

"응? 뭐라고? 잘 안 들리는데?'

다리우스는 아무 말도 못하는 교황의 입가에 일부러 귀를 대며 말했다.

"차라리 죽여 달라고? 더 이상 못 견디겠다고? 응?'

"……."

"뭐, 그 마음 이해 못하는 것도 아니지만, 그래도 조금만 더 버텨 달라고, 아버지. 적어도 자랑스러운 아들이 인간을 넘어 신이 되는 광경을 그 눈으로 봐야 하지 않겠어?'

"……."

"그래도 나밖에 없잖아? 이렇게 병석에 누운 아버지를 찾아오는 자식은 말이야. 내가 요즘 얼마나 바쁜데. 없는 시간을 쪼개느라 등골이 휠 지경이야. 특히 신관의 숫자를 늘리는 일이 귀찮다고. 얼마 전에 제온이 엄청나게 죽였고 또 앞으로 죽일 예정이거든."

"……."

"당신도 알잖아? 우리 교단에 있어 신관의 숫자가 얼마나 중요한지."

다리우스는 어깨를 으쓱이며 다정한 목소리로 말했다. 조금 떨어진 곳에서 보면 의식이 없는 교황에게 이런저런 제스처를 곁들이며 말을 걸어주고 있는 아름다운 광경으로 보일 것이다.

그러나 그 실상은 소름 끼치는 증오와 파멸의 향연이었다.

"그리고 매일같이 올라오는 토벌단의 보고도 듣고 대답해줘야 한다고. 그러고 보니 어제 올라온 보고에는 베오르그를 되찾았다고 하더라고. 제온은 그걸로 뭘 하려고 했던 걸까? 정말로 아프레온의 위치를 알아내서 초신수를 죽이려고 하는 걸까?"

"……."

"그런 게 가능할 리가 없는데 말이야. 하지만 기왕 이렇게 된 거, 최대한 그 녀석을 이용해야지. 적어도 그 녀석으로 인해 30만 명은 죽도록 만들 거야. 이미 계획이 있어. 페슈마르 왕국과 엮어서. 어때, 궁금하지?"

다리우스는 좀 더 작은 목소리로 속삭이듯 말했다. 그리고는 다시 웃으며 목소리를 조금 높였다.

"물론 그것만으로는 백만 명을 채우기 힘들 거야. 그래서 또 다른 전쟁도 준비했지. 당신이 이상하게 아끼던 수인들 말이야. 그쪽에서도 한 10만 명쯤 죽일 예정이야."

순간 이리저리 방황하던 교황의 동공이 다리우스를 향해 고정되었다. 다리우스는 깜짝 놀란 표정을 지으며 말했다.

"이야, 반응이 좀 있네? 페슈마르 왕국에서 30만 명이 죽을 때는 꼼짝도 않더니 그 더러운 수인 놈들이 죽는다니까 마음이 아픈가 봐?"

"……"

"사실 예전부터 궁금하긴 했어. 왜 당신이 그렇게까지 그 수인 놈들을 아끼는지 말이야. 수인에 대한 차별을 없애야 한다고 포고령까지 내리고. 혹시 젊었을 때 기가 막힌 수인 여자라도 안고 감동받은 적이라도 있던 거야?"

"……"

"뭐 아무래도 상관없긴 하지만. 아무튼 베이라 군도와 전쟁을 시작할 거야. 명분은 바로 교황 독살 미수. 실제로 그쪽에서 가져온 독초로 당신이 이렇게 된 거니까 아주 상관없는 일은 아니지?"

다리우스는 미소를 지으며 교황의 가슴을 토닥였다. 교황은 초점 없이 고정된 눈으로 다리우스를 바라보았다.

그때, 교황의 말라붙은 입술이 달싹였다.

"안……."

"응?"

"안… 돼……."

"지금 안 된다고 말한 거야?"

다리우스는 깜짝 놀란 얼굴로 고개를 저었다.

"믿을 수가 없군. 아직도 말할 기운이 있다니."

"……."

"놀라워. 놀랍다고, 아버지. 아무래도 독초의 양을 약간 늘려야겠는걸. 매일 세 번씩 당신 목구멍 안으로 부어넣는 그 미음 말이야. 이제 와서 쓸데없는 소리를 지껄이게 되면 곤란하다고."

"……."

그러나 그 한마디가 한계인 듯 교황의 입에서는 더 이상 아무런 말도 새어 나오지 않았다. 다리우스는 차가운 얼굴로 경련하는 교황의 눈꺼풀을 손으로 쓸어내리며 말했다.

"축하해, 아버지. 덕분에 당신이 살날이 좀 더 줄어들게 생겼으니까. 만약 노리고 한 거라면 칭찬해 줄게. 굉장한 집념이었어."

"……."

"아무튼 어째서 당신이 수인에게 집착하는지는 모르지만,

그래 봤자 그 더러운 놈들을 죽여야 하는 내 마음이 좀 더 뿌듯해질 뿐이라고. 당신이 아끼는 걸 부숴 버리는 것만큼 행복한 일이 세상에 또 있을까?"

"……."

"그런 의미에서 열심히 당신을 간호하고 있는 바인 신관 말이야."

다리우스는 살짝 웃으며 의자에서 몸을 일으켰다.

"그 녀석이 당신 자식이라는 걸 내가 모르고 있을 것 같아? 그래서 일부러 당신을 간호하는 일에 추천까지 했다고. 사랑하는 막내아들이 읽어주는 교전을 듣는 건 어떤 기분일까? 유일한 삶의 낙? 최후의 희망? 뭐 그런 비슷한 감정이겠지?"

"……."

"이제 곧 담당 신관이 바뀔 거야. 그리고 그자는 당신에게 이렇게 말하겠지. 지금까지 당신을 간호하던 바인 신관은 갑작스런 사고로 목숨을 잃었다고. 아니면 행여나 당신이 충격을 받을까 봐 이렇게 말할지도 몰라. 고향에 큰일이 있어 잠시 돌아갔다든가, 아니면 건강이 좀 나빠져서 쉬고 있다든가. 큭큭."

다리우스는 웃으며 몸을 돌렸다. 멀리 방문 근처에 자신을 바라보고 있는 바인 신관이 보인다. 이제 곧 자신이 어떤 운명에 처해질지도 모르는 채 한 달에 한 번씩 잊지 않고 교황에게 문안 인사를 오는 자신에게 감동한 듯한 표정을 짓고 있다.

"…너도 분명 백만 명 중의 한 명일 테지."

다리우스는 나지막한 목소리로 중얼거렸다. 그리고는 평상시의 온화한 표정을 지으며 차분한 걸음으로 방문을 향해 돌아가기 시작했다.

"신수교단의 신관들은 처음 임명되는 순간에 초신수에 대한 충성의 서약을 해."

해변의 조그만 정자에서 마이는 표정 없는 얼굴로 마그나스를 바라보며 말했다.

"그건 나도 알아. 그래서?"

반면 마그나스의 섬세한 얼굴은 마치 벌레라도 씹은 것처럼 찌푸려져 있었다. 마이는 몇 차례 눈을 깜빡인 다음 설명을 이었다.

"그건 사실 단순한 서약이 아니야. 서약을 통해 자신의 힘이 초신수와 연결돼."

"연결된다고? 어떻게?"

"마이도 거기까지는 몰라. 일종의 계약이 아닐까 싶어."

"계약?"

마이는 고개를 끄덕이며 말했다.

"물론 신관들은 자신들이 그런 계약을 하는지는 몰라. 하지만 특별히 문제될 것도 없어. 오히려 기뻐할 거야."

"그야 그럴 테지만……"

마그나스는 잠시 생각하다 심각한 얼굴로 물었다.

"정확히 어떤 힘이 초신수와 연결되는 건데? 마력? 초신수는 신관들의 마력을 끌어 쓰고 있다는 거야? 그리고 초신수도 한 마리가 아니잖아? 네 마리의 초신수가 모두 신관의 힘을 끌어 쓴다는 거야?"

"마이는 질문과 답을 동시에 하는 건 좋지 않다고 생각해."

"어이, 지금 그런 말 할 때가……"

"하지만 거의 맞는 답이야."

마이는 빠르게 말을 이으며 설명했다.

"마이가 연구실에서 읽은 보고서와 연구원들이 평소 나누던 대화를 종합해 보면 초신수는 신관들의 마력을 끌어 쓰고 있어. 그리고 생명력도 끌어 쓴다고 했는데, 그건 자세한 보고서를 본 적이 없어서 정확히는 모르겠어. 생명력이라는 게 무언지도 잘 모르겠고."

"생명력이라니… 아니, 잠깐."

마그나스는 순간 소름이 돋은 표정으로 제온을 바라보았다.

"그거 혹시… 그걸 말하는 건 아니겠지?"

"모르겠어."

고개를 젓는 제온의 표정은 차갑게 굳어 있었다.

마그나스가 말한 것은 물론 '초신수의 축복'에 희생되는 제물에 대한 이야기였다.

프로나.

사랑하는 아내.

세상의 전부.

많은 수식어이 제온의 머릿속을 떠돌았다. 그가 정말로 참을 수 없는 것은 그녀의 모습을 떠올릴 때마다 허무함과 증오심을 느껴야 하는 현실이었다.

"초신수에 비밀이 많다는 건 알았지만……"

마그나스는 심각한 표정으로 생각에 잠겼다. 아무리 완벽하게 여장을 해도 그럴 때면 숨길 수 없는 남자의 표정이 겉으로 드러났다.

마그나스는 제온을 보며 물었다.

"그럼 마요르에서 그 난장판을 친 이유도 신관의 숫자를 줄이기 위해서?"

"그래. 그런 이유도 있어."

제온은 부정하지 않았다. 마그나스는 우려 섞인 표정으로 말했다.

"저기 제온, 일단 말해두겠는데… 난 네가 이 세상을 뒤집어엎을 계획이라 해도 상관없이 도울 생각이야. 그 과정에 얼마나 많은 사람이 죽고 또 내가 내 손으로 얼마나 많은 사람을 죽여야 한다 해도 말이야."

"네가 꼭 나서서 사람을 죽일 필요는……"

"아니, 필요하면 죽일 거야."

마그나스는 단호하게 말했다.

"하지만 정말 괜찮겠어? 프로나를 죽인 건 아프레온이야. 신수교단의 신관들이 아니라고. 죄 없는 사람들을 마구 죽여도 넌 정말 상관없는 거야?"

"상관없어."

제온은 고개를 끄덕였다.

"아프레온을 죽이기 위해서 그게 필요하다면 그 어떤 것도 죽일 수 있어. 물론 그렇다고 신수교단에 죄가 없다는 건 아니고."

"신수교단이 부패한 건 사실이야. 하지만⋯⋯."

"아니, 그런 이야기가 아냐."

제온은 고개를 저었다.

"아프레온에게 힘을 바치는 것만으로도 이미 큰 죄야. 죽어 마땅해."

"하지만 대부분은 모르고 있을 거야."

"모르고 지은 죄라고 용서해 줄 생각은 없어."

제온은 차가운 표정으로 접시 위의 빈 조개껍질을 바라보았다.

아프레온은 프로나를, 그리고 그녀의 뱃속에 있는 자신의 아이를 양분 삼아 기적을 펼쳤다.

기적의 결과는 레스톤 왕국의 부활이었다. 수많은 사람이 하늘에서 쏟아지는 비를 마셨고, 그 비를 통해 자라난 작물을 먹었다.

"난 그걸 참을 수가 없어."

제온은 주먹을 꽉 움켜쥐었다.

"지금 레스톤 왕국의 국민들은 프로나의 피와 살을 먹고 있어. 내 아이의 피와 살을 먹고살고 있다고. 그러면서도 아프레온을 찬양하며 신전에 제물을 바치고 있지. 이 빌어먹을 멍청한 놈들. 증오스런 인간들. 모조리 죽여 버렸으면 좋겠어."

"제온……."

"하지만 그럴 수는 없지. 프로나의 고향을 내 손으로 짓밟을 수는 없어. 그래서 참는 거야. 하지만 신수교단은? 대체 그 놈들은 하는 게 뭐야? 마도대전에 단 한 명의 신관도 보내지 않은 주제에 자신들에게 위협이 되는 이단이라면 세상 끝까지 쫓아가 척살하지. 그러면서 동시에 아프레온에게 힘을 공급해 주고 있다고? 하하!"

제온은 표정 없이 웃으며 말했다.

"죽어 마땅해. 살려둘 가치가 없어."

"그렇게까지 말한다면……."

마그나스는 씁쓸한 얼굴로 입술을 깨물었다. 그러자 가만히 듣고 있던 마이가 눈을 깜빡이며 말했다.

"마이는 모든 신관을 다 죽일 필요는 없다고 생각해. 일단 마력이 높은 전투신관 위주로 죽이는 게 효율이 좋을 거야."

"마력이 높은 만큼 아프레온에게 공급하는 마력이 많아지니까?"

"맞아, 마그. 그리고 그건 제온을 쫓아오는 그 토벌단과 싸우는 것만으로 충분할 거야."

결국 토벌단은 제온을 죽이기 위해서 결성된 것이지만, 제온 역시 강력한 신관들을 제거하기 위해 신수교단이 토벌단을 결성하기를 재촉한 셈이었다.

"그래서 일부러 마요르에 가라고 한 거야. 베오르그를 얻는 건 마이의 생각이었어. 비록 잃어버리긴 했지만."

"그럼 마요르에서 베오르그를 탈취한 이유가 단지 신수교단이 움직이게 하기 위해서였다는 거야?"

"그건 맞기도 하고 아니기도 해."

"뭐?"

"베오르그도 자체적으로 쓸모가 있어. 마이는 연구실에서 베오르그와 관련된 문서를 본 적이 있거든."

"관련된 문서라니, 빛으로 초신수의 방향을 가리키는 거 말이야?"

"그거 말고."

마이는 고개를 저으며 말했다.

"베오르그는 마력을 공격력으로 바꿔주는 성법기야."

"공격력?"

"절단력… 이라고 해야 할까? 그래서 원래 주인이던 신관 베오르그가 그걸로 많은 마물을 상대할 수 있었던 거야. 베오르그는 높은 마력을 가지고 있었지만, 정작 그 마력으로 마법을 완성시키는 게 서툰 인간이었거든."

하지만 그의 손에 쥐어진 것은 마력만 퍼부으면 무엇이라도 벨 수 있을 만큼 날카로운 절단력을 발휘하는 성법기였다. 베오르그는 그것으로 전설이 되었고, 그의 칼은 주인의 이름을 물려받아 신수교단의 3대 성물로 자리 잡게 된 것이다.

"베오르그의 절단력에는 이론적으로 한계가 없어. 마력만 충분히 공급해 준다면 말이야. 그러니까 초신수를 잡을 때 변수로 작용할 수 있는 거야."

"변수라니, 잠깐."

마그나스는 제온을 향해 고개를 돌리며 눈살을 찌푸렸다.

"너 설마 아프레온을 칼로 잡을 생각이었어?"

"그럴 리가."

제온은 가볍게 웃으며 말했다.

"그냥 저 애의 생각일 뿐이야. 그래도 있어서 나쁠 건 없으니까… 신수교단을 본격적으로 움직이게 할 겸 겸사겸사 챙겨둘 생각이었지."

"광신 사냥 프로젝트에는 베오르그를 이용한 작전도 다양하게 연구되고 있었어. 마이의 생각으로는 분명히 도움이 되었을 거야. 물론 지금은 잃어버렸지만."

"그 오두막집에 놔두고 와버렸다 이거지. 그런 줄 알았다면 빠르게 다시 다녀오는 건데."

마그나스는 아쉽다는 얼굴로 말했다.

"지금은 이미 널 쫓던 신수교단의 손에 넘어갔을 거야. 사자렌에 토벌단의 집결지가 생겼다는 걸 들었거든."

사자렌은 이켈 지방에 남아 있는 유일한 자치도시였다. 제온은 상관없다는 듯 어깨를 으쓱였다.

"처음부터 미끼였을 뿐이야. 이젠 미끼 없이도 열심히 날 쫓아올 테고."

"그렇긴 하지. 그럼 지금부터는 어떻게 할 생각이야?"

"원래 계획은 토벌단을 해치우면서 계속 신수교단의 전력을 약화시키는 거였는데……."

제온은 붕대에 감긴 오른팔을 보며 말했다.

"생각보다 심각한 상처라서 어느 정도 회복될 때까지는 계속 숨어 있을 생각이었어."

"일단 이삼 일 쉬면 많이 좋아질 거야. 가능하면 무리하지 말라고 하고 싶지만……."

마그나스는 골치 아프다는 얼굴로 잠시 생각하다 말했다.

"토벌단과 싸울 거라면 가급적 빨리 싸워야 해."

"왜?"

"샐러맨더 킬러가 합류할 예정이거든."

"샐러맨더 킬러? 페슈마르의?"

제온의 동공이 순간적으로 커졌다. 마그나스는 길게 내려온 앞머리를 뒤로 넘기며 대답했다.

"그래. 아직까지는 네프카가 이런저런 핑계를 대고 있긴 한데, 결국 합류하긴 할 것 같아."

"정말인가? 아니, 신수교단이 압박을 넣었다면 어쩔 수 없었겠지만."

"이쪽에 도는 소문으로는 신수교단이 태양의 망토를 대가로 줬다고 하더라고."

"태양의 망토?"

"응. 그리고 아무래도 사실인 모양이야."

마그나스는 고개를 끄덕였다. 제온은 입맛이 쓴 얼굴로 혀를 차며 중얼거렸다.

"더러운 놈들. 결국 그런 식으로 써먹으려고 계속 감추고 있었던 거야."

"마이는 태양의 망토가 무언지 알고 싶어."

가만히 듣고 있던 마이가 불쑥 끼어들며 물었다. 제온은 마이의 머리를 가볍게 쓰다듬으며 대답했다.

"네프카에게 꼭 필요한 성법기야. 네프카가 어떤 짐을 짊어지고 살고 있는지는 알고 있지?"

"페슈마르의 국왕이 1년에 한 번씩 신수 파이파를 상대로 싸워서 이겨야 한다는 거라면 알고 있어."

"그래, 그거. 파이파는 아이스 피닉스(Ice phoenix)라서 가만히 있어도 엄청난 냉기를 뿜어내거든. 그놈과 싸우려면 기본적으로 냉기에 저항하기 위해 역장에 엄청난 마력을 소모해야 해. 안 그러면 싸우기도 전에 얼어붙어 버리니까."

"그럼 태양의 망토는 냉기를 막아내는 성법기야?"

"그래. 그런 모양이야."

네프카는 약한 소리를 거의 하지 않는 성격이지만, 그럼에도 불구하고 아카데미에 다닐 당시 신수교단이 만들고도 내놓지 않고 있는 태양의 망토에 대해 아쉬움과 불만을 자주 털어놓았다.

처음부터 없는 거였다고 생각하면 상관없겠지만, 만약 그것이 있었더라면 페슈마르의 전 국왕도 죽지 않고 네프카에게 무사히 왕위를 양도할 수 있었을 것이다.

그리고 지금에 와서 신수교단은 제온을 죽이기 위해 집결한 토벌단에 지원군을 파견하는 대가로 태양의 망토를 내민 것이다.

물론 받을 수밖에 없었을 것이다.

네프카가 짊어진 것은 말 그대로 왕국 전체의 운명이었으니까. 제온은 조금도 아쉽거나 섭섭하지 않았다.

오히려 그런 와중에도 이런저런 핑계를 대며 지원군의 약속을 늦추는 네프카의 행동에 감사할 따름이다. 제온은 크게 숨을 마신 다음 마그나스를 향해 고개를 끄덕이며 말했다.

"확실히 싸우려면 지금 싸워야겠네. 샐러맨더 킬러가 합류하면 골치 아플 테니까."

"골치만 아플까? 작년에 페슈마르 왕국에 잠시 들러서 그 녀석들 상대로 모의 전투를 한 적이 있는데… 장난 아니야."

마그나스는 소름 끼친다는 표정으로 말을 이었다.

"개개인의 능력도 뛰어나지만 그것보다 연계해서 싸우는 능력이 귀신같아. 아주 전투에 이골이 났다고 할까?"

"그야 샐러맨더를 사냥하면서 실전을 쌓았을 테니까."

"아무튼 네프카도 무한정 버티지는 못해. 벌써 시간이 꽤 지났을 테니까. 앞으로 며칠 안에 결정을 내는 게 좋겠어."

"장소는 어디가 좋을까? 역시 이켈 지방으로 돌아가야 하나?"

"별로 좋은 선택은 아니야. 이미 진을 치고 있는 곳에 뛰어드는 건 좋지 않아."

"확실히. 경우는 다르지만 마요르에서도 비슷한 짓을 했다가 큰 낭패를 봤지."

"어쩌면 전에 싸우던 마족들이 남아 있을지도 모르고, 그 슬라임 같은 괴물들까지 동시에 상대해야 한다면 최악이야."

"그럼 역시 끌어들여야겠네."

"여기로?"

"여기로."

제온과 네프카는 마주 보며 고개를 끄덕였다. 비록 몇 년 만에 다시 만난 두 사람이지만, 과거 수도 없이 호흡을 맞추며 마족들과의 전투를 치러온 경험은 사라지지 않고 고스란히 남아 있었다.

9장

괴물 사냥

성의력 99년 9월 28일.

그리고 늦은 오후, 이단자인 제온을 잡기 위해 이켈 지방의 서북부 해안을 조사하던 전투신관들이 몇 명의 피난민을 발견했다.

피난민은 막 바다를 건너 해안가에 도착한 상태였다. 신관들은 즉시 이들의 신병을 구속한 채 조사에 들어갔고, 그들로부터 놀라운 이야기를 전해 들을 수 있었다.

"저희들은 제스터 섬에서 살고 있던 어부들입니다요. 얼마 전에 무시무시한 마물들이 들이닥쳐서 섬에 살고 있는 사람들을 모조리 잡아먹었지요. 저희들은 해안가의 동굴에 몸을 숨긴 덕분에 가까스로 목숨을 건질 수 있었답니다."

끔찍한 일을 당한 것치고는 말투가 차분했기 때문에 신관들은 의심의 눈초리로 어부들을 바라보며 좀 더 정확한 설명을 요구했다.

"마물이라니, 정확히 어떤 마물이었는지 설명해 주십시오."

"커다랗고, 녹색이었습죠."

"녹색이요?"

"투명한 녹색이라고 해야 하나. 저도 그놈들이 마을로 몰려오는 걸 얼핏 보자마자 도망쳤기 때문에 자세히 보지는 못했습니다요. 해파리처럼 물컹거리는 느낌이라고 해야 하나? 그렇지, 막스?"

"맞습니다. 간 해초를 굳혀 만든 젤리와 비슷한 느낌이었죠."

막스라는 이름의 젊은 어부도 고개를 끄덕이며 동의했다. 신관들은 한층 더 당황스런 표정으로 서로를 바라보다 다시 물었다.

"해파리나 젤리처럼 생긴 마물이 섬을 습격했다는 말씀이십니까?"

"바로 그렇습니다요. 아, 그러고 보니 그 아가씨가 '슬라임'이라고 했던가?"

"슬라임!"

신관들은 그제야 마물의 정체를 파악하고는 고개를 끄덕였다. 비록 유리언 대륙에 흔하게 출몰하는 마물은 아니지만, 적어도 신관이라면 기초적으로 배워야 하는 마물도감에 수록된 마물이다.

"섬에 대체 왜 슬라임이⋯⋯. 그런데 아가씨라니, 또 다른 생존자를 말씀하시는 겁니까?"

신관의 질문에 어부는 손사래를 치며 고개를 저었다.

"아니, 그 아가씨는 외지인입니다요"

"외지인이요?"

"섬에는 처음 온 사람이었습니다요. 난리가 나고 얼마 지나서 섬에 왔습죠. 그렇지, 막스?"

"네. 저희들은 모두 동굴에 숨어서 며칠 동안 꼼짝도 못하고 있었습니다. 그런데 그 아가씨가 섬 주위를 날아다니다가 저희들을 발견하고 구해준 것입니다."

"날아다녔다구요? 마법사였습니까?"

"물론 마법사였으니까 날아다녔겠죠."

막스는 고개를 끄덕이며 말했다.

"처음에는 우리 섬을 조사하다가 잠시 육지로 건너갔다가 다시 돌아왔습니다. 덩치 큰 남자와 함께 말이죠."

"덩치 큰 남자요?"

"네."

"그자도 마법사였습니까?"

신관은 한층 심각해진 얼굴로 질문했다. 막스는 잘 모르겠다는 표정으로 고개를 저었다.

"눈으로 본 적은 없습니다."

"마법을 쓰는 걸 본 적은 없다는 말씀이시죠? 혹시… 이걸 좀 봐주시겠습니까?"

신관들은 품속에 가지고 다니던 제온의 현상수배 전단을 꺼내 펼쳐 보였다.

"나중에 섬에 온 그 남자가 여기 그려진 남자와 닮았습니까?"

"흠, 비슷한 것 같군요."

"정말입니까? 혹시 그자와 대화를 나누셨습니까?"

"말을 하진 않았지만… 아, 그리고 보니 부상을 입은 것 같았습니다. 오른팔에 붕대를 감고 있었죠."

신관들은 순간적으로 눈을 부릅떴다. 어부가 말하고 있는 남자는 제온이 분명했다.

"이러고 있을 시간이 없다. 빨리 보고해야 해."

신관 한 명이 고개를 끄덕이며 레비테이션 마법으로 남쪽을 향해 날아가기 시작했다. 해변가에 남은 신관은 심각한 표정으로 어부들을 보며 말했다.

"처음에 말씀드렸듯이 저희들은 신수교단에 속한 회색망토단입니다. 저희들이 이곳에 있는 이유는 바로 세상의 섭리에 등을 돌린 이단자를 토벌하기 위해서입니다."

"이단자요?"

"그렇습니다. 그렇기 때문에 여러분은 저희들과 함께 가주셔야겠습니다."

"저, 저희들은 아무 짓도 안 했는데요!"

"걱정하지 않으셔도 됩니다. 좀 더 자세한 이야기를 듣기 위해서일 뿐입니다. 그런데 그전에 한 가지 궁금한 게 있는데… 가능하면 정확히 말씀해 주시길 바랍니다."

어부들은 두려운 표정으로 고개를 끄덕였다. 신관은 어부들이 타고 온 작은 어선을 잠시 바라본 다음 물었다.

"슬라임의 습격으로 섬사람들이 전부 죽었다고 하셨죠?"

"네, 그렇습니다요."

"섬에 살던 사람이 모두 몇 명이었습니까?"

"그, 글쎄요? 천 명은 넘는 것 같은데……."

"천 명이요?"

신관은 휘둥그레진 눈으로 어부를 다그쳤다.

"지금 섬 주민이 천 명이 넘는다고 하신 겁니까?"

"아, 아니, 그러니까… 저도 세어본 적이 없어서 말입니다요. 이봐, 막스? 혹시 자넨 알고 있나?"

"저도 잘……. 하지만 작년부터 섬으로 넘어온 사람들이 많아서 이천 명쯤 되지 않을까 싶습니다."

"이천 명! 제스터 섬이 그렇게 큰 섬이었습니까?"

신관은 한층 더 놀란 표정이 되었다. 그러나 정말 놀랄 만한 것은 이천 명이나 되는 섬 주민을 고작해야 하급 마물에 지나지 않는 슬라임이 모조리 전멸시켰다는 사실이다.

어부들로부터 정보를 얻은 지 사흘 후. 신수교단의 이단 토벌단은 이켈 지방의 버려진 어촌 마을 주변에 집결했다.

"대집행관님, 다시 한 번 생각해 주시길 바랍니다!"

급히 항구에 도착한 렌파는 부둣가에 서 있는 체리오트를 향해 말했다.

"아무리 생각해도 이건 함정입니다. 지금은 일단 정찰대를 보내 섬의 상황을 정확히 파악하는 것이 중요합니다."

"정찰대는 이미 보냈다."

체리오트는 딱딱한 목소리로 대답했다. 그리고는 몸을 돌려 렌파를 바라보며 말했다.

"그보다도 섬에 대한 정보는 알아왔나?"

"대집행관님……."

렌파는 하얀 가면으로 얼굴을 가린 체리오트를 바라보며 입술을 깨물었다. 증오에 서린 눈빛만으로도 가면 안쪽의 표정이 눈에 선할 정도이다.

"…대부분은 어부들의 증언과 비슷합니다. 제스터 섬. '죽음의 길'에서 서쪽으로 250㎞ 정도 떨어진 곳에 위치한 섬입니다. 자패분(紫貝粉)의 산지로도 유명합니다만, 일반적으로는 잘 알려져 있지 않은 섬입니다."

"잘 알려져 있지 않은 섬에 주민이 이천 명이나 살고 있었다는 말인가?"

"공식적으로 특정 국가에 소속된 땅이 아니라 자세한 자료는 없습니다만… 아무래도 오랫동안 가뭄에 시달리던 레스톤 왕국의 난민들이 소문을 듣고 많이 이주한 모양입니다. 자패분의 원료인 왕피조개가 몇몇 국가에서 미식으로 쳐주는 덕분에 일손도 많이 필요했던 것 같습니다."

"미식? 먹는 데 집착하다니… 천박하기 그지없군."

체리오트는 하찮다는 목소리로 고개를 저으며 말했다.

"그런 건 아무래도 상관없다. 이단자를 섬으로 데려왔다는 여자에 대한 정보는?"

"지금으로선 레비테이션을 쓸 줄 아는 마법사라는 것뿐입니다. 어부들의 말에 따르면 키가 상당히 큰 미인이었다고 합니다만."

"그렇다면 나인제로 몬스터즈는 아니겠군."

"물론 아닙니다."

체리오트는 즉시 고개를 저었다. 제온의 친구들인 '나인제로 몬스터즈' 에서 여자는 둘이었는데, 둘 다 평균이거나 평균에 못 미치는 작은 키를 가지고 있었다.

"무엇보다 샤리 총장님이 이런 곳에 올 리가 없습니다. 그리고 밍우이는 레비테이션 마법을 쓰지 못하는 것으로 알려져 있습니다."

"그렇다면……."

체리오트는 무언가를 말하려다가 말끝을 흐리며 입을 다물었다. 렌파는 급히 수배한 배에 올라타고 있는 전투신관들과 신전기사들을 바라보며 소리쳤다.

"문제는 그런 게 아닙니다! 제스터 섬까지는 배를 타고 열 시간이 넘게 걸립니다! 중간에 제온이 습격이라도 하면 비행 마법을 쓰지 못하는 신전기사들은 전멸당하고 말 겁니다!"

"비행 마법은 이단자의 약점이기도 하다. 바다 위에서 습격하면 오히려 이쪽이 유리하지."

"천 명이 넘는 신전기사단의 목숨이 걸려 있는 문제입니다!"

"그래서 지금 나보고 어쩌라는 건가!"

체리오트는 타는 듯한 눈으로 렌파를 노려보며 소리쳤다.

"이단자가 섬에 틀어박혀 있으니까 토벌하러 가면 안 된다는 말인가? 언젠가 다시 육지로 돌아올 때까지 발만 동동 구르고 있자고?"

"좀 더 신중하게 움직여야 한다는 말입니다! 먼저 정찰대가 돌아온 다음 배를 띄워도 늦지 않습니다! 왜 이렇게 서두르시는 겁니까!"

"정찰대가 돌아오려면 벌써 돌아왔지! 모르겠나, 렌파! 녀석은 섬에 잠복해서 날아오는 정찰대를 저격하듯이 잡아내고 있는 거다! 조금씩 보내는 건 의미가 없어! 단숨에 건너가서 모조리 쓸어버려야 한다!"

"하지만 그런 식으로는 엄청난 피해를 입을 겁니다!"

"상관없다!"

체리오트는 칼을 휘두르듯 오른팔을 내리그었다.

"우리 모두가 죽더라도 그자만 죽이면 돼! 무엇을 위한 이단 토벌단이지? 희생 없이 선을 이룰 수 있을 거라고 생각하나?"

"대집행관님!"

"제스터 섬은 육지에서 한참 떨어진 외딴 섬이다! 비행 마법이 약한 이단자는 독 안에 든 쥐나 다름없어!"

"하지만 그건 저희들도 마찬가지입니다! 그 섬에서 어떤 일이 벌어지더라도……."

"렌파! 이미 결정된 일이다!"

"제발 재고해 주십시오! 적어도 페슈마르 왕국의 샐러맨더 킬러가 도착할 때까지라도……."

"그놈들은 안 와!"

체리오트는 이를 갈며 소리쳤다.

"가증스런 배교자들! 전부 다 똑같은 놈들이다! 그 속셈을 내가 모를 줄 알고!"

"대집행관님……."

"두고 봐라! 이번 토벌이 끝나면 반드시 페슈마르 왕국에 책임을 물을 테니까! 일이 이렇게 된 이상 태양의 망토 도……."

체리오트의 입에서 폭언이 계속 쏟아져 나오려는 순간, 혼잡하던 항구 너머로 커다란 소리가 울리기 시작했다.

부우우우우우우웅!

그것은 항구에 집결한 조잡한 배들과는 비교도 할 수 없는 압도적인 크기의 상선이 내는 경적이었다.

"알타 왕국……."

렌파는 나지막한 목소리로 중얼거렸다. 상선의 돛에는 알타 왕국의 국기가 선명하게 그려져 있었다.

"저걸 봐라! 알타 왕국은 칼같이 약속을 지키지 않나! 저것이 바로 알타 왕국이 자랑하는 쾌속선이다!"

체리오트는 신명나는 목소리로 소리쳤다. 알타 왕국의 상선들은 자신들의 압도적인 위용을 과시하기라도 하듯 끊임없이 경적을 울리며 항구 쪽으로 천천히 다가오기 시작했다.

'하필이면 지금…….'

알타 왕국의 상선들이 나타난 타이밍이 너무도 절묘했기 때문에 렌파는 더 이상 체리오트를 막을 수 없게 되었다는 것을 인정해야 했다.

덕분에 체리오트는 물론 항구에 집결해 있던 토벌단의 사기도 수직으로 상승했다. 신관들은 양손을 모아 기도를 올렸고, 기사들은 벌써 승리라도 거둔 것처럼 주먹을 번쩍 치켜들고 환호성을 지르기 시작했다.

"수련집행관과 전투신관을 위주로 상선에 태우도록 하도록. 한 시간 내로 출발하면 새벽쯤에는 도착할 수 있겠지."

체리오트는 항구 쪽으로 걸어가며 말했다. 멍하니 상선을 바라보던 렌파는 급히 달려 체리오트의 앞을 가로막았다.

"잠시만 기다려 주십시오!"

"설마 아직도 막으려는 건가?"

"그게 아닙니다."

렌파는 긴장된 얼굴로 체리오트를 바라보며 말했다.

"이번 토벌작전의 실무는 모두 제가 책임지고 있습니다. 그러니 배에 올라탈 사람들의 인선도 제게 맡겨주십시오."

"무슨 소리지?"

가면을 쓰고 있음에도 인상을 찌푸리고 있다는 게 느껴졌다. 렌파는 흥분을 가라앉히며 가급적 차분한 목소리를 내기 위해 노력했다.

"물론 바다 위의 상황까지 예측할 수는 없습니다. 하지만 알타 왕국의 상선이 가라앉을 가능성이 적다는 것은 확실합니다. 웬만한 풍랑이나 어중간한 마법 공격으로는 좌초하지 않을 거라고 생각합니다."

"그야 당연하지."

"그렇기 때문에 최대한 많은 신전기사를 상선에 태워야 합니다. 전투신관들은 상당수가 레비테이션 마법을 쓸 수 있습니다. 하지만 기사들은 배가 가라앉으면 끝입니다. 최대한 전력을 보존한 상태로 섬에 도착해야 승산을 높일 수 있습니다."

"그런 거라면… 큭."

체리오트는 순간 비틀거리며 고개를 숙였다. 렌파는 깜짝 놀라며 체리오트를 부축했다.

"대집행관님! 괜찮으십니까?"

"어, 얼굴이……."

체리오트는 가면을 움켜쥔 채로 몸을 떨었다. 제온과의 전투에서 입은 부상은 거의 완치되었지만, 때때로 얼굴 전체에 숨도 쉴 수 없을 만큼의 통증이 밀려오곤 했다.

잠시 후, 통증이 수그러든 체리오트는 부축한 렌파를 밀치며 말했다.

"신경 쓸 필요 없다. 잠깐 통증이 온 것뿐이니까."

"하지만……."

"내 믿음이 부족하기 때문이다. 그보다도 렌파, 배에 타는 사람들의 인선은 네게 맡기겠다. 난 먼저 배에 타 있을 테니… 남은 일은 알아서 하도록."

체리오트는 머리를 가볍게 흔든 다음 항구 쪽으로 걸어가기 시작했다. 곧바로 조금 떨어진 곳에 대기하고 있던 집행관의 호위단이 따라 움직였고, 렌파는 나지막하게 한숨을 내쉬며 속으로 생각했다.

'이 정도 양보를 얻어낸 것만으로도 다행인가. 하지만 여전히 위험해.'

체리오트가 제온에 대한 복수로 눈이 흐려졌다는 것은 누가 봐도 명백했다.

하지만 이곳에는 신수교단이 보유한 전투력의 과반수가 모여 있다. 물론 가장 중요한 것은 제온을 죽이는 것이다. 하지만 그 과정에서 토벌단이 괴멸에 가까운 피해를 입는다면 앞으로의 교단 행보에 큰 걸림돌이 될 것이 분명했다.

'아니, 이대로라면 정말 제온을 죽일 수 있을지도 불분명해. 이건 마치 적이 파놓은 함정을 향해 머리를 집어넣는 꼴이 아닌가.'

하지만 이제 와서 토벌단이 제스터 섬으로 가는 것을 막는 것은 불가능했다. 렌파는 즉시 집결해 있는 신전기사단을 향해 달리기 시작했다. 지금으로선 그들이 바다에 빠져 개죽음을 당할 가능성을 줄이는 것만이 최선의 행동이었다.

이단 토벌단이 동원한 모든 선박이 항구를 떠난 지 여덟 시간 후.

알타 왕국의 상선에 타 있던 클로시아는 뱃머리에 가만히

선 채로 캄캄한 밤바다를 바라보고 있었다.

'바다의 밤은 무섭네.'

어둠 속의 바다는 마치 살아 있는 생물처럼 출렁거렸다. 만약 배가 좌초되어 밤바다에 빠지게 된다면 그녀는 공포와 두려움만으로도 심장이 멈출 것 같다는 생각이 들었다.

물론 대규모의 선단이 수많은 횃불로 밤바다를 밝히고 있다. 하지만 먹물처럼 검은 바다가 배 위의 빛을 삼켜 버리는 기분이었다.

그리고 선단이 아무리 커도 멀리서 보면 망망대해에 작은 촛불 하나가 떠 있는 것처럼 보일 것이다. 클로시아는 시간이 지날수록 기분이 점점 더 나빠지는 것을 느끼며 몸을 부르르 떨었다. 아직 초가을이었지만 바다 위의 바람은 쌀쌀하기 그지없었다.

그렇게 얼마나 시간이 지났을까.

"잠이 오지 않습니까?"

일급 집행관이자 그녀의 직속상관인 렌파가 기척을 내며 그녀를 향해 걸어왔다. 클로시아는 렌파의 손바닥 위에 떠 있는 작은 불꽃을 바라보며 빙긋 웃었다.

"역시 화염술사가 좋네요. 추우면 불도 피울 수 있으니까요."

"이건 어둠을 밝히려고 만든 것입니다만… 확실히 밤이 되니 쌀쌀하군요."

렌파는 손바닥 위의 불꽃을 좀 더 크게 만들며 말했다.

"몇 시간 후면 제스터 섬에 도착합니다. 어쩌면 도착하자마자 전투가 시작될지도 모르니 최대한 휴식을 취하는 게 좋지 않을까요?"

"잠이라면 몇 시간 정도 잤어요."

클로시아는 어깨를 으쓱이며 말했다.

"블랙빈이 너무 코를 골아서 깊이 잔 건 아니지만요."

"훗, 그렇군요. 그래도 눈을 좀 붙였다니 다행입니다."

"렌파님이야말로 주무시긴 한 건가요? 눈이 빨간데요."

"사실대로 말하자면 조금도 못 잤습니다."

렌파는 어깨를 축 늘어뜨리며 고개를 저었다.

"배 위에서는 도무지 잠을 잘 수가 없군요. 계속 흔들려서 멀미도 나고. 그래도 상선에 탄 저희들은 축복을 받은 겁니다. 작은 배에 탄 사람들이 뱃전에서 토하는 소리가 제 방까지 들리더군요."

"큰일이네요. 그래 가지고 섬에 도착해서 제대로 싸울 수나 있을까요?"

클로시아는 가벼운 태도로 말했다. 그러나 그것이야말로 진격을 감행한 체리오트가 간과한 심각한 문제 중 하나였다.

토벌단의 대부분이 태어난 이후로 한 번도 배를 타본 적 없는 사람들로 구성되어 있었다. 렌파는 나지막하게 한숨을 내쉬며 고개를 끄덕였다.

"정말 큰일입니다. 만약 그런 것까지 고려해서 섬에 틀어박힌 거라면… 그자는 대단한 책략가라고 할 수 있을 겁니다."

"제온님, 아니, 그 이단자를 말씀하시는 거라면……."

"여긴 우리 둘뿐이니 편하게 말해도 괜찮습니다."

렌파는 힘없이 웃으며 말했다.

"클로시아, 당신이 제온 스태틱의 열렬한 팬이었다는 것은 알고 있습니다. 아무래도 마음이 편치 않겠죠."

"아, 아니, 그건 그러니까 말이죠……."

급히 변명하려 했지만 막상 머릿속에 떠오르는 말이 없었다. 클로시아는 이내 고개를 떨어뜨리며 길게 한숨을 내쉬었다.

"마음이 불편한 건… 사실이에요. 하지만 걱정하진 마세요. 전 세상의 섭리를 지키기 위해 목숨을 걸고 끝까지 싸울 테니까요."

"긴장하지 마세요. 당신을 의심해서 이런 말을 꺼낸 게 아닙니다."

렌파는 한 치 속도 보이지 않는 밤바다를 응시하며 말했다.

"제온은 책략에 의지해 싸우는 사람이 아닙니다. 그는 최강의 화력과 방어력을 동시에 갖춘 마도사니까요. 마법협회에서 보내준 정보에도 그렇게 적혀 있었습니다."

"네, 일반적으로 그렇게 알려져 있죠."

"바로 그겁니다."

렌파는 고개를 들었다. 그리고 배 주위를 날며 정찰을 하고 있는 전투신관들을 바라보며 말했다.

"일반적이지 알려지지 않은 제온은 대체 어떤 사람인가요? 정보를 보면 볼수록 제온이라는 인간에 대해 의문만 늘어납니다."

"렌파님……."

"페슈마르 왕국의 스태틱 가문도 그를 양자로 받아들였을 뿐입니다. 그마저도 아카데미를 다니는 중에 사실상 연을 끊었지요. 그는 대체 무엇을 위해 아카데미에 입학했고, 대체 무엇을 위해 마족들과 싸운 걸까요?"

"…제온님이 스태틱 가문에 들어가기 전의 일은 아무도 모르는 것 같아요."

행여 누가 들을까, 클로시아는 조그만 목소리로 말문을 열었다.

"그리고 아카데미에 입학한 이유도 정확히 밝혀진 건 없어요. 아마도 스태틱 가문에 양자로 들어가는 조건이 아니었을까 싶어요. 샤리님도 그렇게 말씀하신 적이 있고."

"샤리님이라니, 매직 아카데미의 총장님과 직접 이야기하신 적이 있습니까?"

"네. 마도대전이 끝나고 어쩌다 기회가 되어서요. 사실 전 나인제로 몬스터즈 전원의 팬이니까요. 샤리님도 무척 좋아 해요. 물론……."

제온님만큼은 아니지만요.

차마 거기까지는 말할 수 없었다. 클로시아는 멋쩍은 얼굴로 웃으며 말을 이었다.

"아무튼 그렇다고요. 중요한 건 말이죠, 다른 건 몰라도 제온님이 무엇을 위해 마족들과 싸운 건지는 알고 있다는 거예요."

"그게 무엇입니까?"

"친구요."

"나인제로 몬스터즈 말입니까?"

"정확히는 나인제로 몬스터즈와 프로나님을 위해서요. 물론 프로나님은 친구라기보다는 연인이라고 해야겠지만요. 아무튼 샤리님이 말씀해 주셨어요. 제온님은 국가에 대한 충성심도 없고 유리언 대륙의 안위에도 전혀 관심이 없었다고요."

"그거라면 마법협회의 보고서에도 비슷한 이야기가 적혀 있었습니다."

"하지만 다른 친구들이 모두 싸우니까 제온님도 같이 싸우신 거예요. 프로나님의 나라를 위해, 네프카 폐하의 나라를 위해, 마그나스님의 나라를 위해……."

클로시아는 자신도 모르게 자랑스러운 표정이 되어 있었다. 렌파는 그런 클로시아의 얼굴을 잠시 바라보다 물었다.

"연인과 친구, 그것이 제온 스태틱의 모든 것이었다는 말인가요?"

"확실해요. 샤리님의 말로는 프로나님이 50, 마그나스님이 25, 네프카 폐하가 20, 그리고 밍우이님과 자신이 합쳐서 5라고 하셨어요."

"합치면 백이군요."

"네. 그렇게 합친 백 퍼센트가 바로 제온님의 모든 것이었던 거예요. 그래서 제온님은 이단자가 될 수밖에 없던 거구요."

"자신의 절반을 잃었기 때문에?"

클로시아는 말없이 고개를 끄덕였다. 제온이 자신의 아내를 얼마나 사랑했는지에 대해서는 유명한 일화가 있었다.

3차 마도대전 당시, 프로나는 전투에서 아크 데몬이라는 강력한 마족에게 큰 부상을 입고 사경을 헤매게 되었다. 한발 늦게 이 사실을 알게 된 제온은 마왕이 무색할 만큼 분노에 사로잡혀 아크 데몬의 부대를 격파했고, 즉시 사령부에 프로나를 후방으로 옮겨줄 것을 요청했다.

─프로나가 죽으면 전 싸우지 않을 겁니다. 제가 계속 싸우길 바란다면 프로나를 지키세요.

얼마 지나지 않아 프로나는 건강을 회복했다. 그러나 전쟁이 끝날 때까지 그녀가 전방으로 복귀하는 일은 벌어지지 않았다.

"안타까운 일이 아닐 수 없습니다. 실제로 세상의 섭리께서 나타났을 때 제온은 자신이 제물로 바쳐지는 것에 조금도 주저하지 않았다고 하죠."

렘파는 처음으로 제온을 만났을 때를 떠올리며 고개를 저었다. 신전을 빠져나와 폭우 속으로 모습을 드러낸 그의 모습은 직접 전투를 벌이던 마요르에서의 경험보다 훨씬 강렬하게 남아 있었다.

"물론 프로나님을 지키기 위해서였겠죠. 그리고 친구들을 위해서. 만약 자신이 도망치면 남겨진 사람들이 고통 받을 테니까요."

"가끔씩은 세상의 섭리께서 하시는 일을 이해하기 힘들 때가 있습니다. 부인의 뱃속에 있는 아기가 아무리 뛰어난 마도사가 될 재능을 갖추고 있었다 해도… 그저 태어나지도 않은 아기일 뿐인데 말입니다."

렘파의 말은 신관으로서 해선 안 되는 위험한 수위를 넘나들고 있었다. 그러나 클로시아 역시 처음부터 신앙심으로 교단에 들어온 것은 아니었다. 그녀는 동감한다는 얼굴로 고개를 끄덕이며 말했다.

"그렇죠. 하지만 어쩌겠어요. 이미 일은 이렇게 되어버렸고… 저희들은 그저 싸우는 수밖에 도리가 없죠."

"그자가 섬에서 어떤 준비를 하고 기다리고 있을지 생각만 해도 두렵습니다. 마요르에서는 대책 없이 힘으로 밀어붙였지만 이번에는 과연 어떨까요?"

"물론 제온님은 작전이 필요 없는 사람이죠. 하지만……."

클로시아는 심각한 표정으로 잠시 생각을 정리한 다음 말했다.

"그저 앞으로 전진하면서 날아오는 모든 것을 막고, 막아서는 모든 것을 날려 버리는 게 그분의 모든 것은 아니에요. 세상에 알려진 것처럼 말이죠. 마도대전 당시에는 유인 작전이라던가, 일부러 힘을 다 쓰고 부상을 입은 것처럼 약한 모습을 보여 마족들의 무모한 돌격을 유도한 적도 있었어요."

"기만작전이군요."

"매직 아카데미에서는 전술론도 가르치니까요. 물론 그런 경우가 많았던 건 아니에요. 작전을 쓰는 건 사실 마그나스님의 몫이었죠."

"마그나스… 더 윈드(The wind) 말이군요."

"마그나스님은 그런 쪽으로 비상했어요. 강력한 비행 마법을 활용해 적진을 교란하고, 마족의 족장이나 장군을 도발해 이성을 잃게 만들고, 일부러 소수의 부대를 적에게 노출시켜

미끼로 삼은 다음 적의 측면을 찌르고. 마치 마법사라기보다는 계략을 쓰기 위해 태어난 사람 같았어요."

"마법협회의 보고서에도 비슷한 내용이 있었습니다. 마력은 나인제로 몬스터즈의 아크메이지 삼인방에 미치지 못하지만, 자신이 가진 자원이나 능력을 활용하는 능력이 뛰어나다고 말이죠."

"그렇다고 마법을 쓰는 능력이 떨어지는 것도 아니고요. 질풍계 마법은 7등급까지 모두 자유롭게 쓸 수 있고… 캐슬 오브 윈드(Castle of wind)를 쓸 수 있는 유일한 마법사기도 하구요. 참고로 캐슬 오브 윈드가 뭐냐 하면……."

"저도 알고 있습니다. 질풍계 8등급 방어 마법이죠."

렌파는 신나게 설명하는 클로시아의 얼굴을 바라보며 가볍게 미소를 지었다.

"그걸로 칠흑의 마왕과의 전투에서 다른 마족들이 끼어드는 것을 차단한 것은 유명하죠. 그리고 보니… 좀 전에 제온의 이야기에서 마그나스의 숫자가 네프카 폐하보다 높았던 것 같고요."

"네? 숫자라뇨? 마력이라면 절대로 네프카 폐하보다 높을 리가……."

"샤리 총장님이 해주셨다는 이야기에서 말입니다."

"아, 그거 말이죠."

클로시아는 비밀스런 표정으로 고개를 끄덕였다.

"사람들 사이에서는 제온님과 가장 친한 친구가 네프카 폐하라고 알려져 있지만 그건 사실이 아니에요. 누가 뭐래도 제온님의 절친은 마그나스님이니까요."

"그건 좀 흥미로운 이야기 같군요. 저도 네프카 폐하라고 알고 있는데 말이죠. 그래서 마요르의 전투 이후 폐슈마르 왕국의 태도가 어떻게 나올지 무척 두려웠습니다."

"폐하께서는 책임감이 강한 분이라 쉽게 나라를 저버리는 행동을 하시기는 힘들 거예요. 실제로 토벌단에 지원을 해주기로 하셨고."

"안타깝게도 아직 도착하지는 않았지만 말이죠."

"사실 말씀드리진 않았지만, 어느 정도는 예상하고 있었어요."

"네프카 폐하께서 샐러맨더 킬러를 보내지 않을 거라고 말입니까?"

"보내지 않는다기보다는……."

클로시아는 잠시 생각하다 고개를 저었다.

"아니, 거기까지는 잘 모르겠어요. 그래도 아마 보내시긴 할 거예요. 최대한 시간을 끌더라도 말이죠."

"시간을 끄는 이유는 왜인가요?"

"그야 제온님에게 시간을 벌어주기 위해서겠죠."

클로시아는 당연하다는 듯 말했다. 그러나 렌파는 그녀의 말을 당연히 넘어갈 수 없었다.

"잠시만요. 그러니까 폐하께서는 여전히 제온의 편을 들고 있다는 말입니까?"

"그야… 친구니까요."

"하지만 전 세계를 적으로 돌린 이단자 아닙니까? 그리고 폐하는 일국의 수장이고 말입니다."

"그러니 대놓고 제온님의 편을 들어줄 수는 없는 거죠. 아마 마음속으로는 어떻게든 제온님이 죽지 않기를 바랄 거라고 생각해요."

"그건 좀 심각한… 아니, 상당히 심각한 문제일 것 같습니다만. 그렇다면 겉으로는 토벌단을 지원하는 척하면서 속으로는 제온을 살리기 위해 수를 쓰고 있을 수 있는 것 아닙니까?"

"그건 그러니까……."

클로시아는 자신이 말을 잘못 꺼냈다는 것을 깨달았다. 그녀는 당연하다고 생각한 일이지만, 신수교단의 입장에서는 네프카를 아군이라고 철석같이 믿고 있는 것이다.

'네프카 폐하는 당연히 제온님을 살리기 위해 노력하고 있을 거야. 샤리님은 오히려 폐하께서 더 제온님을 더 아끼는 것 같다고 말씀하셨고… 하지만 윗분들은 그런 사실을 전혀 모르겠지.'

클로시아는 가볍게 헛기침을 하며 말을 이었다.

"그럴 수도 있다고 생각해요. 일단 나인제로 몬스터즈의 팬인 제 입장에서 드린 말씀이지만요."

"만약 페슈마르 왕국이 적으로 돌아서면 난리가 납니다. 대륙 최강의 군사 강국이라는 타로스 왕국과 대륙 최고의 부를 자랑하는 알타 왕국이 힘을 합쳐도 페슈마르 왕국을 상대할 수 있을지 알 수 없습니다."

"페슈마르 왕국의 마법사들은 대륙 최강이니까요. 폐하 본인도 최강의 아크메이지 중 한 분이구요. 하지만 그분의 손에 왕국 전체의 운명이 걸려 있으니… 절대 경솔하게 움직이시진 않을 거예요."

클로시아가 말하는 것은 아이스 피닉스인 신수 파이파와의 전투였다. 그리고 화산의 영향으로 인해 영토 곳곳에 샐러맨더라는 B급 신수들이 시도 때도 없이 출몰했다. 아무리 페슈마르 왕국이 대륙 최강의 마법 전력을 보유하고 있다 해도 이런 내부의 적을 간과한 채 대륙 전체를 적으로 돌릴 리는 만무했다.

렌파는 생각만 해도 소름 끼친다는 듯 고개를 저으며 말했다.

"부디 그런 일이 생기지 않았으면 좋겠군요. 하지만 클로시아가 하는 말이니… 확실히 사실에 가깝다고 생각해야겠죠."

"아니, 그저 제 망상일 뿐인지도 모르는 일이에요. 너무 신뢰하시지는 않는 게……."

"하지만 실제로 저희들은 샐러맨더 킬러 없이 제온과의 전투를 치러야 하는 상황입니다. 그리고 실제로는 마그나스가 네프카 폐하보다 더 제온과 친했다면… 어쩌면 이미 합류해서 힘을 빌려주고 있는지도 모르겠군요."

이미 마그나스의 이름은 신수교단의 감시 목록 최상위에 위치하고 있는 상태였다. 물론 나인제로 몬스터즈의 일원이라는 이유 하나 때문이었는데, 자신의 별명처럼 온 대륙을 날아다니는 그의 능력 때문에 현재 위치를 파악하는 데 큰 애를 먹고 있는 실정이었다.

"만약 마그나스님이 이미 제온님과 합류한 거라면… 지금 저희들을 섬으로 끌어들인 것은 명백한 함정이에요."

클로시아는 조금 떨어진 곳을 항해하고 있는 또 다른 상선의 뱃머리를 보며 말했다.

"하지만 전 아니라고 생각해요."

"어째서입니까?"

"만약 마그나스님이 꾸민 거라면 당연히 바다 위에서 공격을 해올 테니까요. 그분이 이런 절호의 기회를 놓칠 리가 없어요. 제온님이라면 비행 마법이 뛰어나지 않기 때문에 해상에서의 공중전이 위험할지도 모르지만… 마그나스님은 바로 그게 전문이에요."

"하지만… 마그나스는 실제로 공격 마법이 약하지 않습니까?"

"상대적으로 약하다는 것뿐이에요. 다른 괴물 같은 친구들에 비하면 말이죠."

클로시아는 어깨를 으쓱이며 다행이라는 듯 웃어 보였다.

"하지만 이미 몇 시간만 더 가면 섬에 도착하니까요. 만약 공격했을 거라면 섬과 대륙의 중간 지점쯤에서 노렸을 거라고 생각해요."

"그건 또 어째서입니까?"

"그래야 피해가 가장 클 테니까요. 중간 지점에서 습격을 받는 게 최악이에요. 이제 와서 대륙으로 돌아갈 수도 없고, 그렇다고 섬으로 계속 항해하기도 애매하죠. 그리고 배가 침몰하면 비행 마법을 쓰는 전투신관들이 가장 먼 거리를 날아야 육지에 도착할 수 있어요."

"그렇다면… 다행이군요."

렌파는 안도의 한숨을 내쉬었다.

그런데 바로 그 순간 배의 좌측, 방향으로는 남쪽으로부터 낮은 저음의 뿔피리 소리가 울리기 시작했다.

부우우우우우우!

그것은 함대 주위를 정찰하며 날고 있는 전투신관들에게 지급한 경보용 뿔피리였다.

"뭐야!"

"경보다! 경보가 울린 거야!"

"기습인가?"

"이단자의 기습이다!"

"제온이 공격해 온다! 모두 전투를 준비해!"

곧바로 선실에 있던 기사들이 뛰어나오며 갑판이 소란스러워지기 시작했다. 현재로서 토벌단을 공격할 가능성이 있는 것은 오직 제온뿐이기 때문에 그들이 적의 정체를 특정 짓는 것은 당연한 일이었다.

"설마! 정말로?"

렌파는 당황한 얼굴로 남쪽 하늘을 노려보았다. 캄캄한 하늘에 불빛이 반짝이며 상선을 향해 날아오고 있었다. 바로 선단 주위를 정찰하던 전투신관이었다.

"집행관님! 큰일입니다!"

커다란 횃불을 들고 있는 신관이 급히 배 위에 착지하며 소리쳤다. 렌파는 어떻게든 침착하기 위해 노력하며 신관에게 물었다.

"이단자가 이쪽으로 날아오고 있는 겁니까? 아니면 다른 적이?"

"아, 아닙니다! 적이 아닙니다!"

"적이 아니라고요?"

"파도입니다!"

신관은 경악한 얼굴로 뒤를 돌아보며 소리쳤다.

"지금 남쪽으로부터 거대한 파도가 몰려오고 있습니다!"

"파도라니! 대체 무슨 소립니까? 바다가 이렇게 잔잔한데!"

"저, 저도 이런 건 처음 봅니다! 곧 선단에 도착할 겁니다! 엄청난 규모입니다!

동시에 렌파가 탄 상선이 휘청거렸다. 잔잔하던 밤바다는 어느새 물결이 거칠어져 있었다. 렌파는 믿을 수 없다는 눈으로 바다를 노려보다 클로시아를 향해 명령했다.

"클로시아, 당신은 어떻게든 이 배를 지키세요! 크롬 나이트를 잃게 되면 안 됩니다!"

그들이 탄 상선에는 제온과의 전투에서 중요한 역할을 맡을 크롬 나이트 전원이 탑승한 상태였다. 클로시아는 급박한 표정으로 고개를 끄덕였다.

"알겠습니다! 하지만 방어 마법으로 파도를 막는 게 가능할까요?"

"배가 침몰하는 것만 막으면 됩니다! 그럼 맡기겠습니다!"

렌파는 즉시 레비테이션으로 하늘에 떠올라 다른 상선을 향해 날아갔다. 클로시아는 혼란과 비명으로 난장판이 된 갑판을 바라보며 입술을 깨물었다.

'파도라니, 하필이면 이런 순간에…….'

머릿속이 아득해졌다. 하지만 당황한 채로 멍하니 있을 수는 없었다. 그녀는 순간적으로 상선의 승무원을 발견하고는 급히 달려가 붙잡았다.

"저기요! 이 배의 선원이시죠?"

"일등 항해사 요크입니다!"

"이 배는 몇 미터의 파도에 견딜 수 있죠?"

"5미터까지는 버틸 수 있습니다! 하지만 상황에 따라 다릅니다!"

"상황이라니, 어떤 상황 말인가요?"

"태풍이 몰아치면 파도의 높이가 문제가 아닙니다! 하지만 모르겠습니다! 이 계절에 이 바다에 태풍이 올 리도 없고, 날씨도 나쁘지 않습니다! 높은 파도가 몰려오는 게 사실입니까?"

선원은 침착한 얼굴로 되물었다. 클로시아는 이변을 알린 전투신관을 돌아보았고, 신관은 부릅뜬 눈으로 고개를 끄덕이며 소리쳤다.

"사실입니다! 엄청난 파도입니다!"

"대체 왜……. 바람은 어땠습니까?"

"바람이요?"

"강풍이 불고 있습니까?"

"강풍이라니… 그건 잘 모르겠습니다! 그냥 지금 여기와 비슷한 것 같았습니다!"

고작해야 1, 2㎞ 정도 떨어진 곳을 정찰하고 있었기 때문에 당연하다면 당연한 일이다. 선원은 눈살을 찌푸리며 고개를 가로저었다.

"바람이 안 부는데 파도라니… 배에 탄 지 15년 만에 이런 일은 처음입니다! 아무튼 태풍은 아닌 것 같으니 돛을 내리진 않겠습니다! 어떻게든 견뎌볼 테니까 여신관님께서는 혼란을 막아주길 바랍니다!"

선원은 그렇게 소리치며 닻이 있는 선미를 향해 달리기 시작했다. 클로시아는 선원의 뒷모습을 향해 고개를 끄덕인 다음, 있는 힘껏 목청을 높여 소리쳤다.

"잠시 후에 파도가 옵니다! 레비테이션을 쓸 수 있는 신관들은 모두 하늘에서 대기해 주세요! 나머지는 쓰러지지 않게 뭐든 단단히 붙잡으세요! 지금 당장!"

그리고는 그녀 자신도 돛대에 달려 있는 발판에 팔을 끼워 넣고 몸을 고정시켰다. 제온에게 칭찬 받을 정도로 정교한 방어 마법을 자랑하는 그녀이지만 아쉽게도 비행 마법을 쓰는 것은 불가능했다.

곧바로 상선에 타고 있던 수십 명의 신관이 하늘 위로 날아오르기 시작했다. 클로시아는 긴장된 표정으로 남쪽 바다를 노려보았다.

그리고 잠시 후,

쏴아아아아아아!

멀리서부터 거친 파도 소리가 들리기 시작했다. 한밤중이었지만 여러 명의 신관이 파도 위에서 횃불을 들고 함께 날아오고 있어 어렴풋이나마 파도의 높이와 규모를 예측할 수 있었다.

'다행이라면… 다행인가?'

파도의 높이는 5미터를 넘는 것 같지 않았다. 그러나 병풍처럼 넓게 퍼져 몰려오는 규모가 엄청났다. 50척이 넘는 선단 전체를 뒤덮을 만큼 거대한 규모였다.

'제발 모두 무사하길……. 세상의 섭리시여, 제발 우리를 지켜주세요! 적과 싸워보지도 못하고 이런 곳에서 파도에 휩쓸려 죽는 건 너무해요!'

클로시아는 자신도 모르게 초신수를 향해 기도했다. 물론 그녀에게 신앙심은 없었다. 하지만 위기나 고통이 찾아왔을 때, 무언가 초월적인 힘에 의지하는 것은 인간의 본능 중 하나였다.

그러나 엄밀히 말해 그녀의 기도는 현실에서 어긋나 있었다.

이단자들과의 싸움은 이미 시작된 상태였다.

"마이는 바다가 좋아. 하지만 밤바다는 좋지 않다고 생각해."

캄캄한 바다 위에 떠 있는 소녀는 마치 유령처럼 보였다. 하얀 머리카락과 창백한 피부, 그리고 빛을 반사하는 붉은 눈동자가 소녀의 존재를 더욱 현실감 없게 만들고 있었다.

그녀는 살바스 수도회가 초신수를 사냥하기 위해 만든 실험체의 일부였다. 원래는 정해진 이름 없이 베타라고 불렸지만, 제온은 그녀에게 '마이'라는 이름을 지어주었다.

그리고 마그나스는 그 이름이 어디서 유래한 것인지 알고 있었다. 모든 나인제로 몬스터즈의 멤버들이 그랬듯이 마그나스 역시 프로나와 친밀한 관계를 유지했다. 그녀를 자신의 목숨처럼 생각했던 제온만 아니었다면 마그나스는 그녀가 자신의 연인이 되었을 거라고 확신했다.

"왜, 어두워서 무서워?"

마그나스는 가볍게 웃으며 마이의 몸을 위아래로 흔들었다. 마그나스의 마법이 그녀의 몸 전체를 감싸고 하늘에 띄워 놓은 상태이다.

"추워서 그래. 그리고 흔들지 마. 마이는 어지러워."

마이는 무표정한 얼굴로 마그나스를 바라보았다. 마그나스는 어깨를 으쓱이며 말했다.

"어지러운 표정이 전혀 아닌데?"

"어지러울 때 어떤 표정을 짓는지 몰라."

"이렇게 하면 돼."

마그나스는 여성스러운 애처로운 표정과 함께 손으로 입을 가리고 고개를 숙여 보였다. 마이는 그의 동작을 비슷하게 따라 해본 다음 말했다.

"이렇게 하면 돼?"

"얘야, 동작보다 표정이 중요하단다."

"표정……"

마이는 입술을 좌우로 움직이고 눈을 질끈 감았다 떴다 반복하다 이내 고개를 저어 보였다.

"표정은 잘 모르겠어. 마이에게는 너무 어려운 것 같아."

"너무 신경 쓸 필요는 없어. 표정은 원래 어려운 거니까."

"원래 어려운 거야?"

"당연하지. 나도 여장을 시작하면서 여자처럼 표정을 만드는 데 몇 개월이나 걸렸다고. 다 노력이 필요한 거야."

마그나스는 손을 가슴에 얹으며 뿌듯한 표정을 지어 보였다. 마이는 납득했다는 듯 고개를 끄덕이며 말했다.

"그렇구나. 마그는 변태가 되기 위해 노력을 아끼지 않았어."

"맞는 말이긴 한데… 그렇게 삭막한 표정으로 말하면 아무리 나라도 기분이 상한단다."

"그래? 그럼 웃으면서 말해볼게."

마이는 눈을 그대로 놔둔 채 입가만 씩 웃어 보이며 다시 말했다.

"마그는 변태가 되기 위해 노력을 아끼지 않았어."

"…차라리 무표정한 게 낫겠다."

마그나스는 무시무시하다는 표정으로 고개를 저었다.

"방금 왠지 상처 받은 것 같아. 내 강철 같은 멘탈을 무너뜨리다니… 굉장한 파괴력이구만."

"고마워."

"고맙긴 뭐가 고맙냐!"

마그나스는 지긋지긋하다는 표정으로 소리쳤다.

"대체 그따위로 웃는 건 누가 가르쳐 준 거야?"

"제온은 자주 이렇게 웃어. 마이가 보고 배운 거야."

그리고는 다시 입술로만 웃어 보였다. 마그나스는 몸서리를 치며 말했다.

"제발 그러지 마. 그건 지금부터 짓밟아버릴 적한테나 보여줄 웃음이라고!"

"정말이야?"

"당연하지. 그리고 특히 여자는 절대로 그런 식으로 웃으면 안 돼. 그랬다간 천 년의 사랑도 순식간에 식어버릴 걸."

그리고는 자신이 몇 개월 동안 연구를 통해 터득한 사랑스런 여인의 미소를 지어 보이며 말했다.

"자, 여자는 이렇게 웃는 거야. 얼굴 전체의 조화, 특히 눈웃음이 중요해."

"잘… 안 되는 것 같아. 마이는 광대뼈 위쪽에 있는 근육이 잘 안 움직여."

"원래 잘 안 쓰는 근육은 굳게 마련이야. 끈기를 가지고 노력하면 돼."

마그나스는 손가락으로 자신의 광대뼈 부근을 마사지하듯 지압하며 말했다.

"뭐 표정 연기야 나중에 시간 나면 차분하게 하도록 하고, 지금은 일단 파도부터 만들어야지."

"여기서 만드는 거야?"

마이는 멀리 북쪽 바다를 바라보며 말했다.

"하지만 아까 발견한 배는 여기서 훨씬 북쪽에 있잖아?"

"그래. 하지만 정체를 안 들키려면 이 정도에서 해야지."

마그나스는 기지개를 켜며 천천히 마력을 끌어올렸다.

지금으로부터 10여 분 전, 마그나스는 마이를 대동한 채 해상 3백 미터의 상공에서 신수교단의 토벌대가 타고 있는 대규모의 선단을 발견했다.

선단의 주위엔 수십 명의 전투신관이 정찰을 위해 날아다니고 있었다. 하지만 그들의 정찰 범위는 한정적이었다. 레비테이션 마법은 높이에 민감했기 때문에 수 키로 미터 떨어진 곳은 정찰할 수 있어도 수백 미터 높이의 하늘 위로는 날아오를 수가 없었다.

덕분에 안전히 선단의 규모를 파악한 마그나스는 곧장 남서쪽으로 이동해 지금의 위치에 자리를 잡았다.

모든 것은 그의 예측 범위 안에 있었다. 마그나스는 숨을 크게 들이 마신 다음 마이에게 말했다.

"좋아, 지금부터 수면에 쇼크 볼을 쏴. 어떻게 하는지는 알고 있지?"

"마이는 기억력이 좋아."

마이는 무표정한 얼굴로 당연하다는 듯 대답했다. 그리고 공중에 뜬 채로 수면을 향해 양손을 뻗었다.

"시작할게."

동시에 투명한 힘의 덩어리가 수면을 향해 날아갔다. 덩어리의 윤곽은 어른 머리통보다 좀 더 큰 정도이지만, 수면에 닿은 순간 커다란 소음과 함께 맹렬한 폭발을 일으켰다.

파아아앙!

그것이 바로 충격계 5등급 마법인 쇼크 볼(Shock ball)이었다.

잔잔하던 수면이 순식간에 움푹 파이며 커다란 파문을 일으켰고,

파인 곳으로 다시 물이 몰려들며 수면보다 더 높이 치솟았다.

그리고 치솟은 물이 다시 가라앉으며 처음보다 조금 작게 파인 순간, 마이는 두 번째 쇼크 볼을 파문의 중심부에 떨어뜨렸다.

파아아아앙!

똑같은 크기에 똑같은 힘을 가진 쇼크 볼이었다. 그러나 두 번째 마법이 만들어낸 파동의 크기는 첫 번째보다 좀 더 강해져 있었다.

마이는 똑같은 과정을 다섯 번 반복했다. 마법을 쓸 때마다 노려야 할 타이밍이 바뀌었지만, 마이는 놀라운 집중력으로

자신에게 주어진 역할을 완벽하게 수행했다.

그리고 여섯 번째 쇼크 볼이 움푹 파인 수면에 충돌하려는 순간,

"지금!"

마그나스는 준비했던 마법을 한 치의 오차도 없이 발동시켰다. 동시에 엄청난 강풍이 몰아치며 작은 집을 통째로 휘감아 버릴 만큼 거대한 회오리바람이 푹 파인 수면에 내리꽂혔다.

촤자자자자작!

그것은 질풍계 8등급 마법인 윌윈드(Whirlwind)였다. 쇼크 볼이 만든 파문의 중심부에 작렬한 회오리바람은 그대로 거대한 소용돌이를 만들며 사방으로 높은 파도를 퍼뜨리기 시작했다.

"성공한 거야, 마그?"

연속으로 쇼크 볼을 사용한 덕분인지 마이의 목소리에는 힘이 빠져 있었다. 마그나스는 마법의 컨트롤에 집중하며 고개를 끄덕였다.

"당연하지. 난 실패할 계획은 시작도 안 해."

윌윈드는 점점 더 깊은 소용돌이를 만들며 수면 속으로 가라앉았다. 윌윈드가 깊숙이 파고들수록 출렁이는 파도의 높이도 점점 더 높아졌다.

하지만 보기만큼 수월한 상황은 아니었다. 마그나스는 제

온만큼 압도적인 마력이 없었다. 그것은 실패가 허용되지 않는다는 것을 의미했다.

'8등급 마법을 연속으로 쓰는 건 무리야. 어떻게든 한 번에 성공해야 해.'

그리고 거대한 회오리가 소용돌이 속으로 완전히 사라진 찰나의 순간,

'지금이다!'

마그나스는 마력의 공급을 중단하며 마법을 소멸시켰고, 동시에 텅 빈 소용돌이 속으로 엄청난 양의 해수가 몰아닥쳤다.

파아아아아아아앙!

그것은 마치 바다가 폭발하는 듯한 광경이었다. 굉음과 함께 수면에서 수십 미터 높이까지 물기둥이 치솟았고, 물기둥은 곧장 물속으로 가라앉으며 거대한 파도를 일으키기 시작했다.

"파도……."

마이는 몇 미터 높이로 퍼져 나가는 파도를 바라보며 중얼거렸다. 처음 치솟았던 수십 미터의 물기둥과는 달리, 고리 모양으로 퍼져 나가는 파도는 기껏해야 3~4미터 정도의 높이에 불과했다.

"마이는 아까 큰 배를 봤어. 이 정도 파도로는 큰 배가 가라앉지는 않을 거라고 생각해."

"아, 우리나라 상선 말이지?"

"우리나라?"

"내가 알타 왕국 출신이잖아. 아까 본 큰 배는 알타 왕국의 상선이야. 크고 빠르고 튼튼하지."

마그나스는 얼굴에 흐르는 땀을 닦으며 빠르게 퍼져 나가는 파도를 따라 시선을 옮겼다.

그는 이미 알타 왕국이 이단 토벌단에 쾌속선을 지원하고 있다는 정보를 알고 있었다. 알타 왕국의 상인조합에게 제스터 섬의 이변에 대한 조사를 의뢰 받으면서 그와 관련된 이야기도 함께 들은 것이다.

애초에 이단 토벌단이 지원받은 배는 제스터 섬으로부터 상품을 교역하는 상선이었다. 섬에 이변이 일어나 어쩔 수 없이 근처 항구에 정박해 있다가 신수교단의 요청을 받고 급히 병력 수송에 동원된 것이다.

"어쨌든 이 정도면 성공이야. 아무리 나라도 그런 큰 배를 가라앉힐 파도를 만들 수는 없어. 하지만 작은 어선이라면 어떨까? 그리고 꼭 난파시키지 않아도 상관없고."

"마이는 난파시키지 못하면 계획이 실패한 거라고 생각해. 마력도 전부 써버렸어. 그럴 바에는 섬에서 제온과 함께 싸우는 편이 좋았을 거야."

"아니, 너랑 같이 있으면 그 녀석은 제대로 싸울 수 없어."

마그나스는 신중한 표정으로 말했다.

"그저 약점이 될 뿐이야. 애초에 존재 자체를 감춰야 해. 신수교단 녀석들이 알면 곤란하다고. 내가 무슨 말을 하고 있는지 알겠어?"

"…마이는 약점이 되고 싶지 않아."

"그러면 그 녀석이 싸울 때는 모르는 척하고 빠져 있어. 행여 네가 인질로 붙잡히기라도 하면 끝장이니까."

"마이는 인질이 되지 않을 거야. 도움이 되지 못한다면 자살하는 편이 나아."

마이는 무표정한 얼굴로 요동치는 밤바다를 바라보았다. 마그나스는 눈살을 찌푸리며 고개를 저었다.

"기특한 말이긴 한데, 자살도 생각만큼 쉽지 않아."

"그렇지 않아. 마이는 반드시 성공할 수 있어."

"…쓸데없는 데 자신만만하구만."

마그나스는 쓴웃음을 지으며 고개를 저었다.

"하지만 상관없어. 자살에 성공했다 해도."

"어째서?"

"녀석들은 널 살아 있는 것처럼 꾸밀 테니까. 생사는 문제가 안 돼. 그저 네가 인질로 잡혔다는 사실만으로도 제온의 행동은 제약을 받을 테니까. 그리고……"

"그리고?"

마이의 눈은 보석처럼 붉게 빛나고 있었다. 마그나스는 그 눈동자를 마주 보며 입을 다물었다.

'만약 애가 죽었다는 것을 알게 된다면 그 녀석은 어떤 반응을 보일까?'

마이라는 이름은 제온과 프로나 사이에 태어날 딸의 이름이다. 제온이 어떤 마음으로 이 소녀에게 그 이름을 붙여주었는지 마그나스는 충분히 상상하고도 남았다.

'사실 난 제온이 복수에 미쳐 처음으로 돌아갔을 거라고 생각했지.'

마그나스가 생각한 처음이란 바로 매직 아카데미에 처음 입학하던 당시의 제온의 모습을 말하는 것이다.

인간성을 거의 느낄 수 없던 인형 같은 모습의 소년.

그러면서도 무시무시한 살기를 퍼뜨리며 항상 주변을 경계했다. 프로나로부터 소개를 받은 이후 마그나스는 그에게 장난이라든가 농담이라는 개념을 이해시키기 위해 3개월이라는 시간을 투자해야 했다.

그러나 예상과는 달리 다시 만난 제온은 자신의 인간성을 잃지 않고 있었다.

물론 프로나를 처음 잃었을 때는 분노와 광기에 사로잡혔을 것이다. 마그나스는 분명히 그랬으리라고 확신했다.

하지만 마이의 존재가 그를 원래대로 돌려놓았다. 마그나스는 그 점에 대해서만큼은 이 새하얀 소녀에게 감사하지 않을 수 없었다.

마그나스는 마이의 눈을 한동안 바라보다 이내 고개를 저으며 말했다.

"아무튼 넌 죽으면 곤란해. 이다음은 어디 안전한 곳에 숨어서 그 녀석의 승리를 기다리자."

"적의 숫자가 엄청나."

마이는 여전히 불만스러운 태도로 말했다.

"마이는 배를 가라앉히지 못하면 제온이라도 승리를 장담할 수 없다고 생각해. 이럴 바에는 차라리 쇼크 볼로 배를 몇 척이라고 파괴하는 편이 좋았을 거야."

"걱정 말라니까."

"걱정하지 않을 수가 없어."

"걱정도 팔자구만. 이번만큼은 날 좀 믿어보라고."

마그나스는 어깨를 으쓱인 다음 마이와 함께 제스터 섬 쪽으로 날아가며 말했다.

"사람이 꼭 죽어야 전투력을 상실하는 건 아니야. 뱃멀미가 인간을 얼마나 황폐하게 만드는지… 뭣하면 직접 체험시켜 줄까?"

그리고는 마이의 몸을 위아래로 흔들기 시작했다. 마이는 30초 만에 항복을 외치며 손으로 입을 막았다.

그러나 배에 탄 신수교단의 토벌단원들은 누구에게도 항복을 선언할 수 없었다.

"우, 우웩!"

"살려줘. 속이……."

"크윽! 누가 제발 멈춰줘……."

상선에 탄 신관과 기사들은 누구 하나 할 것 없이 끔찍한 어지럼증과 구토에 시달리며 고통 받고 있었다.

4미터에 육박하는 거대한 파도는 선원들의 신속한 대응에 문제없이 견뎌냈다. 그러나 처음과는 비교할 수 없을 정도로 출렁이는 배 위에서 레비테이션을 쓸 수 없는 토벌단원들은 꼼짝없이 멀미라는 증상에 빠져 허우적거릴 뿐이다.

그리고 그것은 집행관인 클로시아도 마찬가지였다.

"우욱!"

이미 속에 든 것을 모조리 게워낸 클로시아는 붉게 충혈된 눈으로 최대한 먼 곳을 보기 위해 노력하고 있었다. 선원들이 그러면 멀미가 조금 가실 거라고 충고했기 때문이다.

하지만 캄캄한 밤바다에서 먼 곳과 가까운 곳을 구분하는 건 무리였다. 클로시아는 당장에라도 쓰러질 것 같은 몸을 정신력으로 버티며 바쁘게 하늘을 날아다니고 있는 전투신관 한 명을 불러 세웠다.

"거기! 잠깐 이쪽으로 와주세요!"

"집행관님!"

혼란스러운 표정의 신관은 클로시아의 얼굴을 알아보고는 즉시 상선 위로 착지했다. 클로시아는 흔들리는 배 위에서 신관의 어깨를 가까스로 붙잡으며 말했다.

"선단은요! 상황이 어떻게 되었습니까?"

"알타 왕국에서 지원해 준 쾌속선은 모두 무사합니다! 하지만 다른 배들이 스무 척 정도 전복됐습니다!"

"스무 척이요?"

생각보다 적은 피해에 일단 안심이 되었다. 클로시아는 헛구역질이 올라오는 입을 잠시 손으로 막은 다음 힘겹게 심호흡을 하며 신관에게 물었다.

"단지 전복된 것뿐인가요? 파손되거나 가라앉지는 않았나요?"

"완전히 가라앉은 배는 얼마 되지 않는 것 같습니다! 그런데 집행관님이야말로 괜찮으십니까?"

"저는 괜찮아요!"

클로시아는 힘겹게 정색한 표정을 지으며 소리쳤다.

"그보다 물에 빠진 사람들을 빨리 구해야 합니다! 회색망토단의 그레이 수석신관을 찾아서 말해주세요! 회색망토단을 중심으로 물에 빠진 사람들을 구조하고, 뒤집힌 배를 다시 복구시키라고 말이에요!"

"제, 제가 말입니까?"

신관은 당황한 얼굴로 되물었다. 클로시아는 답답한 표정으로 신관의 어깨를 흔들며 소리쳤다.

"저는 비행 마법을 못 쓰니 신관님께서 대신 전달해 주서야 합니다! 빨리요! 시간이 없습니다!"

"아, 알겠습니다!"

"그레이 수석신관은 선단의 오른쪽 끝에 있는 상선에 타고 있습니다! 아니면 최소한 그 근처에서 날아다니고 있을 거예요! 서둘러 주세요!"

신관은 급히 공중으로 날아올랐다. 또다시 배가 위아래로 크게 출렁거렸고, 클로시아는 더 이상 나올 것도 없는 구토에 시달리며 괴로운 신음 소리를 속으로 삼켰다.

'멀미가 이렇게 고통스러울 줄이야. 내가 이 정도인데 다른 사람들은 대체 어떨까?'

잔잔한 바다를 항해하는 데도 멀미에 괴로워하던 사람들이 많았다. 클로시아는 수련집행관 시절에 받았던 강도 높은 육체 훈련을 떠올리며 입술을 깨물었다.

'나라도 정신 바짝 차려야 해. 어쩌면 이건⋯⋯.'

"제기랄! 캄캄해서 아무것도 안 보여!"

그 순간, 또 다른 집행관인 블랙빈이 물에 빠진 기사 한 명을 안아 든 채 선박 위로 날아오며 소리쳤다.

"클로시아! 한 명밖에 못 건졌어!"

"제가 본 것만 열 사람이 넘어요! 물 위에 떠 있을 테니까 어떻게든 구해봐요!"

파도가 최고로 높아진 순간 갑판에 올라와 있던 기사들 중 상당수가 균형을 잃고 배 밖으로 나가떨어졌다. 블랙빈은 건

져낸 기사를 클로시아의 옆에 내려놓으며 소리쳤다.

"제기랄! 왜 신전기사들은 갑옷을 입고 갑판 위에 올라온 거야!"

"전투 준비 중이었으니까요! 이봐요! 괜찮나요?"

클로시아는 블랙빈이 구해온 기사의 등을 두드렸다. 기사는 잔뜩 마신 바닷물을 왈칵 토해내며 힘없이 앞으로 고꾸라졌다.

"망할! 싸우기도 전에 이게 대체 무슨 일이야!"

블랙빈은 욕지거리를 내뱉고는 다시 바다를 향해 날아갔다. 클로시아는 유일하게 비틀거리지 않고 갑판 위를 뛰어다니고 있는 상선의 선원을 불러 잡았다.

"저기요! 혹시 이 배에 구조선이 있나요?"

"구조선은 아니지만 작은 배가 몇 척 있습니다! 항구가 없는 섬에 물자를 옮길 때 사용하는……."

"그게 바로 구조선이에요! 물에 빠진 사람들이 많습니다! 빨리 바다에 띄우세요!"

선원은 잠시 당황하다 근처에 있는 다른 선원과 함께 선미로 달리기 시작했다. 그곳에는 두 사람이 직접 들고 이동할 수 있을 만큼 작은 나룻배 네 척이 갑판에 고정되어 있었다.

"파도가 거칠어 아래로 직접 내려가는 건 위험합니다!"

"그럼 그냥 던지기라도 해요! 물에 빠진 사람들이 붙잡을 수라도 있게!"

"알겠습니다!"

선원들은 즉시 나룻배를 고정시킨 로프를 풀고 바다를 향해 집어 던지기 시작했다. 정말 운이 없다면 집어 던진 배에 얻어맞고 죽을 수도 있겠지만, 지금은 어떻게든 물에 빠진 기사들이 구조를 받을 때까지 붙잡고 버틸 수 있는 부표가 필요했다.

같은 시간, 렌파는 대집행관인 체리오트가 있는 기함에 발이 묶인 채 이러지도 저러지도 못하고 있었다.

"피해가 적지 않습니다, 대집행관님! 지금은 일단 선단을 멈추고 구조 활동에 전념해야 합니다!"

"누가 구조 활동을 하지 말라고 했나? 다들 알아서 잘하고 있을 테니 걱정 말고 기다리게!"

"하지만 한 사람의 손이 부족한 상황입니다! 제가 직접 지휘하면서 움직여야 합니다!"

"안 돼!"

체리오트는 일등 선실의 침대에 걸터앉은 채로 충혈된 눈을 번뜩였다.

"자네는 이 배에 있어야 해! 여차하면 힘을 합쳐 싸워야 하니까!"

"싸우다니! 대체 무슨 말씀을 하시는 겁니까!"

"그야 당연히 이단자지!"

"지금 선단을 공격한 건 제온이 아니라 파도입니다!"

"렌파, 아직도 모르겠는가?"

체리오트는 오른 손가락에 끼워져 있는 검은 반지를 만지작거리며 말했다.

"알타 왕국의 상선들은 이 바다를 제집처럼 드나들었어. 그런 그들이 오늘 밤에는 결코 폭풍이 불지 않는다고 했단 말이네."

"하지만 실제로 폭풍이 오지 않았습니까! 선원들도 가끔씩은 틀릴 때가 있는 법입니다!"

"이건 폭풍이 아니야! 이단자가 인위적으로 만든 공격이란 말일세!"

"대집행관님!"

렌파는 어처구니없다는 얼굴로 체리오트를 바라보았다. 비록 가면에 가려져 있지만, 날이 곤두설 대로 곤두선 대집행관의 얼굴이 눈에 보이는 듯 선명했다.

"아무리 제온 스태틱이 최강의 마도사라고 해도 그건 불가능합니다! 어떻게 뇌전으로 폭풍을 만들 수 있겠습니까?"

"물론 제온은 불가능하지. 하지만 마법으로 높은 파도를 만드는 게 불가능한 건 아니지 않나?"

"그건……."

렌파는 눈살을 찌푸리며 잠시 고민했다. 그가 마법학에 정통한 건 아니지만 그래도 질풍계 마법을 쓰는 하이 위저드급의 마법사 두 명 정도가 있다면 가능할지도 모른다는 생각이 들었다.

"…물론 불가능한 건 아닙니다만, 아시다시피 제온은 뇌전술사입니다."

"하지만 질풍술사의 협력을 받고 있는지 누가 알겠는가?"

"뇌전술사가 희귀한 만큼 질풍술사도 고위 마법사로 올라갈수록 희귀해집니다. 이단자로 쫓겨 다니는 제온이 그렇게 갑자기 높은 등급의 질풍술사의 협력을 구할 수 있을 리가……."

순간 정신이 번쩍 든 렌파는 눈을 부릅뜨며 말했다.

"더 윈드?"

"드디어 생각난 모양이군."

가면 밖으로 유일하게 보이는 체리오트의 눈이 번뜩였다. 더 윈드(The wind)는 나인제로 몬스터즈의 일원이자 제온의 친구인 마그나스 그람벨의 별명으로, 현재까지 신수교단에서 소재를 파악하지 못한 요주의 인물 중 하나이다.

렌파는 심각한 얼굴로 고민하다 겨우 입을 열었다.

"하지만 마그나스는… 그는 알타 왕국의 귀족입니다."

"그래서? 자네도 마법협회의 보고서를 읽지 않았나? 이 배가 알타 왕국의 상선이라고 신경이나 쓸 것 같나?"

마그나스에 대해 분석한 마법협회의 보고서에는 '자유로

움' 이란 단어와 '무책임' 이라는 단어가 수도 없이 반복되고 있었다. 비록 나인제로 몬스터즈 중에서 능력적으로 가장 눈에 띄지 않는 존재지만, 그렇다고 해서 그가 보잘것없는 평범한 마법사라는 이야기는 결코 아니었다.

—마치 마법사라기보다는 계략을 쓰기 위해 태어난 사람 같았어요.

불현듯 클로시아가 말한 마그나스에 대한 이야기가 떠올랐다. 렌파는 전율이 흐르는 걸 느끼며 생각했다.

'만약 이게 정말 마그나스의 짓이라면… 우린 이미 최악의 상황에 빠진 셈이다.'

"마그나스가 폭풍을 일으켜 선단을 습격했다면 다음은 무엇이겠나? 당연히 혼란에 빠진 선단을 직접 공격하겠지. 그러니까 자네는 이 배를 떠나면 안 돼. 어떻게든 힘을 합쳐서 이단자를 물리쳐야 하네."

체리오트가 타고 있는 기함에는 그를 호위하는 세 명의 집행관과 스무 명의 수련집행관이 함께 동승하고 있었다. 렌파는 등줄기에 소름이 돋는 것을 느끼며 소리쳤다.

"대집행관님! 이 배만 지킨다고 능사가 아닙니다!"

"누가 그런 소릴 했나! 상황이 이렇게 된 이상 정예 병력을 한곳에 모으기라도 해야 승산이 생기지 않겠나! 이단자를 해치울 승산이 말이지!"

"하지만 제온이 다른 배만 습격하고 나서 그냥 빠지면 어떻게 합니까! 정말로 제온이 공격해 올 거라면 모든 토벌단원이 협력해서 싸워야 합니다!"

"그건……"

체리오트는 순간적으로 마음이 흔들린 듯 말끝을 흐렸다. 하지만 막상 전투가 가까워 오자 증오만큼이나 강렬한 공포가 사슬처럼 온몸을 휘감기 시작했다.

"…어쨌든 자네는 이 배에서 대기하게. 한 명이라도 많이 있어야 해."

"대집행관님!"

"이건 명령이야! 다른 집행관들과 함께 이 배를 지키게! 어차피 내가 없으면 그 이단자에게 최후의 일격을 먹일 수도 없지 않은가!"

체리오트는 반지를 낀 주먹을 앞으로 내밀며 소리쳤다. 하지만 그의 외침은 수치심을 감추기 위한 공허만이 가득했다. 적에 대한 증오만큼이나 적에 대한 공포 역시 정확한 판단을 내리지 못하게 만드는 최악의 감정이었다.

'이분은… 이미 과거의 체리오트님이 아니다.'

렌파는 말없이 눈을 감았다. 그리고 텅 빈 자신의 왼쪽 소매를 움켜쥐며 입술을 깨물었다.

마요르에서 벌어진 전투에서 클로시아는 자신이 가진 모

든 역량을 발휘해 제온의 라이트닝 캐논으로부터 체리오트의 생명을 구해냈다.

하지만 클로시아가 구해낸 것은 체리오트의 생명뿐이었다.

지금 렌파의 눈앞에 앉아 있는 남자는 증오와 두려움에 빠져 허우적거리는 조난자일 뿐이었다. 그가 잃어버린 것은 믿음과 자존심이었고, 그것이 그가 가진 모든 것이었다.

'이 사람이 잃어버린 것에 비하면… 내 왼팔은 하찮은 거였어.'

렌파는 자신이 왼팔만을 잃은 채 살아남았다는 사실에 감사했다. 그러나 지금은 감사하기에 좋은 상황이 아니었다.

두려움에 휩싸인 체리오트의 추측이 사실이든 혹은 그렇지 않든 간에 자신들이 이런 심각한 상태로 제온과 싸워야 하는 것은 결코 변하지 않았다.

지금 바로 싸우느냐,

아니면 몇 시간 후에 섬에 상륙해 싸우느냐의 문제일 뿐이었다.

"지금 이단 토벌단은 해상전을 벌이게 될지, 아니면 섬에 도착해서 싸우게 될지 전전긍긍하고 있을 거야. 그것만으로도 정신적인 소모가 엄청날 테고."

제스터 섬으로 날아가는 도중 마그나스는 냉정한 표정으로 마이에게 말했다.

"하지만 사실 세 번째 방법도 있어. 그리고 그게 가장 잔인한 방법이지."

"무슨 방법인데?"

"섬에 도착했는데 아무도 없는 거."

"섬에 아무도 없는 거?"

마이는 잠시 동안 입을 다물고 생각하다 말했다.

"그게 왜 잔인한지 모르겠어. 마이가 지금 졸려서 마그의 이야기를 이해할 수 없는 거야?"

"그보다는 네가 순진해서 이해할 수 없는 거야. 그런데 지금 졸려?"

"응. 그런 것 같아."

"밤에 움직일 거니까 미리 낮에 자두라고 했잖아. 실제로 아까 누워서 잔 거 아냐?"

"잠이 안 왔어. 그래서 마이는 그냥 누워서 눈만 감고 있었어."

"…뭐 자야 한다고 무작정 잠을 잘 수 있는 건 아니긴 하지."

마그나스는 쓴웃음을 지으며 설명을 계속했다.

"아무튼 현재 이단 토벌단의 마음을 가장 심각하게 무너뜨리는 건 섬에 갔더니 아무도 없는 거야. 그 고생을 하며 가까

스로 섬에 도착했는데 정작 싸워야 할 상대가 없는 거지. 얼마나 허무하고 억장이 무너지겠어?'

"그건… 이해할 수 있을 것 같아. 하지만 그거로는 실제로 토벌단을 죽일 수 없어."

"일단 마음을 무너뜨리면 그다음부터는 간단해. 신관들이 피로에 지쳐 잠든 순간을 노려서 야금야금 기습할 수도 있고, 다시 배를 띄워 육지로 돌아가는 순간을 노릴 수도 있지. 큰 힘을 들이지 않고 적을 제거할 수 있게 되는 거야."

"그러니까… 알겠어. 마그는 전투를 길게 보는 거야. 최대한 오랫동안 괴롭히고 적의 힘이 완전히 빠졌을 때를 노리는 거라고 생각해."

"바로 그거야."

"하지만 왜 그 방법을 안 써?"

"우리한테는 큰 힘이 있으니까."

마그나스는 가볍게 웃으며 말했다.

"그렇게까지 악랄한 수법을 동원하지 않아도 돼. 충분히 적을 괴멸시킬 만큼의 전력이 있으니까."

"제온 말이야?"

마그나스는 고개를 끄덕였다. 그리고 날아가는 속도를 조금 높이며 생각했다.

'사실 너무 기교를 부리는 것도 좋지 않아. 배후에 내가 있다는 걸 눈치채면 곤란하니까.'

신수교단과의 전투는 앞으로도 계속 이어질 것이다. 그렇다면 마그나스가 제온에게 합류했다는 사실은 최대한 늦게 알려지는 편이 바람직했다.

'어쩌면 이번 파도로 어느 정도는 의심할지 모르지만… 의심은 의심일 뿐이지. 내가 모습을 드러내지 않는 이상 녀석들은 아무것도 확신할 수 없어.'

마그나스의 머릿속에는 이미 신수교단과의 장대한 전쟁의 청사진이 완성되어 있었다. 신수교단은 나인제로 몬스터즈의 또 다른 아크메이지인 네프카와 샤리의 행동을 주시하고 있었지만 그것은 명백한 실수였다.

그들이 가장 경계해야 할 인물은 이미 이단자에게 합류해 자신의 모든 역량을 아낌없이 발휘하고 있었다.

이단 토벌단은 공포의 시간을 견디며 적의 습격에 대비했다. 거대한 파도의 습격을 받은 직후야말로 적의 습격에 가장 취약한 상태이기 때문이다.

그러나 결국 적의 습격은 없었다. 항해 속도를 늦춘 선단은 점차 안정을 회복하며 속도를 높이기 시작했고, 파도의 습격을 받은 지 세 시간 만에 제스터 섬의 동쪽 항구에 도착할 수 있었다.

그러나 안정을 회복한 건 배를 모는 선원들뿐이었다. 이단 토벌단은 눈을 새빨갛게 뜨고 적의 습격에 대비해야 했고, 배가 항구에 도착하자마자 지옥에서 벗어나는 심정으로 지상을 향해 쏟아져 나오기 시작했다.

"도착했어! 드디어 도착했다고!"

"젠장, 다리가 후들거리는데······."

"모두 정신 바짝 차려! 지금부터 진짜라고!"

항구에 내린 토벌단은 당장에라도 쓰러질 것 같은 심정으로 대열을 갖췄다. 총 420명의 전투신관 중에 41명이 물에 빠져 실종되거나 도저히 움직일 수 없는 상태가 되어 배에 남았지만, 이것은 함께 동원된 신전기사에 비하면 피해라고 볼 수도 없는 미비한 것이었다.

처음 배에 탑승해서 바다를 건넌 1,380명의 신전기사 중에 무사히 제스터 섬에 도착한 것은 고작 798명에 불과했다. 무려 582명의 기사가 죽거나 실종되었거나 전투 불능이 되었다.

물론 무사히 섬에 도착한 기사라고 해서 몸 상태가 정상인 것은 결코 아니었다. 지독한 멀미와 수면 부족, 긴장 피로가 상륙한 기사들의 몸을 무겁게 짓누르고 있었다.

"집행관님, 섬을 둘러봤지만 이단자의 모습은 보이지 않습니다!"

미리 섬으로 날아가 정찰을 수행한 신관들이 렌파를 향해 돌아와 말했다. 마찬가지로 미리 섬에 상륙해 토벌단의 상륙을 통솔하고 있던 렌파는 안도의 한숨을 내쉬며 대답했다.

"아마도 어딘가에 숨어 있을 겁니다. 이번에는 좀 더 지면에 붙어 날며 정찰해 주세요. 이단자의 마력은 강대하기 때문에 거리가 가까워지면 충분히 감지할 수 있을 겁니다."

"알겠습니다!"

신관들은 즉시 대답하고는 정찰을 위해 다시 날아 섬을 뒤지기 시작했다. 하지만 명령을 내린 렌파는 가슴이 무거웠다. 현존하는 모든 마법사를 통틀어 가장 넓은 감지 능력을 가진 것이 바로 제온이기 때문이다.

신관들이 제온의 마력을 감지했다는 것은 그보다도 훨씬 먼저 제온이 그들의 마력을 감지했다는 것을 의미한다.

결국 적을 발견하는 것은 적의 마법에 정찰을 하던 누군가가 격추당하는 형태가 될 것이 틀림없었다.

그러나 그런 걸 마음에 계속 붙잡아두기엔 자신이 맡은 책임이 너무도 막중했다. 렌파는 레비테이션으로 공중에 떠올라 항구에 상륙한 토벌단원들의 정비에 집중했다.

"자! 시간이 없습니다! 수석신관들은 빠르게 부대를 정비해 전투태세를 갖춰주세요! 언제 전투가 시작될지 모릅니다! 항구가 복잡하니 먼저 정비가 끝난 부대는 도시 쪽으로 움직이세요!"

항구와 이어진 도시는 제스터 섬에서 가장 큰 도시로, 총 이천 명의 주민 중에 1,200명이 거주하던 섬의 중심지였다. 물론 지금은 사람들이 사라져 텅 빈 유령도시가 되어버렸고,

수많은 건물이 그 순간의 참혹한 순간을 기억하듯 무참하게 파괴되거나 완전히 무너진 상태였다.

"렌파님, 크롬 나이트의 상륙을 확인했습니다."

그때 블랙빈이 렌파의 옆으로 빠르게 날아오며 말했다. 렌파는 고개를 끄덕이며 크롬 나이트가 탑승해 있던 상선 쪽을 바라보았다.

"상태는 어떻습니까?"

"아셰린 경 이하 30기의 크롬 나이트 전원이 무사히 상륙했습니다. 몸 상태도 그다지 나빠 보이진 않았습니다."

"대단하군요. 우리 신전기사들은 수백 명이 배에서 내리지도 못하는데 말입니다."

"그런 갑옷을 입고 싸우는 자들이니까요. 평소 단련하는 강도가 차원이 다를 겁니다."

블랙빈은 커다란 어깨를 으쓱이며 물었다.

"그런데 대집행관님 쪽은 어떻게 되셨습니까?"

"아직 기함에 계십니다. 모든 부대가 상륙해서 대열을 갖추면 가장 마지막에 내리신다고 합니다."

"흠, 그렇군요."

블랙빈은 좀흥 없는 표정으로 항구에 정박해 있는 커다란 상선을 바라보았다. 렌파는 체리오트의 상태가 얼마나 심각한지에 대해 설명하려다 이내 포기하고는 고개를 저으며 말했다.

"아무튼 빨리 정비를 마치고 도시 쪽으로 이동해야 합니다. 이단자는 아직 발견되지 않은 모양이지만, 언제 모습을 드러내고 이쪽으로 공격해 올지 모릅니다."

"아마 항구에서 멀리 떨어진 곳에 숨어 있는 게 아닐까요?"

"저도 그랬으면 좋겠습니다만……."

렌파는 말끝을 흐리며 도시의 무너진 건물들을 바라보았다. 제온과의 조우는 늦어지면 늦어질수록 좋았다. 그래야 토벌단이 배에서 내려 태세를 정비할 시간을 벌 수 있기 때문이다.

처음 정찰신관들의 보고를 받았을 때 안도의 한숨을 내쉰 이유도 그 때문이다. 사실 항구에 처음 정박하고 후들거리는 다리로 지상에 겨우 발을 내딛던 순간이 적의 공격에 가장 취약한 순간이었다.

그러나 그 타이밍을 노리지 않았다는 것은 적어도 제온이 특별한 작전이나 함정을 파고 자신들을 기다리는 게 아니라는 것을 의미했다.

'역시 제온은 계략에 의지하는 타입이 아니었어. 그렇다는 건 갑자기 몰아친 파도도 그냥 자연현상이었던 거다.'

렌파로서는 천만다행이 아닐 수 없었다. 체리오트의 우려는 기우에 불과했다. 상대가 마그나스였다면 이런 기회를 결코 놓치지 않았을 것이다.

하지만 가장 위험한 순간을 넘겼다고 해서 위기가 사라진 것은 아니었다. 렌파는 블랙빈에게 토벌단의 남은 정비를 맡긴 다음 직접 도시 쪽으로 날아가 도시의 상황을 눈으로 확인했다.

'슬라임의 습격 때문인가, 길에 방해물이 많군.'

거미줄처럼 갈라져 있는 도시의 길과 골목에 부서진 건물의 잔해가 가득했다. 잔해를 치운다 해도 길 자체가 넓은 편이 아니라 병력을 주둔시키는 데 좋지 않아 보였다.

'저런 좁은 길에 집결해 있다가 제온이 나타나기라도 하면…… 일단 저쪽으로 빠르게 움직이는 게 좋겠어.'

렌파의 눈에 띈 것은 도시의 중심부에 위치한 광장이었다. 한가운데 상점으로 보이는 둥근 건물 하나를 제외하고는 전체적으로 텅 비어 있었다.

렌파는 광장에 착지해 주위를 둘러보았다. 박살 난 노점상과 벤치는 치우면 그만이다. 아마도 핏자국으로 추정되는 검은 흔적들이 지면의 곳곳에 남아 있긴 하지만, 어쨌든 천 명이 넘는 토벌단이 여유 간격을 두고 집결할 수 있을 만큼 충분한 크기의 공간이었다.

'그런데 지금 우리가 이런 싸움을 하고 있을 때인가?'

항구로 돌아가는 렌파는 문득 의구심을 느꼈다. 제스터 섬은 슬라임으로 추정되는 마물의 공격을 받고 이천 명의 주민이 전멸당하는 재앙을 겪었다. 파괴된 도시의 모습과 지면에 남은 검은 핏자국만 보아도 당시의 참상을 떠올릴 수 있었다.

마물의 정체는 정말 슬라임인가?

슬라임은 대체 어떤 방법으로 바다를 건너 이 섬을 습격한 것인가?

이것은 새로운 마족과의 전쟁을 예고하는 징조가 아닐까?

그리고 지금 그 슬라임은 대체 어디에 있는가?

'안 돼. 지금 그런 걸 생각하면.'

한번 생각하자 당장 해명해야 할 수많은 의문이 줄지어 떠올랐다. 렌파는 고개를 저으며 머릿속을 지우려 했다.

그들이 싸워야 할 상대는 어디까지나 제온이었다. 어디서부터 잘못되었는지는 모르겠지만, 분명한 건 먼저 적의를 드러낸 것은 제온이라는 사실이다.

'제온 스태틱, 이 모든 게 끝나려면 당신이 죽어야 해. 이제 와서 결코 돌이킬 수는 없어.'

그렇게 생각한 순간, 렌파의 머릿속에 소름 끼치는 가정이 떠올랐다.

만약 이 섬에 제온이 없다면?

"설마 그럴 리가……."

렌파는 떨리는 목소리로 중얼거렸다.

싸우는 것보다 더 무서운 것은 바로 싸우지 못하는 것이란 사실을 렌파는 그 순간 깨달았다.

그 고생을 하며 바다를 건너왔는데 정작 섬에 제온이 없다면?

"전군 도시로 전진! 안쪽에 있는 광장까지 이동해 전투대형을 갖춘다!"

항구로 돌아온 렌파는 각 부대의 선두에 있는 수석신관들을 향해 목청 높여 소리쳤다. 필요 이상으로 목소리가 높아진 것은 자신의 상상에 대한 공포를 지워 버리기 위해서였다.

'아니, 그럴 리는 없어. 먼저 보낸 정찰대가 한 명도 돌아오지 않았잖아?'

렌파는 직접 부대의 선두에 서서 광장까지 도보로 걸어가기 시작했다. 그러자 토벌단의 후미를 정비하고 돌아온 블랙빈이 렌파의 옆으로 날아와 착지하며 말했다.

"집행관님, 생각보다 상황이 좋지 않습니다."

"무슨 말인가요, 블랙빈?"

"신전기사들은 대부분 지칠 대로 지쳐 있습니다. 거의 무기를 들고 행군하는 것이 고작인 상태입니다. 전투신관이나 수련집행관들은 상황이 나은 편입니다만, 항해 도중에 정찰이나 구조 활동에 투입된 탓에 소모된 마력이 아직 회복되지 않았습니다."

"저도 알고 있는 사실입니다만……."

렌파는 말끝을 흐렸다. 그리고 선두에 있던 신전기사들이 앞으로 나서 잔해를 치우며 길을 여는 장면을 바라보았다.

"정말… 모두들 지쳐 보이는군요."

"휴식이 필요합니다. 이단자가 숨어 있는 지금이 어쩌면 유일한 휴식의 기회일지도 모릅니다."

블랙빈이 심각한 얼굴로 말했다. 언제나 낙천적인 성격에 전투가 시작되면 막무가내로 돌격하는 그가 이렇게 말할 정도라면 상황이 얼마나 심각한지 생각할 필요도 없었다. 렌파는 또다시 불안감이 스멀스멀 올라오는 것을 느끼며 말했다.

"어쩌면 우린 여기서 계속 휴식해야 할지도 모릅니다."

"네? 그게 무슨……?"

"처음에 보낸 정찰대만 제거하고 그자는 이 섬을 떠났을지도 모릅니다."

"그자라니, 제온 말입니까?"

블랙빈의 목소리가 순간적으로 높아졌다. 렌파는 즉시 오른손을 들며 나지막한 목소리로 말했다.

"목소리를 낮추세요. 토벌단원이 듣습니다."

"하지만……."

"그럴 가능성도 있다는 말입니다. 그렇다면 결국 이 모든 게 함정… 아니, 거기까지 생각하는 건 너무 앞서가는지도 모르지만……."

렌파는 혼란스런 표정을 감추기 위해 하나뿐인 손으로 자신의 입을 막았다. 블랙빈은 의아한 표정으로 렌파를 보며 말했다.

"만약 그렇다면 다행 아닙니까?"

"다행이라구요?"

"네. 일단 이 지친 병력으로 싸우지 않아도 되니까요. 지금 싸우면 전멸은 일도 아닙니다."

"물론 당장은 그럴지도 모릅니다. 하지만 다음은요?"

"물론 정비를 끝내고 다시 대륙으로 돌아가서……."

"그럼 그다음은 어떻게 합니까? 만약에 또다시 제온이 어디 외딴 섬에서 발견되었다는 정보가 들어오면요?"

"그건……."

블랙빈 역시 사태의 심각성을 깨닫고는 표정이 굳어졌다. 그사이 토벌단의 선두가 광장의 입구에 도착했고, 렌파는 멀리 보이는 광장 중앙의 버려진 건물을 바라보며 말했다.

"제온을 죽이려면 대규모의 병력이 필요합니다. 그러나 대규모의 병력으로는 제온의 움직임을 따라잡을 수가 없습니다. 아무리 그자의 약점이 이동 마법이라고 해도……."

그 순간, 렌파는 말문이 막히는 걸 느끼며 그 자리에 경직되어 버렸다.

"렌파님, 왜 그러십니까?"

블랙빈은 이상하다는 얼굴로 렌파를 바라보았다. 그리고 그의 경직된 시선을 따라 눈을 돌렸다.

"헉……!"

그 역시 부릅뜬 눈으로 돌처럼 굳어버렸다.

마치 외딴 섬처럼 황량한 광장의 중심부에 있는 다 부서져 가는 건물에서 한 남자가 밖으로 걸어 나왔다.

남자는 검은 망토로 몸을 가리고 있었다. 너무도 자연스럽게 모습을 드러낸 탓에 마치 섬의 생존자가 아닐까 생각될 정도였다.

"제, 제, 제……."

렌파는 말을 더듬었다. 그동안 수도 없이 말하고 생각하던 이름이다. 하지만 막상 당사자를 눈앞에 두니 목구멍이 막힌 듯 얼른 입 밖으로 토해낼 수가 없었다.

제온은 지하실에 준비해 놓은 의자에 가만히 앉아 있었다.

그곳은 제스터 섬에서 가장 큰 도시이자 유일한 도시인 제스터 항구의 중심부에 위치한 광장이었다.

광장의 중심부에는 간단한 음식을 파는 상가 건물이 있었다. 슬라임의 군집체인 '코어'의 습격으로 건물 이곳저곳이 무너져 폐가나 다름없는 상태가 되었지만, 식재료를 저장하던 지하실만큼은 멀쩡하게 남아 자신의 기능을 수행하고 있었다.

'생존자들이 며칠 동안 버틴 것도 이해가 가는군.'

작은 등불 하나로 밝혀진 지하실은 밀가루를 담은 포대와

조리용 기름 통, 그리고 말린 생선포로 가득했다. 코어의 습격으로부터 구사일생으로 살아남은 소수의 생존자 중에 일부는 바로 여기서 숨어 화를 면할 수 있었다.

그러나 지하실로 숨은 주민들이 모두 코어의 습격으로부터 살아남은 것은 아니었다. 사실은 지하실로 숨은 대부분이 코어의 습격을 받고 죽음을 면치 못했다.

이곳이 다른 지하실과 다른 점이 있다면 바로 깊이였다. 어째서인지 이 광장에 있는 상가의 지하실은 다른 건물의 평균적인 지하실의 깊이보다 세 배 이상 깊었다.

바로 그 깊이가 마물의 감지력으로부터 사람들을 격리시켜 준 것이다. 그리고 제온 역시 비슷한 이유로 이곳에 숨어 있었다.

─여기 있으면 토벌단의 정찰로부터 모습을 감출 수 있을 거야. 광장으로 어느 정도 끌어들일 때까지는 발견되지 않는 편이 좋거든.

마그나스는 그렇게 말하며 무너져 가는 건물의 지하실 문을 열어주었다. 그리고 제온은 꼬박 하루 동안 그곳에서 적들이 몰려오기를 기다렸다.

그것은 오래전 레스톤 왕국의 수도인 라기아 시티의 신전 지하실에 사흘 동안 감금되어 있던 기억을 떠올리게 만드는 시간이었다.

사실 그렇게 오래된 기억도 아니다. 고작해 봐야 1년도 채 지나지 않았다. 하지만 너무도 오래전에 벌어진 일처럼 느껴졌다.

그것은 아마도 그 직후에 벌어진 일이 너무도 충격적이었기 때문일 것이다. 텅 빈 저택으로 돌아와 아내인 프로나를 찾아 헤매던 기억은 마치 바로 어제 일처럼 생생했다.

그러나 그전에 벌어진 모든 일은 마치 전생에 벌어진 일처럼 아득했다.

초신수, 혹은 워터 드래곤, 혹은 아프레온으로 불리는 존재가 자신을 제물로 삼아 기적을 일으키길 기다리던 그때의 일은.

우웅.

그때 지하실 전체가 희미하게 울리기 시작했다.

그것마저도 당시와 비슷한 느낌이다. 초신수의 기적으로 폭우가 쏟아지고 수많은 사람이 밖으로 뛰쳐나와 함성을 지르며 뛰어다니던 그 순간,

바로 그때처럼 신전의 지하실에서도 진동이 느껴졌다.

"드디어 왔나?"

제온은 의자에서 천천히 일어났다. 그리고 레비테이션 마법 대신 1층과 연결된 좁은 계단을 걸어 올라가기 시작했다.

—물론 배에서 내린 직후를 노리는 게 효과적일 수도 있어. 하지만 뇌전 마법의 특성을 생각하면 아무래도 적이 뭉쳐 있는 편이 효율적이겠지?

제온은 마그나스의 말을 떠올리며 1층으로 나가는 지하실 문 앞에 멈춰 섰다.

—배에서 내린 토벌단은 어떻게든 대열을 정비해서 탁 트인 장소에 집결하고 싶을 거야. 동시에 너무 좁아서 밀집되는 건 피할 수 있는 그런 장소 말이야. 그런 곳은 이 도시 안에 이 광장밖에 없어. 반드시 여기로 몰려올 거야.

마그나스는 마치 내일 벌어질 일을 직접 눈으로 확인한 것처럼 설명했다. 그리고 그 순간 제온의 감지 범위 안으로 살아 있는 인간들의 생체 전류가 느껴졌다.

감지되는 생체 전류는 순식간에 수십으로 불어났다.

'마구 몰려오는군.'

제온은 천천히 숨을 들이마셨다. 그리고 문을 열고 1층으로 올라온 다음, 천천히 건물 밖으로 걸어 나오기 시작했다.

—여기서부터 광장 입구까지는 80미터 정도야. 40미터 안쪽으로 들어오면 네 감지력으로 느낄 수 있지? 그 정도면 딱

좋아. 인간들이 감지 범위에 들어간 순간 천천히 밖으로 나가면 돼. 그놈들은 적의 선발대고, 잠시 후에 본대가 광장 안으로 밀려들어 올 테니까.

"마그나스, 넌 무슨 점쟁이냐?"

제온은 건물 밖의 풍경을 바라보며 쓴웃음을 지었다. 이미 광장에 들어온 수십 명의 신전기사가 보였고, 그 뒤로 엄청난 숫자의 본대가 봇물 터지듯이 광장 안으로 밀려들어 오고 있었다.

"이단자다!"

"흩어져!"

"망할! 대체 어디서 튀어나온 거야!"

바로 눈앞에서 천천히 걸어 나왔을 뿐인데도 광장에 진입한 적들은 유령이라도 본 것처럼 경악을 금치 못했다. 적들은 마치 알집을 깨고 나온 거미새끼들처럼 사방으로 흩어졌다. 하지만 그들은 소수일 뿐이었다. 적의 대부분은 여전히 광장으로 진입하는 통로에 묶여 있었다.

"마그나스가 제대로 괴롭혔나 보네."

제온은 중얼거리며 앞으로 걸어 나갔다. 사실 그의 마음속엔 이런 함정이 잘 통할지에 대한 의문이 있었다. 적들도 멍청이가 아니다. 전 병력을 좁은 길로 한 번에 이동시키는 우를 범할 리가 없는 것이다.

하지만 그럼에도 불구하고 그렇게 했다는 것은 적의 지휘관이 궁지에 몰려 있다는 것을 의미했다.

빨리 편해지고 싶다.

그렇게 생각하는 것이 바로 파멸의 지름길이다. 제온은 오른팔을 천천히 뒤로 당기며 마력을 끌어올렸다.

"견제해! 이단자가 마법을 쓰게 해선 안 돼!"

"아냐! 일단 흩어져! 훈련한 대로 대형을 갖춰라!"

"돌격! 기사단 3번 대대는 적을 향해 돌격한다!"

"도망쳐! 뒤로 물러서!"

눈을 사용하지 않아도 적의 혼란을 느낄 수 있었다. 그리고 그 모든 혼란은 제온의 일격으로 인해 새로운 국면을 맞이하게 되었다.

제온의 눈은 쏟아져 들어오는 사람을 보지 않았다. 그냥 광장의 입구를 향해 당긴 오른팔을 쭉 뻗었을 뿐이다.

그리고 요동치는 뇌전의 섬광이 적들을 향해 질주했다.

콰과과과과과과과광!

그것은 고막을 찢는 굉음이었다.

소용돌이처럼 압축된 수백 가닥의 전류가 한순간에 방출되었다. 그것은 찰나의 순간에 광장의 입구를 지나 신관과 기사들로 빽빽이 메워져 있는 통로의 중심부를 한순간에 관통했다.

눈 깜짝할 순간에 수백 명의 적이 섬광에 휩싸였다. 한때 인간이었던, 이제는 새까맣게 탄 살더미가 푸른 불꽃을 튀며 지면을 향해 동시에 무너졌다.

"라이트닝 캐논!"

토벌단의 지휘관인 렌파는 미리 광장의 안쪽으로 진입해 측면으로 몸을 피한 상태였다. 그는 제온의 오른손에서부터 뿜어진 거대한 뇌전이 자신의 부하들을 휩쓰는 것을 눈 뜨고 지켜볼 수밖에 없었다.

너무나 완벽한 타이밍에 완벽한 위력을 가진 일격이었다. 렌파는 약 5초 정도 진심으로 감탄했고, 그다음 5초 동안 공황 상태에 빠져버렸다.

'방금 그걸로 대체 얼마나 죽은 거지?'

그리고 렌파가 경직된 10초 동안 죽은 동료의 시체들을 넘으며 후방의 토벌단원이 광장 입구로 진입해 들어오기 시작했다. 그들은 기가 꺾일 만큼 무시무시한 마법을 직접 목격했지만, 오히려 증오와 분노의 함성을 지르며 사기를 드높인 상태였다.

"이런 빌어먹을!"

그리고 렌파는 그들의 높은 사기에 욕지거리를 내뱉었다. 10초라면 제온이 또 다른 라이트닝 캐논을 준비하기에 충분한 시간이었다.

마치 순서대로 죽기 위해 불구덩이를 향해 쏟아져 들어오는 불나방 같은 꼴이다. 제온은 그들을 향해 다시 오른손을 뻗고 있었다.

"그만둬!"

렌파는 반사적으로 오른손에 들고 있던 스틱을 휘둘렀다. 하지만 바로 그 순간, 마치 알고 있다는 듯이 제온도 렌파를 향해 고개를 돌렸다.

순간적으로 두 사람의 시선이 충돌했다.

동시에 제온이 서 있는 반경 10미터의 공간이 거대한 화염에 휩싸였다.

"아……!"

렌파는 온몸이 떨리는 것을 느꼈다. 제온의 몸이 화염에 삼켜지기 직전에 본 그의 무시무시한 눈빛이 시신경에 각인된 것처럼 남아 있다.

마치 상대를 인간으로 보지 않는 듯한.

'어째서, 어째서 그토록 우리를 증오할 수 있는 거지?'

화염에 휩싸인 것은 제온이었고, 공포에 휩싸인 것은 렌파였다. 바로 전투가 벌어진 이 순간에 와서야 렌파는 가장 먼저 생각해야 했을 근본적인 질문을 떠올릴 수 있었다.

'우리는 단지 세상의 섭리를 섬길 뿐이다. 그것만으로도 제온은 우리를 아내와 아이의 원수와 동일시하고 있어.'

어째서?

그 질문에 대한 답을 내리기도 전에 렌파가 만든 거대한 화염의 공간이 힘을 잃고 사라지기 시작했다.

파직!

사그라지는 화염 속으로 푸른 섬광의 역장에 둘러싸인 제온이 모습을 드러냈다.

처음과 똑같이 아무런 타격도 입지 않은 채로.

"……."

제온은 말없이 렌파를 노려보고 있었다.

—넌 이 마법을 몇 번이나 더 쓸 수 있지?

그는 눈빛만으로 그렇게 비웃는 듯했다. 엉거주춤한 자세로 스틱을 내밀고 있던 렌파는 등줄기에 소름이 돋는 것을 느끼며 한 발 뒤로 물러섰다.

'이런 소중한 기회를…….'

방금 전 사용한 마법은 화염계 7등급 마법인 '파이어 룸'이다. 그리고 렌파의 마력은 7등급 마법을 두 번 쓰는 것만으로 바닥을 드러냈다.

마요르에서 제온에게 일격을 먹일 수 있었던 이유는 바로 렌파가 파이어 룸으로 적의 시야를 가린 직후에 체리오트가 라시드의 눈을 사용했기 때문이다.

'정신이 없어서 나도 모르게… 큰일이다. 이제 기회는 한 번뿐이야.'

렌파는 입술을 깨물며 계속 뒤로 물러났다. 하지만 제온은 더 이상 그에게 관심이 없는 듯 다시 정면을 향해 고개를 돌리며 오른손을 내밀었다.

"볼 라이트닝."

제온은 감흥 없는 목소리로 마법의 이름을 중얼거렸다. 그러자 소용돌이치는 전기의 구체가 순식간에 휘감기며 광장의 입구를 향해 질주했다.

그러나 렌파가 날린 소중한 기회는 결코 헛된 것이 아니었다.

그것은 그만큼 소중한 몇 초의 시간을 벌어준 셈이기 때문이다.

"기사단! 대광역 마법 방어 태세 준비!"

그사이 은회색의 풀 플레이트 아머를 입은 수십 명의 기사가 진형을 갖추고 방패를 앞으로 내밀었다. 제온은 그들의 방패에 새겨진 사자 모양의 문양을 확인할 수 있었다.

'타로스 왕국?'

순간 볼 라이트닝이 기사들의 방패와 충돌했다.

파지지지지지직!

작열하는 뇌전의 구체는 순간적으로 기사들의 방패를 야수의 발톱처럼 마구 긁어댔다.

하지만 그것뿐이었다. 볼 라이트닝은 3초 만에 그곳에서 소멸하며 사라졌다. 제온은 자신이 만든 마법이 감지할 수 없는 또 다른 힘에 상쇄되어 사라지는 것을 느낄 수 있었다.

"안티 매직(Anti—magic)?"

제온은 눈을 크게 떴다. 그것은 알바스 산맥에 있는 연구실을 지키고 있던 안티 매직 골렘에게서 느껴지던 것과 비슷한 느낌이었다.

"아, 저게 바로 크롬 나이트인가?"

제온은 희미하게 웃으며 은회색의 기사들을 응시했다. 그리고 마그나스가 해준 이야기를 떠올렸다.

―페슈마르 왕국은 이런저런 핑계를 대면서 샐러맨더 킬러를 안 보내고 있지만, 타로스 왕국은 토벌단에 지원 병력을 곧바로 파병했어. 그게 바로 크롬 나이트야.

제온이 알고 있는 크롬 나이트에 대한 정보는 희박했다. 그저 타로스 왕국이 자랑하는 강력한 기사단이라는 정도뿐이었다.

―소문에는 강력한 항마력을 갖추고 있다고 하는데, 상세한 스펙은 극비로 취급하고 있어서 나도 자세히는 몰라. 그래도 대륙 각지에서 강력한 마법사들을 불러 모아 실험을 진행한 모양이니까 방심하진 마.

하지만 연구실에 있던 안티 매직 골렘조차도 6등급을 넘어서는 마법엔 무력했다. 아무리 기사들이 성법기를 동원해 항마력을 높인다 해도 그 이상의 능력을 발휘하는 것은 불가능할 거라고 생각하고 있었다.

'미안해, 마그나스. 이건 확실히 내가 방심했다.'

제온은 자신을 향해 돌진해 오고 있는 크롬 나이트를 노려보았다. 한 줄에 다섯 명씩 여섯 줄의 진형을 갖추고 있는 기사들은 어째서인지 앞 사람의 등에 오른손을 얹고 있었다.

'저게 비법인가?'

제온은 그런 식으로 서로의 항마력을 공유하는 거라고 판단했다. 분명 크롬 나이트 한 기는 안티 매직 골렘에 비할 바가 아니다. 그러나 서로의 항마력을 합칠 수 있기에 방금 전의 볼 라이트닝을 가볍게 막아낼 수 있었다.

"기사단! 작전대로!"

한 기사의 외침과 동시에 뭉쳐서 돌진해 오던 크롬 나이트가 셋으로 분산되었다. 제온은 일단 명령을 내리는 지휘관의 위치를 파악한 다음,

"어디까지 막아낼 수 있는지 확인해 볼까?"

여전히 정면에 남아 돌진해 오는 10기의 기사를 향해 체인 라이트닝을 뿌렸다.

파지지직!

작열하는 뇌전의 줄기가 기사들의 방패를 휘감으며 산란(散亂)했다. 그러나 처음부터 소멸할 것을 알고 쓴 마법이다. 제

온은 섬세하게 마력을 조정하며 연속으로 체인 라이트닝을 발사했다.

파지지직!

두 번째 체인 라이트닝이 충돌한 순간 적들의 움직임이 둔해졌고,

파지지지직!

세 번째 체인 라이트닝이 충돌한 순간, 후열에 있던 세 명의 기사가 무릎을 꿇으며 앞으로 고꾸라졌다.

'여기서 조금 약하게……'

제온은 곧바로 등급을 낮춰 5등급의 마법인 라이트닝 볼트를 양손으로 시간차를 두며 발사했다.

파직!

파지직!

두 발의 라이트닝 볼트가 작열한 순간, 남아 있던 일곱 명의 기사가 달리던 기세를 죽이지 못하고 앞으로 쓰러져 바닥을 뒹굴었다.

'이 정도일 줄이야.'

제온은 내심 놀라며 새로운 마법을 준비했다. 쓰러진 기사들도 항마력을 모두 소모한 충격에 균형을 잃었을 뿐 실제로 마법에 맞아 전투 불능이 된 것은 아니었다. 모두들 꿈틀거리며 육중한 몸을 힘겹게 일으키고 있고, 처음처럼 쌩쌩한 다른 두 부대가 좌우에서 방향을 틀어 제온을 향해 동시에 거리를

좁히기 시작했다.

"타로스 왕국의 영광을 위해!"

왼쪽에서 돌진하는 크롬 나이트 중 누군가 거친 목소리로 소리쳤다. 그는 기사단의 단장인 아셰린이었고, 그것을 신호로 모든 기사가 일제히 칼을 뽑아 들었다.

'저건…….'

동시에 제온은 익숙한 무언가를 발견했다. 그것은 기사들의 칼 중심부에 박혀 있는 하얀 구슬이었다.

—너희들의 세상은 여기뿐이다. 탈출하면 이렇게 되는 걸 명심해라.

순간 제온의 머릿속에 자신이 태어난 실험실의 전경이 떠올랐다. 기사들의 칼에 박혀 있는 하얀 구슬은 바로 실험실의 연구원들이 실험체들을 컨트롤하기 위해 끼고 다니던 반지에 박혀 있는 구슬과 똑같았다.

'어째서?'

제온은 반사적으로 척추 부근이 오싹해지는 것을 느꼈다. 하지만 지금은 의문을 해소할 시간이 아니었다.

"솟아올라라."

제온은 양팔을 좌우로 펼치며 나지막하게 중얼거렸다. 그러자 돌진해 오던 기사들의 눈앞에 작열하는 전기로 만들어진 푸른 벽이 순식간에 솟아올랐다.

"돌파한다!"

아셰린은 목청이 터져라 소리쳤다. 제온의 건너편에 있는 다른 기사들도 들을 수 있게 하기 위해서였다.

"우와아아아아아악!"

기사들은 비명 같은 함성과 함께 세온이 만든 뇌전의 벽을 돌파했다. 그것은 뇌전계 6등급의 마법인 라이트닝 월(Lighting wall)이었고, 크롬 나이트의 항마력으로 충분히 커버 가능한 위력을 가지고 있었다.

'사정거리 안으로 붙었다!'

라이트닝 월을 돌파하는 순간, 아셰린의 가슴은 격정과 환희로 터질 것 같았다.

상황이 이렇게 잘 풀릴 거라고는 상상도 못했다. 지금부터는 손에 쥔 안티 매직 소드의 위력을, 크롬 나이트의 진정한 파괴력을 적에게 보여줄 차례였다.

하지만 눈앞에 보이는 건 자신들과 똑같은 모습을 한 크롬 나이트뿐이었다.

'사라졌다?'

스무 기의 기사는 서로를 향해 돌격하는 꼴이었다. 기사들은 급히 돌진을 멈췄다. 반응이 조금만 늦었어도 서로 충돌해 꼴사납게 나가떨어질 순간이었다.

'어디지?'

아세린은 심장이 터질 것 같았다. 두꺼운 투구로 시야가 좁아진 상태였고, 흥분과 당황으로 주변의 소리가 거의 들리지 않았다.

그 순간, 멀리 떨어져 있는 신전기사들의 시선이 하늘을 향해 있는 것이 보였다. 아세린은 피를 토하는 심정으로 소리쳤다.

"위다!"

"늦었어."

제온은 지면에서 10미터쯤 떠올라 있는 상태였다. 그는 자신이 서 있던 자리에 엉거주춤하게 집결해 있는 기사들을 향해 구형의 뇌전을 내리꽂았다.

파지지지직!

작열하는 볼 라이트닝의 전류가 크롬 나이트의 몸을 휘감았다. 당황한 기사들은 서로의 몸에 손을 대는 것도 잊은 채 방패를 위로 치켜들었다.

"크아아아아악!"

동시에 처절한 비명을 지르며 경련을 일으키기 시작했다. 뒤늦게 오른손의 칼을 버리고 서로의 몸에 손을 대려 했지만, 그보다 먼저 수십 개의 번개 화살이 기사들의 몸을 관통하며 결정타를 먹였다.

'역시 하나하나는 별 볼 일 없군.'

항마력의 대부분을 소진하고 서로의 연대도 잃은 적들을

제압하는 데는 2등급 마법인 라이트닝 애로우(Lighting arrow)로도 충분했다.

둘의 결정적인 차이는 바로 냉정함이었다. 크롬 나이트는 자신들의 예상보다 훨씬 수월하게 제온에게 접근했다는 성과에 취해 너무 빨리 결정타를 뽑아 들었다.

하지만 제온은 예상 밖의 상황에도 조금도 당황히지 않고 적의 격정을 유도했다. 그것은 비인간적인 어린 시절을 보낸 그의 천성이었다.

"크롬 나이트가 당했다!"

"젠장! 어떻게 된 거야! 큰소리 엄청 치더니!"

"공격해! 일단 마법을 퍼부어!"

"저것도 사람이다! 마력에 한계가 있다는 걸 명심해!"

그 와중에도 남은 토벌단이 광장으로 몰려들어 오며 사방으로 흩어지고 있었다. 그러나 계획과는 전혀 달라진 상황과 밤새 파도에 시달린 피로가 누적되어 조직적인 행동이 거의 불가능한 상태였다.

"모두 계획대로 진형을 갖춰! 마법을 쓰지 마! 화력은 한 번에 집중하지 않으면 쓸모가 없어!"

렌파는 어떻게든 토벌단의 행동을 통제해 보려 했다. 하지만 무리였다. 전장은 이미 그의 손을 떠난 상태였고, 흥분한 토벌단은 연대를 이루지 못한 채 그저 각 개인의 판단으로 전투를 벌이기 시작했다.

―시작부터 라이트닝 캐논으로 기선을 제압해. 그러면 적들은 조직적으로 싸울 수 없을 거야. 그렇게만 되도 훨씬 유리해지는 거지.

마그나스는 어째서 적들이 조직적으로 싸울 수 없게 되는지에 대해서는 자세히 설명해 주지 않았다. 하지만 전투는 그가 말한 대로 전개되고 있었고, 제온은 다시 한 번 그의 선견지명에 감탄하지 않을 수 없었다.

'통솔이 안 되는군. 이걸로 절반은 끝난 건가?'

제온은 중구난방으로 날아오는 수십 개의 파이어 애로우와 파이어 볼, 그리고 윈드 애로우를 역장으로 받아내며 지면으로 내려왔다. 그리고 바닥에 떨어져 있는 크롬 나이트의 칼을 집어 들며 생각했다.

'살바스 수도회도 원래는 신수교단에서 나온 집단이다. 그래서 비슷한 기술을 공유하고 있는 건가?'

"제온… 스태틱……."

그때 가까스로 의식을 붙잡고 있던 아셰린이 제온을 향해 손을 뻗었다. 제온은 무관심한 얼굴로 아셰린의 손앞에 칼을 던지며 말했다.

"네가 신관이 아닌 걸 감사해라."

"그게 무슨……."

아셰린은 뻗은 손을 부들거리다 이내 정신을 잃고 축 늘어 졌다. 만약 전투가 끝날 때까지 살아 있다면 제온은 그를 생 포해서 여러 가지를 질문할 생각이었다.

하지만 다른 토벌단, 특히 전투신관들에 관해선 조금의 자 비도 베풀 생각이 없었다. 그때 수련집행관과 회색망토단으 로 이뤄진 토벌단의 주력 선무원이 레비테이션으로 공중에 떠올라 처음 계획한 대로 전투 대열을 갖추기 시작했다.

"크롬 나이트는 자신들의 역할을 충실히 수행했다! 형제들 이여! 우리도 우리의 임무를 수행해야 한다!"

회색망토단의 수석신관인 그레이가 휘하의 전투신관들을 통솔하며 소리쳤다. 제온은 레스톤 왕국에서 만났던 그레이 의 얼굴을 기억하며 입가에 미소를 지었다.

"신관님들이 시작했다!"

"돌격! 일단 돌격해!"

"적의 시선을 분산시켜야 해!"

"이단자를 토벌하라!"

"죽어라! 이 악적!"

그러자 광장에 흩어져 있던 신전기사들도 사방에서 제온 을 향해 몰려오기 시작했다. 비록 진형도 갖추지 않은 채 막 무가내로 몰려올 뿐이었지만, 그것만으로도 위협적이란 사실 은 변함이 없었다.

"그럼 본격적으로 시작해 볼까?"

제온은 먼저 자신을 중심으로 10미터쯤 떨어진 공간에 여덟 개의 라이트닝 월을 발동시켰다.

물론 그것만으로 전 방위를 막을 수는 없었다. 하지만 기사들이 제온에게 접근하기 위해서는 벽과 벽 사이의 공간으로 몰려올 수밖에 없었고, 그렇게 뭉친 적을 향해 제온은 가차 없이 라이트닝 볼트를 발사했다.

"크아아아악!"

"잠깐! 이건 적의 함정이다!"

"물러서! 이건 개죽음이야!"

"아, 아흑!"

"계속 돌격해!"

"기사단! 죽음을 두려워하지 마라!"

"우웨에에엑!"

"사, 살려줘!"

그것은 분노와 격정으로 시작되었지만, 결국 공포와 죽음으로 마무리되는 혼돈이었다. 제온은 공중에서 쏟아지는 적들의 마법을 역장으로 막아내면서 차분하게 지상에 있는 적의 숫자를 줄여 나갔다.

그러나 아무리 제온이 침착하게 사방의 적을 상대해도 죽음을 각오하고 뛰어드는 모든 기사의 접근을 막을 수는 없었다.

덕분에 수십 명의 신전 기사가 제온에게 접근하는 데 성공

했고,

"모두 멈춰! 기사단이 적에게 붙었다!"

그레이 같은 지휘관들이 급히 마법을 멈추려 했지만, 눈이 새빨개진 상태로 마법을 퍼붓고 있는 신관들의 귀엔 닿지 못했다.

덕분에 접근에 성공한 기사들의 절반이 같은 토벌단의 마법에 휘말려 처참한 최후를 맞이했다.

"크아아아악!"

"뭐, 뭐야! 멈추라고!"

"뭐하는 짓이야! 우리가 안 보이냐!"

제온을 향해 전력으로 칼을 휘두른 한 기사는 역장에 막혀 뒤로 튕겨나간 순간 하늘에서 날아온 파이어 볼에 직격을 얻어맞고 처참한 최후를 맞이했다. 제온은 거기까지 계산해 일부러 몰려오는 모든 기사를 죽이지 않은 것이다.

"멈춰! 모두 멈추라고!"

보다 못한 렌파가 위험을 무릅쓰고 공중에 떠올라 신관들을 저지하기 시작했다. 흥분해 눈에 보이는 게 없는 신관들은 바로 옆에서 소리치는 렌파의 목소리에 퍼뜩 정신을 차리며 급히 마법을 멈췄다.

"거기 있었나?"

그러나 제온은 기다렸다는 듯이 렌파가 있는 방향으로 체인 라이트닝을 발사했다. 그러자 근처에 떠 있던 수련집행관과 신관들이 반사적으로 렌파의 앞을 가로막았다. 그러나 한창 공세에 집중하던 그들은 자신의 역장을 효과적으로 강화할 수 없었고,

파지지지직!

사슬처럼 퍼지며 채찍처럼 휘감는 뇌전의 공격에 다섯 명이 버텨내지 못하고 지면으로 추락했다.

'역시 렌파가 중요한가 보군. 그가 없으면 체리오트의 능력도 반감될 테니.'

제온은 눈 하나 깜짝하지 않고 렌파가 있는 방향을 향해 연속적으로 체인 라이트닝을 퍼붓기 시작했다. 그러자 사방에 퍼져 있던 신관들이 전력으로 날아와 렌파의 앞을 막아서기 시작했다.

"집행관님을 지켜야 한다!"

"렌파님! 일단 지면으로!"

"크아아아악!"

신관들은 제온의 강력한 광역 마법 앞에 알아서 집결해 무참히 죽어나갔다. 그러나 그들의 희생은 단지 렌파가 제온을 죽이는 데 중요한 역할을 담당하고 있기 때문이 아니었다. 토벌단이 결성되어 여기까지 오는 데까지 모든 것을 관리하고 통솔한 것이 바로 렌파였기 때문이다.

비록 총책임자는 대집행관인 체리오트였지만, 토벌단의 모두가 자신들의 진짜 지휘관이 렌파라는 사실에 통감하고

있었다. 그가 죽으면 토벌단도 끝이라는 위기의식이 신관들의 자기희생을 더욱더 부추긴 것이다.

그리고 그것은 제온에게 있어 예상 밖의 호재로 작용했다. 당황한 렌파가 지면으로 내려가 기사들의 뒤쪽으로 숨을 때까지 모두 17명의 수련집행관과 40명의 전투신관이 무참한 죽음을 맞이했다.

'이 피해는 돌이킬 수 없어.'

지상에 내려온 렌파는 자신의 주위에 추락해 있는 검게 탄 신관들에게서 시선을 뗄 수 없었다. 이것은 말 그대로 개죽음이었다. 물론 바다를 건너기 위해 배를 탔을 때부터 잘못된 작전이었지만, 그 후에도 대체 얼마나 많은 실수가 반복되었는지 자괴감에 빠질 지경이다.

'퇴각해야 할까?'

렌파의 머릿속에 마지막 선택지가 떠올랐다. 지금 이 순간에도 제온은 공중에 떠 있는 신관들을 하나씩, 혹은 십수 명씩 격추하고 있었다.

더 이상 피해가 커지기 전에 어떻게든 전력을 보존해서 물러나는 것이 최선이라는 생각이 들었다. 그러나 이단 토벌단이 이단자를 앞에 두고 퇴각한다는 것은 심리적으로 격렬한 저항감을 불러오는 일이었다. 물론 가장 중요한 건 개개인의 심리보다는 토벌단의 가장 꼭대기에 있는 한 사람의 의지였다.

그리고 그 순간, 바로 그 한 사람이 뒤늦게 광장에 모습을 드러냈다.

"좋아! 최후의 한 명까지 이단자의 힘을 소모시켜라!"

하얀 가면을 쓴 체리오트가 격양된 목소리로 전장을 향해 소리쳤다. 그의 눈에는 하릴없이 죽어나가는 토벌단의 모습이 생명을 바쳐 제온의 힘을 소모시키는 숭고한 희생으로 보일 뿐이었다.

"대집행관님! 최후의 한 사람이라니요! 지금 당장 힘을 합쳐 싸워야 합니다!"

그러자 클로시아가 당황한 얼굴로 소리쳤다. 체리오트의 수행단에 억지로 합류하게 된 그녀는 추풍낙엽처럼 떨어지는 후배 집행관들의 모습에 당황하며 앞으로 달려나가려 했다.

"멈춰라."

체리오트가 팔을 뻗어 클로시아의 앞을 막으며 말했다.

"넌 이곳에 있어야 한다, 클로시아 집행관."

"무슨 말씀을! 지금 토벌단이 당하고 있는 게 안 보이시나요?"

"보인다. 저들은 지금 이단자를 토벌하기 위해 자신의 생명을 희생하고 있는 것이지."

"제가 가세하면 그 희생의 속도를 늦출 수 있습니다! 처음부터 그게 제 역할이었고요!"

클로시아는 다급히 소리쳤다. 그녀는 전투가 벌어졌을 때

공중에서 제온을 폭격하는 수련집행관들이 조금이라도 더 오래 버틸 수 있도록 지원해 주는 역할을 담당하고 있었다.

―클로시아, 수련집행관들이 모든 마력을 소모하려면 시간이 필요합니다. 당신은 지상에서 최대한 그 시간을 벌어주세요. 저들이 자신의 모든 역량을 쏟아붓기도 전에 적의 마법에 덧없이 희생되지 않도록.

렌파의 이런 작전은 아군의 생명을 소중히 하는 감정적인 선택이 아니었다. 오히려 그들이 최후까지 힘을 짜내고 죽을 수 있게 만드는 지극히 합리적인 계산에 의한 계획이었다.

그러나 체리오트의 생각은 렌파와 달랐다. 체리오트는 애써 무거운 목소리를 만들며 클로시아에게 말했다.

"아니, 그런 건 별로 중요하지 않아."

"대집행관님!"

"중요한 건 어떻게든 이단자를 처단하는 것이다. 그리고 그것을 위해선 나의 안전이 무엇보다 중요하지."

"아, 아니, 그런……."

당황한 클로시아는 대체 무슨 말을 해야 할지 감을 잡을 수가 없었다.

물론 그녀도 체리오트가 변했다는 사실은 알고 있었다. 하지만 실제로 이런 상황에서 그런 발언을 들으니 그 소름 끼치는 치졸함에 침을 뱉고 싶어질 정도였다.

클로시아는 입안에 고인 침을 억지로 삼키며 말했다.

"대집행관님, 방금 말씀은… 아무리 대집행관님이라 하셔도 심하셨습니다."

"뭐가 심하다는 거지? 결국 이단자의 숨통을 끊을 수 있는 건 나밖에 없지 않나?"

체리오트는 손가락에 끼워진 검은 반지를 쓰다듬었다. 그리고 클로시아는 그 순간에도 끊임없이 터져 나오는 함성과 비명에 귀를 막고 싶은 것을 참아야 했다.

"수행단은 지금도 충분하지 않습니까! 1급 집행관 세 명에 수련집행관이 스무 명이에요!"

결국 폭발한 클로시아는 렌파의 주위에 있는 수행단을 가리키며 소리쳤다.

"여기에 저까지 남아서 대집행관님을 지켜야 한다는 건가요? 당신 머리가 어떻게 된 건가요? 이단자의 공격에 죽을 기회를 한번 넘겼다고 겁쟁이가 돼버린 거예요?"

"집행관! 말을 삼가라!"

"고작 화상 좀 입은 걸 가지고 남자가 쪼잔하게 왜 그래요! 귀가 멀었어요? 지금 죽어나가는 신관들의 비명 소리가 들리지도 않냐구요!"

"네가 감히!"

분노한 체리오트는 악을 쓰는 클로시아의 얼굴에 손바닥

을 날렸다. 클로시아는 역장을 펼쳐 그것을 막을 수도 있었지만, 일부러 그렇게 하지 않고 눈을 질끈 감았다.

짜악!

정신이 번쩍 드는 통증과 함께 왼쪽 뺨 전체가 얼얼해졌다. 클로시아는 입술을 꾹 깨물며 욕설이 터지려는 것을 참았다.

"정신 나갔나, 집행관! 감히 누구한테 그런 폭언을 하는 건지 알고는 있나!"

체리오트는 떨리는 목소리로 소리쳤다. 클로시아는 손으로 한쪽 뺨을 붙잡은 채 이글거리는 눈으로 대답했다.

"물론 대집행관님이죠. 여기 당신 말고 누가 있나요?"

"그래도 감히!"

체리오트는 다시 오른손을 치켜들었다. 그러나 클로시아는 두 번 맞아줄 생각이 없었다. 그 탓에 힘껏 날린 손바닥은 클로시아의 얼굴 바로 옆에서 역장에 막혀 튕겨나갈 수밖에 없었다.

"클로시아!"

"그만두게, 클로시아 집행관!"

그러자 주변에 있던 집행관들이 깜짝 놀라며 클로시아를 향해 손을 뻗었다. 클로시아는 역장으로 온몸을 감싼 채 고개를 저으며 모두에게 말했다.

"걱정 마세요. 어차피 제가 쓸 수 있는 마법은 포스 필드뿐이니까요."

"클로시아, 지금은 일단 힘을 합쳐 대집행관님을 수행하면서 이단자에게 최후의 일격을 먹이는 게 우선이다. 그걸 모르는 건 아니겠지?"

집행관 중 한 명이 신중한 얼굴로 말했다. 하지만 그 정도로는 지금 이 순간에도 울려 퍼지는 처절한 비명으로부터 그녀의 마음을 돌려놓을 수 없었다.

"물론 알고 있죠."

클로시아는 혐오스런 표정으로 체리오트를 노려보며 말했다.

"하지만 이 남자는 지켜줄 가치가 없어요."

"클로시아!"

"자신을 희생할 각오도 없이 부하들의 죽음을 지켜보기만 하는 사람은 대집행관이 될 자격도 없어요."

클로시아는 경직되어 있는 체리오트로부터 몸을 돌린 채 비명과 함성에 뒤덮인 전장을 향해 걸어가기 시작했다.

"절 막고 싶으면 맘대로 하세요. 하지만 그러려면 그 영광스런 성법기로 제 등을 쏴야 할 거예요."

"큭……."

체리오트는 이를 갈며 클로시아의 뒷모습을 노려보았다. 그리고는 얼굴에 쓴 가면을 벗어 바닥에 집어 던지며 소리쳤다.

"네가 뭘 안다고 지껄이는 거냐! 고작 화상? 이걸 봐라! 이

끔찍한 모습을!"

"그딴 건 볼 필요도 없어요."

클로시아는 걸음을 멈추지 않으며 말했다.

"렌파님은 왼팔 전체를 잃고도 조금도 흔들리지 않으셨어요. 평생 불구로 살아야 하는데도 말이죠."

"이, 이년이 감히……."

분노와 수치심에 사로잡힌 체리오트는 멀어지는 클로시아의 등을 향해 오른손의 반지를 내밀었다. 그러자 수행단이 즉시 몸을 날려 체리오트의 앞을 가리며 소리쳤다.

"대집행관님! 그러시면 안 됩니다!"

"지금은 일단 고정을! 악적이 바로 앞에 있습니다!"

"크, 크윽!"

체리오트는 이를 갈며 내민 주먹을 뒤로 끌어당겼다. 그리고 클로시아는 광장의 오른편 끝에 엉거주춤한 자세로 서 있는 렌파를 발견하고는 그쪽으로 달려갔다.

"렌파님!"

"아, 클로시아군요."

렌파는 혼이 반쯤 빠져나간 것 같은 얼굴로 클로시아를 바라보았다. 클로시아는 가슴이 철렁 내려앉는 것을 느끼며 렌파의 옆에 붙었다.

"왜 그러세요? 혹시 다치셨나요?"

"다친 곳은… 없습니다."

하지만 렌파는 고통스런 얼굴로 눈을 감으며 말했다.

"하지만 제 실책으로 수십, 아니, 수백 명의 토벌단원이 헛되이 죽었습니다. 대체 어떻게……."

"아니에요, 렌파님! 렌파님은 최선을 다하셨어요! 제가 안다구요!"

"그렇지 않습니다. 처음부터 이 모든 게 함정이라는 사실을 간파했어야 합니다. 대부대를 한 번에 이 광장에 진입시키지도 말아야 했고, 또 당황해서 토벌단원들을 말리기 위해 공중에 떠오르지도 말아야 했습니다. 그리고… 그리고 또……."

"정신 차려요!"

클로시아는 후회에 사로잡힌 렌파의 양어깨를 붙잡고 마구 흔들었다.

"정신 차리세요, 렌파님! 여기서 렌파님마저 흔들리면 우린 모두 끝장이라고요!"

"하지만……."

렌파는 떨리는 입술을 꾹 깨문 다음 깊이 숨을 들이마시며 말했다.

"지금도 이미 끝장을 향해 달려가고 있습니다. 남은 건 퇴각뿐입니다."

"그럼 퇴각해야죠! 렌파님이 그렇게 판단하셨다면 그게 최선이에요!"

"하지만 그것도 쉽지 않습니다."

렌파는 가까스로 이성을 회복하며 빠르게 머리를 굴렸다.

'퇴각이라고 쉬운 게 아니야. 도망치는 우리를 제온이 과연 그냥 놔둘까? 그리고 우리가 퇴각하기 위해선 항구에 세워 놓은 배를 타야 하는데… 그렇다면 제온에게 더 쉬운 먹잇감을 제공해 줄 뿐이지 않은가?'

"렌파님!"

"클로시아, 퇴각을 하기 위해서는 기회를 만들어야 합니다.

렌파는 비장한 표정으로 제온이 있는 방향을 노려보며 말했다.

"남은 건 대집행관님의 일격뿐입니다. 물론 그걸로 적을 제거할 수 있다면 최고겠지만, 그렇게 못하더라도 최소한 전병력이 퇴각할 시간을 벌어야 합니다."

"아……."

클로시아는 방금 전에 발악을 하고 빠져나온 대집행관의 진영을 떠올리며 주먹을 꽉 쥐었다. 차마 체리오트는 토벌단이 전멸할 때까지 꼼짝도 하지 않으리라는 사실을 입 밖으로 꺼낼 수가 없었다.

"제가 미끼가 되면 어떻게든 기회를 만들 수 있을 겁니다. 그리고 클로시아, 알고 있을 거라고 생각합니다만……."

"네? 뭘요?"

"상황이 어떻게 되던 간에 대집행관님은 반드시 지켜야 합니다."

"렌파님."

"만약 모든 게 잘못되더라도 어떻게든 대집행관님은 무사히 탈출시켜야 합니다. 제가 무슨 말을 하는지 아시겠죠?"

렌파는 거꾸로 클로시아의 양어깨를 붙잡으며 말했다. 클로시아는 당장에라도 쏟아내고 싶은 수만 개의 말을 속으로 집어삼키며 그저 고개를 끄덕일 수밖에 없었다.

"…맡겨두세요. 제가 살아 있는 한 대집행관님이 무사히 육지로 돌아가실 수 있도록 지켜드리겠습니다."

"감사합니다, 클로시아. 당신의 재능은 바로 누군가를 지키기 위해 있는 겁니다."

렌파는 힘겹게 미소를 지어 보인 다음 물었다.

"그런데 클로시아, 블랙빈은 어디에 있습니까?"

"블랙빈이라면… 계획대로 위에 있어요."

클로시아는 혹시 제온에게 들리기라도 할 듯 나지막한 목소리로 중얼거리듯 말했다. 비록 적의 함정에 빠져 형편없이 당하고 있는 형국이었지만, 토벌단이 이번 전투를 위해 준비한 다양한 계획이 전부 무너진 것은 아니었다.

같은 시간, 일방적인 학살극이 벌어지고 있는 광장의 상공에 세 명의 남자가 소리 없이 부유(浮游)하고 있었다.

"욕이 절로 튀어나오는구먼."

블랙빈은 입술을 잘근잘근 씹으며 까마득한 지면을 내려다보았다. 200미터 상공에서 내려다본 광장의 모습은 작은 점의 향연이었지만, 거기서도 중심부에 있는 작은 점에서부터 사방으로 뻗어 나가는 푸른 번개 줄기는 똑똑히 확인할 수 있었다.

"집행관님, 슬슬 한계입니다."

블랙빈을 붙잡고 비행 마법을 쓰고 있는 두 명의 수련집행관 중 한 명이 힘겨운 목소리로 말했다. 비행 마법인 레비테이션은 사용자의 마력이나 적성에 따라 다양한 속도의 차이가 있었지만, 공통적으로 적용되는 것은 바로 마력의 크기에 따라 상승할 수 있는 높이에 한계가 있다는 점이었다.

덕분에 제온이 아무리 비행 마법에 취약해 빠른 속도로 날 수 없다 해도 마음만 먹으면 누구보다 높은 곳까지 올라갈 수 있었다. 반면 질풍계 마법에 특화된 수련집행관들은 제온보다 빠른 속도로 날 수 있었지만, 그들의 마력으로는 150미터 이상 높은 곳으로 나는 것이 불가능에 가까웠다.

즉, 지면에서 200미터 떨어진 공중에 떠 있는 지금 상황은 수련집행관들의 한계에 도전하는 것이었다. 블랙빈은 자신을 붙잡고 있는 수련집행관들의 팔이 점점 강하게 떨리는 것을 느끼며 크게 숨을 들이마셨다.

"둘 다 수고했다. 내가 놓으라고 하면 바로 놔."

"세상의 섭리가 함께하시길 바랍니다."

두 명의 수련집행관은 마치 앵무새처럼 똑같은 목소리로 말했다. 블랙빈은 문득 자신이 수련집행관이던 시절을 떠올리며 코웃음을 쳤다.

'나도 한때는 열심히 믿어보려고 했지. 그런데 안타깝게도 세상의 섭리는 우리한테 별로 관심이 없는 것 같더라고.'

블랙빈을 집행관으로 만든 것은 결코 초신수에 대한 믿음이 아니었다. 단지 고아가 되어 뒷골목을 전전하던 어린 시절, 그를 구제해 준 것이 신수교단이기 때문이었다.

하지만 신수교단이 블랙빈을 거둔 것은 그에게 마력의 재능과 나이에 걸맞지 않는 괴력이 있기 때문이었다. 블랙빈과 함께 뒷골목에 버려진 수십 명의 다른 아이는 여전히 그곳에 남아 짐승 같은 삶을 이어나가고 있었다.

결국 블랙빈이 집행관이 된 것은 자신이 가진 타고난 재능 때문이었다. 신수교단은 타고난 재능의 차이 역시 세상의 조화를 만드는 초신수의 섭리라고 가르쳤지만, 아무리 정신교육을 받아도 결국 스스로를 믿는 블랙빈의 마음속에 신앙심은 자리 잡지 못했다.

그래도 블랙빈은 신수교단을 위해 목숨을 걸고 싸우는 데 주저하지 않았다. 이유는 단순하고도 명료했다.

'사람이 믿음은 없어도 의리는 있어야지.'

블랙빈은 입가에 미소를 지었다.

작전은 위험하지만 간단했다.

제온의 감지 범위가 닿지 않는 높은 하늘에서부터 낙하한다.

그리고 추락하는 가속의 힘을 더해 제온의 정수리에 두 자루의 크래시 해머를 박아넣는다.

물론 막강한 역장이 그 사이를 가로막을 것이다. 하지만 계산대로라면 일격에 역장을 파괴하거나 그에 필적하는 마력의 손실을 입힐 수 있었다.

그리고 그다음은 지상에서 대기하고 있는 클로시아의 몫이었다. 클로시아가 정확한 타이밍에 블랙빈의 몸을 역장으로 감싸지 못한다면 블랙빈은 공격이 성공하던 실패하던 상관없이 찌부러진 과일 같은 꼴이 되고 말 것이다.

블랙빈은 허리에 찬 두 자루의 망치를 움켜쥐며 말했다.

"놔."

그 순간 수련집행관들이 붙잡고 있던 양팔을 풀었다. 블랙빈은 즉시 200미터 아래 펼쳐져 있는 지면을 향해 추락하기 시작했다. 물론 그 역시 레비테이션 마법을 쓸 수 있었지만, 그것은 오직 제온의 머리 위로 정확히 떨어지기 위한 방향 조절에 사용될 예정이다.

'한 방 제대로 먹여주지!'

블랙빈은 부릅뜬 눈으로 지면을 노려보았다. 가슴 안쪽이 철렁 내려앉으며 본능적인 공포가 온몸을 사로잡았다. 하지만 그에겐 어떤 상황에도 움츠러들지 않는 담력이 있었다.

하지만 채 2초도 추락하기 전에 갑자기 엄청난 돌풍이 그의 몸을 밀어냈다.

휘이이이이익!

"우왁!"

블랙빈은 순간 당황하며 옆으로 날려갔다. 그를 붙잡고 있던 두 명의 수련집행관도 같은 돌풍에 휘말리며 사정없이 날려가기 시작했다.

"뭐야, 이건!"

블랙빈은 어쩔 수 없이 레비테이션 마법으로 균형을 잡기 시작했다. 하지만 불어오는 돌풍이 얼마나 강한지 몸이 밀려나는 것을 멈출 수가 없었다.

무엇보다 질풍계 마법이 전문이 아닌 그로선 200미터에 가까운 고도를 유지하는 것이 불가능했다. 순식간에 광장에서 멀리 떨어진 곳까지 밀려나간 블랙빈은 추락 직전에 더 높은 하늘에 있는 누군가의 모습을 발견할 수 있었다.

'여자?'

그것은 긴 머리카락을 휘날리는 여자였다. 거리가 멀어 정확한 생김새까지 확인할 수는 없었지만, 블랙빈의 머릿속에 제스터 섬에서 살아남은 어부들의 증언이 떠올랐다.

'저게 바로 제온과 함께 있었다는 그 여자인가?'

의미 없는 방향으로 추락하는 블랙빈은 피가 날 정도로 입술을 세게 깨물었다. 정체불명의 여자에 대해 심각하게 고려하지 않은 것, 바로 그것이 이번 작전의 실패 요인이었다.

한편, 문제의 정체불명의 여자는 추락하는 신관들을 보며 혀를 내두르고 있었다.

"미친놈들, 대체 무슨 생각을 하고 있는 거시?"

정체불명의 여자는 다름 아닌 여장을 한 마그나스였다. 토벌단의 함대에 심각한 피해를 입힌 마그나스는 우선 제스터 섬의 남쪽에 있는 조그만 섬에 마이를 내려놓은 다음 곧장 제스터 섬으로 돌아와 제온의 전투가 시작되기를 기다리고 있었다.

그가 관찰 장소로 선택한 곳은 광장으로부터 400미터 위의 상공이었다. 토벌단의 신관들이 올라올 수 있는 한계 높이는 200미터 정도이다. 그 정도라면 걸릴 염려도 없고 걸려도 상관없는 적절한 높이였다.

그런데 전투가 벌어지고 얼마 후, 몇 명의 신관이 자신의 아래쪽으로 날아와 자리를 잡기 시작했다. 지면에서 200미터 정도의 높이였다. 마그나스는 지면에서 250미터까지 하강해 그자들의 움직임을 주시했고, 결국 질풍계 7등급 마법인 게일 스톰(Gale storm)으로 광장에서 먼 쪽으로 날려 버린 것이다.

마그나스를 놀라게 한 것은 가운데 붙들려 있던 덩치 큰 집행관이었다. 그는 추락하기 직전 허리에 찬 두 개의 망치를 움켜쥐었다. 그걸로 제온의 머리 위를 내리찍으려는 생각이 었던 것이다.

"목숨이 아깝지도 않나? 그게 가능할 거라고 생각한 거야?"

마그나스의 상식으로는 도저히 이해가 가지 않는 계획이 었다. 물론 타격 순간에 망치에 가해질 힘은 엄청날 것이다. 하지만 물리적인 힘에는 언제나 반작용이라는 그늘이 존재했다. 그 집행관이 제온의 역장에 망치를 내리찍는 순간 반작용에 의해 집행관의 손아귀나 팔목, 혹은 어깨가 통째로 뜯겨 날아가 버릴 것이 확실했다.

어찌 보면 자신은 그 집행관의 목숨을 구해준 것이나 다름없었다. 마그나스는 어이없는 표정으로 쓴웃음을 지었다. 그리고는 다시 150미터쯤 높은 곳으로 상승하기 시작했다.

"무언가… 문제가 있는 모양이군요."

렌파는 불길한 표정으로 하늘을 올려다보았다. 지금쯤이면 강습이 시작되어야 하는데 어째서인지 하늘에 떠 있는 작은 점들이 광장에서 동쪽으로 멀어지기 시작한 것이다.

"블랙빈의 공격이 없다면 이제 더 이상 지체할 시간이 없습니다."

렌파는 각오한 표정으로 쏟아지는 뇌전의 근원을 노려보

왔다. 수많은 신관과 기사들에 가로막힌 상황에서도 두 사람은 서로의 존재를 정확하게 감지하고 있었다.

"저는… 어떻게 할까요?"

클로시아는 공중에 떠 있는 신관들을 엄호하기 위해 온 신경을 집중하고 있었다. 렌파는 입구 쪽에 있는 체리오트와 제온의 사이를 향해 걸음을 옮기며 말했다.

"조금 떨어진 곳에서 한 번만 절 지켜주시면 됩니다. 그리고 결과가 어떻게 되었든… 그다음은 계획해로 해주세요."

"아, 알겠습니다."

클로시아는 하늘 쪽에 시선을 둔 채로 렌파를 따라 움직이기 시작했다. 그녀는 식은땀을 흘리고 있었다. 비록 최선을 다하고 있었지만, 시간이 지날수록 역장으로 신관들을 지키는 작업이 실패로 돌아가고 있었다.

'제온님은 이미 날 의식하고 있어.'

클로시아는 등줄기에 소름이 돋는 것을 느꼈다. 처음에는 제온의 뇌전으로부터 몇 명의 수련집행관을 보호하는 데 성공했다.

그러나 정말로 몇 명뿐이었다.

클로시아는 최대한 많은 신관을 지키기 위해 제온이 사용하는 뇌전을 아슬아슬하게 막을 정도의 역장을 만들었다. 그러자 제온은 어느 순간부터 클로시아가 만든 역장을 아슬아슬하게 파괴할 정도로 마법의 위력을 높이기 시작했다.

당황한 클로시아가 좀 더 강력한 역장을 만들면 제온 역시 마법의 출력을 좀 더 높여 그것을 파괴했다. 클로시아는 마치 제온이 자신의 마음을 들여다보고 있다는 착각을 느낄 정도였다.

물론 제온이 들여다보고 있는 것은 클로시아의 마음이 아니라 그녀의 마력이었다. 제온은 그녀의 존재를 확인하고는 즉시 집중적인 감지력을 발휘했고, 그녀의 마력이 소모된 순간을 노려 자신의 마법 출력도 조절하는 엄청난 컨트롤 능력을 발휘한 것이다.

'안 돼. 난 절대 제온님을 당해낼 수 없어.'

클로시아는 고개를 떨어뜨리며 신관들을 방어해 주는 것을 포기했다. 이미 절반에 가까운 마력을 소모했는데, 그것으로 그녀가 해낸 것은 고작 세 명의 수련집행관을 2분 정도 더 오래 싸우게 만든 것뿐이었다.

그러나 클로시아의 좌절과는 달리 당사자인 제온은 엄청난 부담감으로 선택을 강요받고 있었다.

'클로시아라고 했던가. 역장을 만드는 솜씨만큼은 대단하군.'

사방이 적밖에 없는 끝도 없는 난전이었다. 그 와중에 클로시아 한 명의 마력을 따로 감지하며 뇌전에 쓰는 마력을 미세하게 조절하는 것만으로도 상상 이상의 정신력을 소모하게 만들었다.

마음 같아서는 그녀가 있는 방향으로 강력한 마법을 뿌려 단숨에 끝장을 내고 싶었다.

하지만 그럴 수가 없는 것은 아직 적의 최종병기가 모습을 드러내지 않았기 때문이다. 자신에게 치명상을 입힐 수 있는 유일한 존재. 초신수의 성법기인 '라시드의 눈'을 가진 체리오트를 상대하기 전까지 제온은 남은 마력을 함부로 낭비할 수가 없었다.

그때, 또 한 명의 집중 감지 대상인 렌파가 이동하기 시작했다. 수많은 기사와 신관들에 가려 눈으로는 확인할 수 없었지만, 그는 빠른 걸음으로 광장 입구 방향을 향해 달리고 있었다.

'역시 두 번은 가능한가 보군. 드디어 마지막 기회를 살리려는 건가?'

제온은 오른손을 뻗어 렌파가 움직이는 방향을 따라 천천히 움직였다. 그 손바닥과 정면으로 마주친 토벌단원들은 모두 죽음의 공포에 전율했지만, 정작 제온은 아무것도 하지 않은 채 적의 움직임을 기다릴 뿐이었다.

그리고 결국 렌파가 멈췄다. 제온의 정면으로 약 30미터 떨어진 곳이고, 광장의 입구로부터 20미터쯤 떨어진 장소였다.

'광장의 입구 부근에 체리오트가 와 있는 건가?'

하지만 확신할 수는 없었다. 생체 전류를 읽는 제온의 감지

범위는 45미터가 한계였다.

'하지만 분명히 저곳에 있어.'

그것은 제온의 직감이었다. 그렇다면 지금 당장 또 한 방의 라이트닝 캐논을 광장 입구 쪽으로 날려야 한다.

그렇다면 일직선에 위치한 렌파와 체리오트를 동시에 제거할 수 있을 테니까.

그것이 가장 간단하고 손쉽게 이번 전투를 끝낼 수 있는 방법이었다.

'그래, 아주 달콤한 방법이지.'

하지만 제온은 웃으며 오른손을 내렸다.

전투 중에 유혹을 느낀다면 그것은 십중팔구 함정이다.

직감은 틀릴 때도 있지만 논리는 언제나 확실하다. 그리고 지금 논리는 간단했다. 당장 라이트닝 캐논을 날리지 않아도 전투에서 패하지는 않지만, 라이트닝 캐논을 날렸는데 그곳에 체리오트가 없으면 전투는 극히 불리해지는 것이다.

'걸려들지 않는 건가.'

렌파는 일부러 걸음을 멈춘 채 잠시 동안 기다리고 있었다. 제온의 예상처럼 그의 움직임은 함정이었다. 그는 스틱을 치켜들고 있었고, 그것은 이미 계획된 작전의 시작을 알리는 신호탄이었다.

─제가 스틱을 치켜들면 대집행관님은 우측으로 빠져주십

시오. 멈춰 선 순간 제가 있는 방향으로 이단자의 라이트닝 캐논이 날아올 가능성이 있습니다.

즉, 그것은 렌파의 목숨을 건 함정이었다. 만약 제온이 라이트닝 캐논을 날린다면 렌파 한 명만 죽고 적의 마력을 엄청나게 소모시킬 수 있었다. 그렇게 적의 함정에 빠져 무참히 학살당하고 있는 상황에서도 렌파는 자신들이 계획한 작전을 충실하게 수행하고 있었다.

그러나 제온은 꼼짝도 하지 않았다. 자신이 판 함정을 예측한 것인지, 아니면 그냥 상황을 지켜보고 있는 건지는 알 수 없었다.

'그렇다면… 결국 마지막 계획을 실행에 옮겨야지.'

렌파는 눈을 부릅뜬 다음 뒤쪽에 있을 체리오트의 수행단에 들릴 정도로 목소리를 높여 소리쳤다.

"하늘의 신께 영광 있으라!"

하늘의 신, 그것은 초신수를 칭하는 신수교단의 또 다른 이름이었다.

그러나 보통은 '세상의 섭리'라고 부른다. 하늘의 신은 좀 더 특별한 상황에 드물게 사용하는 이름이었다.

그러자 렌파의 앞쪽에 있던 토벌단원들이 즉시 좌우로 갈라지며 제온을 향한 길을 열어주었다. 렌파는 혼란스런 상황에서도 자신의 목소리에 반응하는 토벌단원들의 움직임에 감동마저 느꼈다.

'대집행관님, 세상의 섭리께서는 당신을 사랑하십니다. 부디 자신을 가지시길……'

렌파는 자신을 잃은 체리오트에게 마지막 무운을 빌며 정면을 향해 질주했다.

그리고 10미터를 달린 순간, 제온이 자신을 향해 휘감기는 동그란 뇌전의 덩어리를 발사하는 것이 보였다.

'볼 라이트닝!'

그것은 남은 모든 마력을 역장에 쏟아붓는다 해도 막을 가능성이 희박한 강력한 마법이었다. 그러나 렌파는 처음부터 포스 필드 자체를 시전하지 않은 상태였다.

'클로시아! 부탁합니다!'

렌파가 믿는 것은 자신의 유능한 부하였다. 그는 공포로 몸이 떨리는 와중에도 신속하게 오른손에 쥔 스틱에 마력을 집중했고,

파지지지지지지직!

동시에 작열하는 뇌전의 구체가 렌파의 몸을 강타했다. 그러나 렌파의 몸은 투명한 역장에 싸여 완벽하게 보호되고 있었다.

'또 그 여자인가?'

제온의 머릿속에 젊은 여자의 얼굴이 떠올랐다. 이미 감지범위 밖으로 사라졌지만, 그녀가 렌파의 몸에 역장을 쳐준 것

이 분명했다.

동시에 새빨간 불길이 제온의 눈이 닿는 온 세상을 뒤덮었다. 오늘만 해도 두 번째로 보는 마법, 바로 렌파의 '파이어 룸'이었다.

파지지직!

제온의 몸을 감싼 푸른 전류의 역장이 강렬한 반응을 일으키며 사방으로 튀어 올랐다. 물론 충분히 견뎌낼 수 있었지만, 제온을 중심으로 반경 20미터의 공간 전체가 강력한 불길에 휩싸인 것 자체가 문제였다.

마력으로 만든 화염은 그 자체가 마력의 안개와도 같은 효과를 만든다. 마치 얼마 전 마족들이 제온을 상대하기 위해 펼친 어둠의 장막처럼 제온의 감지 범위를 현격히 줄이는 효과를 가지고 있는 것이다.

그러나 어둠의 장막과는 달리 이 화염은 몇 초가 지나면 깨끗이 걷히며 사라진다. 그리고 그 몇 초 사이에 최종병기를 가진 체리오트가 자신의 사거리 안쪽으로 거리를 좁혀 들어오고 있을 것이다.

철벽과도 같은 자신의 역장마저 단숨에 뚫어버리는 그 공포의 빛의 광선이.

'화염이 걷히는 순간 광선이 날아온다.'

제온은 호흡이 가빠오는 것을 느꼈다. 아무리 그의 역장이 완벽하게 열기를 막아준다 해도 불타는 화염이 소모해 버린

산소까지 만들어 낼 수는 없었다.

그리고 다시 몇 초 후, 세상을 꽉 채우던 화염이 순식간에 모습을 감추며 사라졌다. 제온은 사라지고 나서야 사라졌다는 것을 알 수 있었지만, 토벌단 측은 렌파의 수신호에 맞춰 정확한 타이밍을 재고 있었다.

그 한순간에 온 사방에서 백여 개의 마법이 동시에 날아왔다.

그것은 남아 있는 수련집행관과 전투신관들이 혼신을 다해 쏟아낸 세 종류의 마법이었다. 화염계 2등급 마법인 파이어 애로우, 화염계 3등급 마법인 파이어 볼, 그리고 질풍계 3등급 마법인 윈드 커터.

그러나 그 모든 것이 제온의 눈을 가리기 위한 미끼에 불과했다. 그사이 체리오트와 수행단은 제온의 정면으로 10시 방향, 그리고 30미터의 거리에 도착해 있었다.

30미터, 그것은 바로 라시드의 눈이 위력을 발휘하는 최대의 사거리였다.

"죽어라, 이단자!"

붕대 사이로 새빨갛게 충혈된 눈동자가 들끓었다. 모든 준비를 끝낸 체리오트는 파이어 룸이 걷힌 순간, 모습을 드러낸 제온을 향해 오른손의 반지를 내민 상태였다.

평소에는 마치 흑요석처럼 검은 라시드의 반지는 이미 순백의 사기(沙器)처럼 하얗게 변해 있었다.

그 흰색은 바로 빛이었다.

그리고 그 빛이 한 점으로 집중되려는 순간과 거의 동시에, 파지직!

작열하는 전기의 방벽이 빛의 경로를 차단해 버렸다.

"큭!"

체리오트의 몸이 움찔하고 떨렸다. 하지만 이미 발사한 라시드의 눈을 되돌릴 수는 없었다. 빛의 광선은 소리 없이 전기의 방벽을 관통했지만, 방벽 건너편에 있던 제온의 몸을 관통하지는 못했다.

'성공이다!'

제온은 등줄기에 소름이 돋는 것을 느꼈다. 광선은 자신의 왼쪽으로 1미터 정도 비껴나간 상태였다.

처음부터 이런 상황이 올 거란 것은 예상하고 있었다. 마요르에서도 똑같은 패턴에 치명상을 입을 뻔했으니까.

물론 똑같은 수법에 두 번 당하는 것은 멍청이나 할 법한 짓이다. 하지만 라시드의 눈을 피하는 것은 생각보다 간단한 문제가 아니었다.

제온이 다른 어떤 마법사보다 위협적인 이유는 그가 쓰는 마법이 뇌전이라는 특수성 때문이다. 뇌전은 다른 어떤 마법보다 빠르게, 거의 빛처럼 한순간에 목표에 명중한다.

하지만 체리오트가 가진 라시드의 눈은 거의 빛이 아닌 완벽한 빛이었다.

빛을 피하는 것은 불가능하다.

빛을 보았다는 건 이미 그 빛이 자신의 눈에 닿았다는 걸 뜻하니까.

"이런 망할! 어디냐! 이단자는 어디에 있는 거냐!"

체리오트는 미친 듯이 소리를 지르며 오른손에 끼워진 반지를 이리저리 흔들었다. 그러나 체리오트는 이미 제온의 감지 범위 안에 들어와 있는 상태였다. 제온은 몇 개의 라이트닝 월을 추가로 만들어 자신을 향한 체리오트의 시야를 완벽하게 차단하고 있었다.

'이제 끝났군. 제일 위험한 순간을 넘겼으니.'

제온은 나지막하게 한숨을 내쉬었다. 결국 사용자가 평범한 인간이라는 것이 라시드의 눈이 가진 최대의 약점이었다.

파이어 룸이 걷히는 순간 자신의 전방에 최대한 많은 라이트닝 월을 발동시키는 것, 그것이 바로 제온이 선택한 최선의 방어법이었다.

물론 라시드의 눈이 뿜어내는 광선은 라이트닝 월 따위는 간단히 관통한다. 하지만 순간적으로 시야가 차단된 체리오트는 자신의 조준을 완벽하게 유지할 수 없을 것이고, 실제로도 손이 흔들려 광선이 빗나가고 말았다.

처음 일격의 오차는 1미터였다. 그러나 그다음 광선부터는 제온의 근처에도 닿을 수 없었다. 체리오트는 미친 듯이 소리를 지르며 제온이 있는, 아니, 있을 것으로 추정되는 방향을 향해 광선을 날리기 시작했다.

"죽어라, 이단자! 죽어! 죽으라고!"

"대집행관님! 고정하십시오!"

수행단의 집행관 중 한 명이 발광하는 체리오트의 몸을 붙잡으며 소리쳤다. 그리고 그와 동시에 무수히 펼쳐진 라이트닝 월 중 하나가 소리 없이 사라졌고,

파지지직!

그곳으로 휘몰아치는 뇌전의 구체가 빠른 속도로 날아왔다.

"막아!"

반사적으로 다섯 명의 수행단이 체리오트의 앞으로 몸을 날렸다. 역장을 펼치긴 했지만, 사실상 살아 있는 방패나 다름없는 행동이었다. 거의 동시에 다섯 명의 역장이 파괴되었고, 처절한 비명이 광장 안을 가득 울리기 시작했다.

"크아아아아악!"

그렇게 하나가 된 다섯 명의 단말마가 끝난 순간, 체리오트는 볼 라이트닝이 날아온 방향으로 오른 주먹을 뻗었다.

"거기냐!"

동시에 소리 없는 빛의 광선이 하나로 집중되었다. 하지만 광선은 이번에도 허공을 가를 뿐이었다.

'이렇게까지 쉬울 거라고는 생각하지 못했는데.'

제온은 텅 빈 공간을 관통하는 광선을 힐끔 쳐다보았다. 그

곳은 5초 전에 자신이 서 있던 자리였고, 체리오트는 이미 이성과 냉정을 잃은 상태였다.

제온은 자신의 판단에 확신을 가지기 위해, 상대의 바로 눈앞에 새로운 라이트닝 월을 발동시켰다.

파직!

눈앞에 뇌전의 벽이 솟아오른 순간.

"우, 우와아아악!"

체리오트는 비명을 지르며 반사적으로 라시드의 눈을 발동시켰다. 물론 아무 의미도 없는 행동이었다. 제온은 더 이상 적에게 자신을 위협할 수 있는 수단이 없다는 것을 확신했다.

'이제 마무리만 남았군.'

지금의 체리오트는 그저 위험한 장난감을 손에 쥐고 있는 어린아이에 불과했다. 그것도 정신적, 육체적으로 한계에 몰린 어린아이였다.

제온은 천천히 앞으로 걸어 나가며 자신의 정면에 발동시킨 라이트닝 월을 거두기 시작했다. 체리오트는 흔들리는 눈동자로 십여 개의 라이트닝 월이 하나씩 사라지는 것을 바라보다 마지막으로 한 개가 남은 순간 그곳을 향해 광선을 발사했다.

"거기구나!"

그러나 제온은 한발 빨리 옆으로 걸음을 옮긴 상태였다. 거우 그 정도 움직임만으로도 충분했다. 제온은 더 이상 허공을 가른 광선에 눈길조차 주지 않은 채 벌벌 떨고 있는 체리오트를 향해 천천히 걸음을 옮겼다.

"아……!"

체리오트는 마치 경련을 일으킨 듯 몸을 떨었다. 갑자기 온몸의 피부에 타는 듯한 통증이 느껴지기 시작했다. 이미 완치되어 아플 리가 없는데도 그의 신경은 라이트닝 캐논에 당한 끔찍한 통증을 그대로 재현해 내고 있었다.

"어디 아픕니까? 몸을 너무 떠는군요."

제온은 체리오트의 정면으로부터 10미터쯤 떨어진 곳에서 걸음을 멈췄다. 체리오트는 부들거리는 주먹으로 제온의 가슴을 겨눈 채 가쁜 숨을 몰아쉬었다.

"으… 으으……."

격렬한 분노를 토해내고 싶었지만, 입 밖으로 흘러나오는 것은 고통에 겨운 신음뿐이었다. 온몸에서 땀이 배어나와 척척할 정도로 옷을 적셨고, 날파리가 귓가를 날아다니는 것처럼 기분 나쁜 잡음이 고막을 가득 채우기 시작했다.

"왜 그러십니까? 이제 더 이상 방해물은 없습니다."

제온은 과시하듯 양팔을 펼쳐 보였다.

"거리도 가까우니 그냥 쏘면 맞을 겁니다. 자, 쏘시죠? 그 위대한 초신수의 성법기로 이단자의 심장을 꿰뚫어 버리고 싶지 않습니까?"

"이, 이놈……."

하지만 체리오트는 꼼짝도 하지 못했다. 아직 한 번의 광선을 쏠 마력은 남아 있었지만, 스스로가 생각해도 오른팔이 너무 떨려 눈앞에 있는 제온을 똑바로 겨눌 수가 없었다.

'넌 절대로 날 못 맞춰.'

인간이 극도로 긴장하면 스스로의 근육을 컨트롤할 수 없게 된다. 더욱이 제온의 감지력은 이미 체리오트의 몸 안에 흐르는 미세한 근육의 떨림마저 정확하게 체크하고 있었다.

'쏴! 뭘 하고 있지, 체리오트? 저 극악한 이단자의 심장에 세상의 섭리를 역사하는 거다!'

체리오트는 스스로를 향해 마음속으로 소리쳤다. 사실 이것은 두 번 다시 오지 않을 최고의 기회였다. 적은 고작 10미터 앞에서 가슴을 펼친 채 가만히 서 있다.

딱 1초만, 눈 한 번 깜빡할 순간만 마음을 가다듬고 라시드의 눈을 발동시키면 되는 것이다.

하지만 체리오트는 그렇게 할 수가 없었다. 흥분해서 미친 듯이 광선을 쏘아대던 조금 전의 자신과 지금의 자신은 전혀 다른 존재였다.

—쏘지 마, 체리오트. 남은 힘으로는 역장을 펼쳐서 적의 공격을 막아야 해.

그때 누군가 달콤한 목소리로 체리오트에게 충고했다.

"마, 마, 맞아. 마, 막아야 해."

체리오트는 누구도 알아듣지 못할 목소리로 중얼거렸다. 그러나 그에게 말을 걸고 있는 사람은 아무도 없었다. 그것은 그저 그의 마음이 만들어낸 환청에 불과했다.

―도망쳐, 체리오트. 넌 여기 있으면 죽을 거야.

"그, 그래, 난 여기 있으면······."

검은 망토로 몸을 감싼 제온의 모습이 마치 사신처럼 일렁였다. 그리고 공포에 사로잡힌 체리오트가 한 발 뒤로 물러선 순간, 조금 떨어진 곳에 멍하니 서 있던 렌파가 비명을 지르듯 소리쳤다.

"토벌단! 전원 퇴각한다! 이것은 명령이다!"

그리고는 제온과 체리오트의 사이를 향해 달리기 시작했다. 하지만 제온은 달려오는 렌파에게는 관심조차 주지 않았다. 그의 시선은 가장 먼저 몸을 돌려 도망치는 체리오트에게 집중되어 있었다.

"다른 모두는 그냥 보내도······."

제온은 레비테이션으로 공중에 떠오르며 중얼거렸다.

"넌 그냥 안 보내."

그리고 체리오트의 등을 향해 가차 없이 뇌전을 뿌렸다.

"크아아아아악!"

대기하고 있던 수행단이 육탄돌격으로 제온의 마법을 막으며 처절한 단말마를 내질렀다. 제온은 그저 체리오트를 향해 체인 라이트닝을 뿌리면 그만이었다. 그러면 수행하는 집행관과 수련집행관들이 알아서 몸을 날려 대신 맞아주었다.

"너무 강해."

마지막으로 체인 라이트닝을 받아낸 집행관이 순식간에 소멸하는 자신의 역장을 바라보며 중얼거렸다. 1급 집행관인 그의 특기는 격토(激土)계의 공격 마법이었다. 하지만 체리오트의 잘못된 인선으로 인해 자신의 실력을 조금도 발휘하지 못한 채 개죽음을 당할 수밖에 없었다.

"안 돼!"

마력이 조금도 남지 않은 렌파는 지면을 박차며 뛰어올라 공중에 뜬 제온의 몸을 들이받았다.

물론 아무 소용없는 짓이었다.

파직!

"으아아아악!"

역장에 막힌 렌파는 곧바로 감전되어 비명과 함께 바닥으로 나가떨어졌다. 뛰어난 전사가 전력을 다해 검을 휘둘러도 아무 소용없는 것이 바로 제온의 역장이다. 그것도 평범한 역장이 아닌, 뇌전의 속성을 띤 일렉트릭 필드(Electric field)였다.

"당신한텐 정말 아까운 부하가 아닐 수 없군."

제온은 감정 없는 목소리로 중얼거리며 체리오트의 등을 향해 마법을 뿌렸다.

파지직!

동시에 작열하는 뇌전이 체리오트의 몸을 휘감았다. 그러나 비명 소리는 들리지 않았다. 체리오트가 남은 마력으로 모두 모아 하얀 빛의 역장을 자신의 주위에 펼쳤기 때문이다.

하지만 남은 마력이 너무나 적었다. 체리오트의 역장은 단한 발의 체인 라이트닝에 파괴되며 사라져 버렸다.

"큭!"

역장이 파괴되는 충격에 밀린 체리오트는 발을 헛디디며 앞으로 쓰러져 바닥을 굴렀다. 제온은 흙투성이가 된 채 쓰러진 체리오트에게 그냥 라이트닝 볼트를 날렸다.

'이젠 체인 라이트닝을 쓰는 것조차 낭비지.'

하지만 그와 동시에 한 여신관이 긴 금발을 휘날리며 제온의 앞을 가로막았다.

파지지직!

곧은 뇌전 줄기가 여신관의 몸을 감싼 역장에 막히며 순식간에 소멸해 버렸다. 제온은 눈을 크게 뜨며 여신관을 노려보았다.

"클로시아… 라고 했죠."

"네, 네!"

클로시아는 자신도 모르게 큰 목소리로 대답했다. 제온은 클로시아의 몸을 감싸고 있는 다중 구조의 역장을 살펴본 다음 말했다.

"역시 훌륭한 포스 필드군요. 이럴 줄 알았으면 체인 라이트닝을 쓰는 거였는데."

"체인 라이트닝도… 충분히 막을 수 있어요."

클로시아는 양손을 앞으로 모은 채 제온의 움직임을 주시했다. 제온은 그녀의 푸른 눈동자를 잠시 바라보다 말했다.

"그럴 것 같군요."

그리고 새로운 마법을 만들어 그녀를 향해 뿌렸다. 클로시아는 등줄기에 소름이 돋는 것을 느끼며 입술을 깨물었다.

'볼 라이트닝! 집결형!'

동시에 휘감기는 뇌전의 구체가 클로시아의 역장을 들이받았다. 클로시아는 재빨리 충돌한 부위에 소규모의 역장을 추가로 생성하며 역장 전체가 파괴되는 것을 방지했다.

그러나 클로시아의 예측과는 달리 제온이 날린 볼 라이트닝은 힘을 하나로 집중한 집결형이 아니었다.

파직!

파지지직!

순간 뭉쳐 있던 뇌전의 구체에서 가느다란 전류가 가시처럼 뻗어 나가기 시작했다. 그것은 클로시아가 새롭게 추가해 나가는 작은 역장을 생성 즉시 파괴하며 전체적인 역장의 힘을 순식간에 줄여 나갔다.

'안 돼! 이러면 볼 라이트닝 자체를 막을 수가……'

당황한 클로시아는 급히 메인이 되는 역장에 마력을 쏟아부었다. 그것은 섬세한 컨트롤이 가능한 클로시아에게 있어 눈물이 날 만큼 비효율적인 일이었지만, 그럼에도 불구하고 어쩔 수가 없다는 게 문제였다.

상대가 말도 안 되는 반응 속도로 자신의 특기인 다중 역장을 무력화시키기 때문이었다.

"큭……."

클로시아의 질끈 깨문 입술에서 가느다란 핏줄기가 흘러내렸다. 처음 충돌 순간부터 불과 몇 초 정도에 불과했지만, 클로시아는 마치 영겁의 시간을 견디는 듯한 착각을 느꼈다.

파직.

그리고 격렬하게 요동치던 볼 라이트닝이 결국 클로시아의 역장을 뚫지 못한 채 소멸해 버렸다. 하지만 클로시아는 손톱만큼도 기뻐할 수가 없었다.

'상대도 안 되는 건 처음부터 알았지만……'

클로시아는 믿을 수 없다는 눈으로 제온을 바라보았다. 볼 라이트닝은 막아냈지만 그녀는 더 이상 역장을 유지할 수도, 새롭게 만들어낼 수도 없었다.

"호, 혹시 이걸 계산하고 마법을 쓰신 건가요?"

클로시아는 떨리는 목소리로 물었다. 제온은 표정 없는 얼굴로 그녀를 바라보며 고개를 끄덕였다.

"네, 계산했습니다. 처음부터 당신의 마력을 감지하고 있었으니까요."

"말도 안 돼."

클로시아는 허탈한 목소리로 중얼거렸다. 그녀의 몸에는 손톱만큼의 마력도 남아 있지 않았다. 제온은 그녀의 남은 마력을 계산한 다음 그것을 완벽히 고갈시킬 만큼의 위력의 볼라이트닝을 만들어낸 것이다.

10장

살아남은 자의 선택

클로시아는 제온을 바라보며 말했다.

"볼 라이트닝은… 처음부터 결정된 게 아니었군요."

"무슨 말입니까?"

"집결형과 확산형 말이에요."

"네? 아… 볼 라이트닝의 특성 말이군요. 신수교단은 그걸 그런 식으로 부르고 있었나요?"

"아니, 제가 그렇게 지었어요. 구분하기 쉽게요."

"…그렇군요. 좋은 이름인 것 같습니다."

제온은 고개를 끄덕였다. 지금까지 구분해서 볼 라이트닝을 사용하면서도 그런 식으로 이름을 붙인다는 발상은 떠올리지 못했다.

"아무튼 그렇습니다. 볼 라이트닝의 특성은 처음부터 결정된 게 아닙니다. 어느 정도는 제가 임의대로 조종할 수 있죠. 그걸로 당신이 계속 추가해 나가는 다중 역장을 각개 격파한 것입니다."

"역시… 대단해요."

지금 당장 죽어도 이상하지 않은 상황이다. 하지만 클로시아는 죽음의 공포마저 잊은 채 제온이 가진 끝없는 능력에 감탄했다.

'하지만 난 죽지 않았어. 어째서 내 남은 마력에 딱 맞춰서 볼 라이트닝을 만든 걸까?'

클로시아는 바닥에 주저앉은 채 제온을 올려다보며 말했다.

"볼 라이트닝을 조금만 더 강하게 만들었으면 전 죽었을 거예요."

"그렇습니다."

"왜 그렇게 하지 않았나요?"

"솔직히 말하자면……."

제온은 주저앉은 클로시아 너머로 네 발로 바닥을 기며 발버둥치는 체리오트를 노려보며 말했다.

"아까웠습니다."

"아까웠다구요?"

클로시아는 커다란 눈을 깜빡였다. 제온은 대답하지 않은 채 레비테이션으로 날아 그녀를 넘어간 다음 바닥을 기어 도망치는 체리오트의 등 위로 착지했다.

"크헉!"

체리오트는 비명을 지르며 바닥에 짓눌렸다. 그 누구도 쓰러진 체리오트를 도와주려 하지 않았다. 살아남은 토벌단원들은 전의를 상실한 채 광장 밖으로 도망치고 있을 뿐이다.

제온은 몸을 숙이며 나지막한 목소리로 체리오트에게 말했다.

"다른 사람들은 모두 살려 보내도… 당신만큼은 그냥 보낼 수 없지."

"사, 살려줘……."

"살려달라고? 부하들한테 부끄럽지도 않습니까?"

제온은 고개를 돌려 뒤를 돌아보았다. 그곳엔 비틀거리며 몸을 일으키는 클로시아와 의식을 잃고 쓰러져 있는 렌파의 모습이 보였다.

"당신한테는 아까운 부하들이야. 전장에서 이성을 잃기나 하고."

제온은 더 이상 체리오트에게 존대를 할 가치를 느끼지 못했다. 가능하면 지금 당장 숨통을 끊어놓고 싶을 정도이다.

"안, 안 돼요, 제온님."

겨우 몸을 일으킨 클로시아가 제온을 향해 걸어오며 힘겨운 얼굴로 말했다.

"대집행관님을 죽이면 안 됩니다."

"어째서요?"

"어째서라니……."

클로시아는 말문이 막히는 걸 느꼈다. 물론 그녀에게 있어 체리오트 따위는 더 이상 아무래도 상관없는 존재였다. 하지만 렌파가 마지막으로 부탁했고, 그녀는 그 부탁을 결코 저버릴 수 없었다.

"그분은… 그분은 저희 교단에 중요한 분이십니다."

"전 당신들의 적입니다. 적에게 중요한 사람이라면 더욱더 죽여야 한다고 생각하지 않습니까?"

제온은 체리오트를 짓밟은 다리에 힘을 주었다. 체리오트는 벌레처럼 사지를 버둥거리며 비명을 쏟아냈다.

"제온님……."

클로시아는 괴로운 얼굴로 제온을 바라보았다. 어차피 그녀에겐 제온을 저지할 힘이 없었다. 그리고 도망치는 사람이든 그럴 수 없는 사람이든 간에 모두 제온이 손 한 번 까딱하면 순식간에 목숨이 끊어질 운명이었다.

'됐어. 어차피 이제 다 끝난 거야.'

클로시아는 더 이상 몸부림치는 것에 염증을 느꼈다. 그녀는 천천히 고개를 떨어뜨리며 말했다.

"마음대로 하세요. 어차피 다 죽일 거면서."

"그럴 거라고 생각합니까?"

제온은 가볍게 웃으며 어깨를 으쓱였다.

"하지만 안타깝게도 그럴 수가 없군요. 대집행관은 처음부터 인질로 잡을 생각이었습니다."

"인질이요?"

클로시아는 허를 찔린 표정으로 제온을 바라보았다.

"설마 대집행관님을 인질로… 저희 교단에 협박을 하실 생각인가요?"

"그렇진 않습니다. 애초에 협박이 통할 상대도 아니고, 그냥 좀 알아내고 싶은 것이 있어서요."

그것은 처음부터 이번 작전에 들어 있는 내용이었다. 마그나스는 신수교단의 정보를 빼낼 수 있는 포로를 원했고, 제온이 선택한 것이 바로 체리오트인 것이다.

"마법사를 포로로 삼는 것은 쉬운 일이 아닙니다. 포박을 한다고 마법을 못 쓰는 것도 아니니까요. 하지만 이 사람은 이것만 없으면……."

제온은 몸을 숙여 체리오트의 오른팔을 붙잡으며 말했다.

"아무것도 아니니까요."

"아, 안 돼! 이것은 절대 안 된다!"

비참하게 목숨을 구걸하던 체리오트였지만, 그 순간만큼은 대집행관으로서의 책임을 자각하며 오른손을 몸 안쪽으로 끌어당겼다.

하지만 쓸데없는 저항일 뿐이었다. 제온은 귀찮다는 듯이 라이트닝 볼트를 날려 체리오트를 기절시켰다. 그리고 끌어 안은 오른손을 억지로 끄집어낸 다음 손가락에 끼워져 있는 검은색의 반지를 뽑아 손에 쥐었다.

"초신수에게 선택받은 자를 죽이면… 새로운 누군가를 선택하기 위해 다시 초신수가 출현한다고 합니다. 그러니까 이 자를 죽일 수 없는 겁니다."

"하지만 당신의 목표는……."

"초신수를 죽이는 게 아니냐구요?"

제온은 어깨를 으쓱이며 손에 쥔 반지를 품 안에 집어넣었다.

"제 목표는 워터 드래곤 아프레온입니다. 라시드에게는 아무런 원한도 없습니다."

"그건 그렇지만, 아……."

클로시아는 순간 제온이 포로를 원하는 이유를 알 것 같았다.

아프레온을 죽이려면 일단 아프레온을 찾아내야 한다. 그러나 초신수는 스스로 모습을 드러내지 않는 한 인간이 일부러 찾아다녀 발견하는 것은 불가능에 가깝다고 알려져 있다.

하지만 사실은 너무도 간단하게 초신수를 세상에 나오게 만드는 방법이 있는 것이다.

"제온님이 원하시는 건 아프레온의 성법기를 가진 인물에 대한 정보군요."

"예리하시군요. '라시드의 눈'도 정보가 거의 없지만, '아프레온의 뿔'에 관해서는 사실상 알려진 게 전혀 없어서 말입니다."

"대집행관님은… 그 성법기의 주인이 누구인지 절대 말하지 않을 거예요."

"과연 그럴까요?"

제온은 가볍게 웃으며 기절한 체리오트의 몸을 발끝으로 건드렸다.

"두고 보면 알게 되겠죠. 이자는 당신이 생각하는 것만큼 그렇게 마음이 강하지 않습니다. 아마 한 시간 정도면 아프레온의 뿔은 물론이고 신수교단의 모든 비밀을 낱낱이 토해낼 거라고 생각합니다."

"제가 말해드릴게요."

클로시아는 무심결에 그렇게 말했다. 제온은 짐짓 놀란 표정을 지으며 그녀를 바라보았다.

"당신도 알고 있습니까, 아프레온의 성법기의 주인이 누구인지?"

"네, 알고 있어요."

클로시아는 고개를 끄덕였다. 이미 엎질러진 물이다. 그녀는 자신이 해야 할 일을 재빨리 파악하며 제온에게 제안을 던졌다.

"제가 알려드릴 수 있어요. 하지만 조건이 있어요."

"조건이라면?"

"지금 이 순간부터 더 이상 아무도 죽이지 마세요."

클로시아는 심장이 터질 것처럼 두근거리는 것을 느끼며 말했다.

"도망치는 신관들을 쫓지 마세요. 그리고 신전기사들도요. 제온님의 목표는 사람을 죽이는 게 아니잖아요?"

"엄밀히 말하자면 당신들이 절 죽이기 위해 여기까지 따라온 게 아닌가요?"

제온은 재미있다는 표정으로 클로시아를 바라보았다. 클로시아는 마음을 굳힌 듯 고개를 끄덕이며 대답했다.

"맞아요. 하지만 제온님에게 책임이 없는 건 아니잖아요? 엄밀히 말하자면요."

"책임이라……. 지금 제게 책임을 묻는 겁니까?"

"네, 책임이요."

클로시아는 더 이상 무서울 게 없다는 듯 거침없이 말했다.

"마요르에서 먼저 공격해 온 건 제온님이에요. 일단 공격을 받은 이상 신수교단은 이렇게밖에 행동할 수 없어요. 설마 모르고 그런 짓을 저지른 건 아니겠죠?"

"물론 잘 알고 있습니다."

제온은 순순히 고개를 끄덕였다. 사실 처음부터 노린 일이다. 초신수의 힘을 약화시키기 위해 신수교단의 신관들 숫자를 최대한 줄여놓아야 했기 때문이다.

"그러니까 일이 이렇게 된 것에 책임이 없다고는 하지 마세요. 물론 화가 나시겠죠. 화가 나서 지금 당장 절 죽이신다고 해도 이해할 수 있어요. 하지만 죽이더라도 나중에 죽이세요. 살아남은 토벌단원들이 무사히 육지로 돌아가고, 알고 싶으신 모든 사실을 제가 말씀드린 다음에 말이에요."

"딱히 화가 나지는 않습니다만."

제온은 고개를 저으며 기절한 체리오트를 바라보았다.

"역시 아깝군요. 이자는 위기를 느낀 순간부터 공포에 몸이 묶여 꼼짝도 못했습니다. 아직 힘이 남아 있는데도 말이죠."

"네? 무슨 말씀이시죠?"

"저런 겁쟁이를 지키기 위해 당신이 이렇게 노력하는 것이 아깝다는 말입니다."

"아니, 대집행관님을 위해서 이러는 게 아니에요."

클로시아는 고개를 저었다. 제온은 의외라는 표정을 지으며 물었다.

"아니라고요? 그럼 신수교단에 대한 충성입니까?"

"교단은 교단일 뿐이에요. 그렇다면 처음부터 교단의 비밀을 말해드린다고 하지도 않았겠죠."

클로시아는 담담하게 말했다. 그리고 고개를 돌려 뒤쪽에 쓰러져 있는 렌파를 바라보았다.

"그냥… 지키고 싶은 부탁이 있을 뿐이에요."

"부탁이라……. 그렇군요."

제온은 가까스로 숨이 붙어 있는 렌파의 생체 전류를 감지했다. 그는 대단히 유능했고, 신수교단 안에서 많은 사람에게 신뢰와 존경을 받고 있었다.

그렇다면 죽여야 한다. 만약 렌파가 이 자리에서 살아남는다면 오늘의 패배를 거름 삼아 더욱 강력한 토벌단을 조직해 자신을 공격해 올 테니까.

"체리오트는 아무래도 상관없습니다. 하지만 렌파님을 살려두는 건 제게 있어 무시할 수 없는 리스크군요."

제온은 숨김없이 자신의 생각을 말했다. 클로시아는 입술을 살짝 깨문 다음 필사적으로 말했다.

"잠시만요. 제가 알고 있는 신수교단의 정보를 모두 말씀드릴게요. 제온님에 대해 신수교단이 무엇을 알고 있는지, 주변의 어떤 인물들을 주시하고 있는지 모조리 다요. 거기에 신수교단에 협력하고 있는 세력들의 정보까지."

"됐습니다."

제온은 딱 잘라 대답했다. 클로시아는 그것이 자신의 제안을 거절하는 건 줄 알고 사색이 되어버렸다.

"그럼… 그냥 모두 죽이실 건가요?"

"그전에 물어보고 싶은 게 있습니다."

제온은 클로시아의 푸른 눈동자를 가만히 들여다보며 말

했다.

"당신은 신수교단에 대해 어떻게 생각하십니까?"

"네? 네?"

"초신수에 대한 믿음이나 교단에 대한 충성이 강해 보이지 않아서 묻는 겁니다."

"그건… 확실히 그래요."

클로시아는 잠시 생각하다 솔직하게 대답했다.

"교단은 절 거둬준 은인이에요. 물론 감사하고 있지만… 충성을 한다든가 하는 정도는 아니에요."

"초신수는 어떻습니까?"

"초신수는 그냥 초신수죠. 물론 예전엔 정말 열심히 기도도 했어요. 마족들이 쳐들어왔을 때, 세상의 섭리께서 직접 강림해서 마족들을 물리쳐 달라고 말이죠. 하지만… 정작 마족을 물리친 건 제온님과 친구분들이셨어요. 그것도 세상의 섭리께서 역사하신 거라고 믿는 사람들도 많지만……."

클로시아는 말끝을 흐렸다. 이토록 잔혹하게 피로 물든 전장의 한복판에서도 여전히 제온에 대해 동경을 품고 있다는 사실에 스스로 놀랄 정도였다.

그리고 제온은 그런 클로시아의 눈빛을 읽으며 말했다.

"그렇다면 한 가지 제안을 하겠습니다."

"제안이요?"

"전 쫓기는 몸이라 포로를 끌고 다닐 여력이 없습니다. 필요한 것을 얻어내면 바로 죽일 겁니다. 하지만 당신은 죽이기엔 아깝습니다."

"아……."

클로시아는 제온의 말에 가슴이 붕 뜨는 것 같았다. 전에 싸울 때는 최대한 고통스럽지 않게 죽여준다고 했는데, 이번에는 죽이는 게 아깝다고 할 정도로 대우가 바뀐 것이다.

"하지만 동료라면 다릅니다."

"동료요?"

"복잡하게 말하지 않겠습니다. 제 동료가 되지 않겠습니까?"

그것은 마치 꿈같은 제안이었다. 클로시아는 거의 반사적으로 '네'라고 대답할 뻔했다.

제온의 동료가 되어 마족들과 싸우는 것.

그것이야말로 클로시아가 마음에 품고 있는 가장 이루고 싶은 꿈이다.

그가 함께 가자고 한다면 세상 끝까지라도 함께 따라가 자신의 목숨을 바치고 싶다.

하지만 지금 그가 싸우는 상대는 바로 자신의 동료들이다. 아무리 제온을 동경하고 사랑한다 해도, 아무리 초신수에 대한 믿음이 없다 해도 하루아침에 편을 바꿔 지금까지 함께해 온 동료들을 배신할 수는 없었다.

'무슨 고민을 하는 거야? 언제나 꿈꿔오던 일이 현실로 일

어났어. 이런 기회는 두 번 다시 안 올 거야.'

클로시아는 마음속으로 스스로를 재촉했다. 사실은 동료이고 뭐고 다 걷어차고 제온의 편에 서고 싶다. 그녀의 마음속에 자리 잡은 우상은 초신수가 아니라 바로 눈앞에 서 있는 남자였다. 바로 그 남자가 자신의 편에 서달라고 제안해 온 것이다.

그랬기 때문에 갑자기 눈물이 쏟아졌다. 클로시아는 피를 토하는 심정으로 울음을 삼키며 말했다.

"그럴 수… 없어요."

제안을 한 지 10초 만에 돌아온 대답이다. 제온은 고개를 숙인 클로시아의 몸이 심하게 흔들리는 것을 확인할 수 있었다.

'당장 죽을 상황에서도 의연한 여자였다. 그런데 지금은 떨고 있군.'

덕분에 그녀의 선택이 얼마나 고통스러운 것인지 느낄 수 있었다. 클로시아는 고개를 들고는 억지로 빙긋 웃어 보였다.

"그런 말씀을 들은 것만으로도 만족해요. 하지만 그럴 수는 없어요. 전 정말 제온님을 좋아하고 동경하지만……."

클로시아는 양팔을 펼쳐 보이며 말했다.

"여기 있는 모두가 제 동료들이에요. 이미 죽은, 제온님 당신에게 죽은 이 모두가 말이에요."

"…그렇군요. 유감입니다."

제온은 고개를 끄덕였다. 그리고 새삼 그녀가 정말 좋은 여자라는 것을 느꼈다. 만약 지금과 다른 형태로 만날 수 있었다면 그들은 좋은 친구가 될 수도 있었을 것이다.

제온은 한숨을 내쉬며 물었다.

"그럼 그냥 하나만 말해주십시오."

"하나요?"

"아프레온의 성법기를 가진 사람이 누구입니까? 그것만 말해주시면 전 이곳을 떠나겠습니다."

"저, 정말요? 아무것도 하지 않고? 더 이상 아무도 죽이지 않고요?"

"네, 그냥 떠나겠습니다."

제온은 담담하게 말하며 클로시아를 바라보았다. 그녀를 보고 있자니 죽은 아내가 떠올랐다. 물론 생긴 건 전혀 딴판이지만 입술을 깨물며 슬픔을 참는 모습이 비슷하게 느껴졌다.

"…추기경님이요."

클로시아는 짧게 대답했다. 현재 신수교단엔 여섯 명의 추기경이 있었지만, 그 말을 들은 순간 제온의 머릿속에 떠오른 것은 딱 한 사람뿐이었다.

"추기경이라면… 다리우스 추기경 말입니까?"

"…네, 그분이요."

클로시아는 고개를 끄덕였다. 제온은 순간 클로시아의 먹살을 움켜쥔 다음 위로 번쩍 들어 올리며 나지막한 목소리로 말했다.

"조금 아플 겁니다."

"네? 네?"

"가능하면 비명을 크게 지르시는 게 좋겠군요."

그리고는 비어 있는 오른손으로 그녀의 명치에 가장 약한 라이트닝 볼트를 명중시켰다.

파직!

"꺄아아아아아아악!"

제온의 당부와는 상관없이 클로시아는 자지러지는 비명을 지르며 곧바로 고개를 축 늘어뜨렸다. 정상적인 몸 상태였다면 이 정도로 기절하지는 않았을 것이다. 하지만 그녀는 육체적으로, 또한 정신적으로 한계에 몰려 있던 상황이라 곧바로 의식이 끊어지고 말았다.

"약속은 지키겠습니다."

그리고는 기절한 그녀를 짐짝처럼 바닥에 떨어뜨렸다. 그것은 그녀를 위한 제온의 배려였다. 몸을 움직이진 못해도 가까스로 숨이 붙어 있는 많은 사람의 시선이 그들에게 집중되어 있었기 때문이다.

"클로시아… 당신은 점점 더 죽이기 힘든 사람이 되고 있군요."

제온은 나지막하게 중얼거리며 레비테이션으로 공중에 떠

올랐다. 전투는 생각보다 쉽게 끝났지만 뒷맛이 좋지 않았다. 수백 명의 사람을 죽여도 눈 하나 깜짝하지 않았지만, 클로시아에게 뇌전을 날릴 때는 마치 가슴속에 날카로운 가시가 박히는 것 같은 이물감이 느껴졌다.

대집행관 1명 중에 0명 사망.

1급 집행관 4명 중에 3명 사망.

2급 집행관 7명 중에 3명 사망.

수련집행관 91명 중에 68명 사망.

전투신관 414명 중에 312명 사망.

신전기사단 1280명 중에 602명 사망.

이것이 제스터 섬에서 벌어진 제1차 토벌전에서 신수교단 측이 입은 피해였다. 절반 이상이 살아 돌아온 신전기사에 비해 집행관이나 전투신관의 사망자가 높은 이유는 바로 신관의 숫자를 줄이기 위해 제온의 공격이 그들에게 집중되었기 때문이다.

그나마 토벌단에 합류했던 크롬 나이트 중에 사망자가 두 명뿐이라는 것이 유일한 희소식이었다. 물론 크롬 나이트는 신수교단 소속이 아니기 때문에 교단 측에서는 아무래도 상관없었지만, 이후 타로스 왕국이 제온의 토벌에 독자적으로 나선다는 것을 생각하면 제온에게 있어 결코 즐거운 이야기는 아니었다.

"그 여자와 한참 동안 이야기하던데, 무슨 이야기를 한 거야?"

공중을 비행하며 제스터 섬을 떠나는 도중에 마그나스가 물었다. 제온은 놀랍다는 표정으로 마그나스를 보며 되물었다.

"거기서 그게 보였어?"

"내가 워낙 눈이 좋잖아. 좀 아래로 내려와 있기도 했고."

"뭐… 별 이야기는 아니었는데……."

제온은 클로시아의 얼굴을 떠올리며 말했다.

"동료가 되지 않겠냐고 제안했어"

"동료? 뜬금없이 무슨 동료?"

"아무래도 날 좋아하는 것 같더라고."

"뭐? 그게 말이 돼? 지금의 세상에 널 좋아하는 사람이 어떻게 존재할 수 있어?"

마그나스는 말도 안 된다는 얼굴이다. 그러자 몸을 웅크린 채 마그나스의 비행 마법에 의지해 날고 있는 마이가 재빨리 끼어들었다.

"마이는 제온을 좋아해. 그러니까 마그의 말은 틀렸어."

"넌 좀 빠져. 말하자면 그렇다는 거야. 특히 신수교단의 신관 중에 말이지."

"이름이 클로시아라고 하는데, 처음부터 그런 기색이 좀 있었어."

"처음부터? 그럼 이번이 처음이 아니야?"

"라기아 시티에서 처음 봤고, 마요르에서도 싸웠고."

"그러고도 용케 살아 있었네. 혹시 봐준 거야?"

마그나스는 흥미가 생긴 듯 물었다 제온은 잠시 생각하다 고개를 저었다.

"봐준 건 아니고, 특기가 포스 실드야."

"역장이 특기라고? 그럴 수도 있나?"

"정확히는 마법 중에 오직 포스 실드만 쓸 수 있는 것 같아. 아무튼 봐준 건 아니고, 이번엔 거래를 했어."

"거래?"

"아프레온의 뿔의 소유자를 말하면 더 이상 아무도 죽이지 않겠다고."

"어쩐지 포로를 아무도 데려오지 않는다 싶더니……."

마그나스는 말끝을 흐리며 고개를 끄덕였다. 처음부터 정보를 알고 있을 법한 고급 신관, 바로 대집행관인 체리오트를 포로로 끌고 와 정보를 캐낼 계획이었다.

"그래서, 누구야?"

"다리우스."

"다리우스 추기경? 정말로?"

마그나스는 놀란 표정으로 되물은 다음 이내 골치 아프다는 얼굴로 고개를 저으며 말했다.

"하필이면 다리우스냐. 이거 귀찮게 됐네."

"신수교단의 실세라는 것까지는 알고 있는데."

"실세 정도가 아니야. 흑막이라고 할까.

"흑막?'

"신수교단이 하고 있는 모든 일의 흑막이 바로 다리우스야. 물론 처음부터 그렇게 깨끗한 집단은 아니었지만, 다리우스가 권력을 잡은 다음부터 일이 돌아가는 게 심상치가 않았어. 토벌단에 크롬 나이트나 샐러맨더 킬러를 끌어들인 것도 그 녀석인 것 같고."

하지만 그 정도 설명으로는 다리우스에 대한 마그나스의 불안감을 이해할 수 없었다. 제온은 끝없이 펼쳐진 제스터 섬의 서쪽 바다를 바라보며 말했다.

"그 정도야 추기경이면 충분히 할 수 있는 일이지 않나? 문제가 뭔데?'

"문제는 다리우스가 무슨 생각으로 그런 짓을 하는지 알 수 없다는 거야."

마그나스는 잠시 생각하다 말을 이었다.

"우선 신수교단이 독점하고 있는 성법기를 본격적으로 사업화시켰어. 그걸로 엄청난 돈을 긁어모아 사병을 키우고 있는 것 같아."

"사병이라니, 전투신관이나 신전기사를 말하는 거야?'

"아니야. 겉으로는 '근위대'라고 불리면서 교단 소속인 것처럼 보이지만, 실제로는 오직 다리우스의 명령만 받는 전투

조직이야."

"신수교단의 돈으로 개인의 군대를 만들고 있다는 거야?"

"응. 하지만 근위대의 규모나 조직원에 대해서는 거의 알려진 게 없어. 알타 왕국 상인들의 정보력은 교황이 저녁에 먹는 죽 그릇의 색깔까지 알아낼 정도인데, 정작 다리우스에 관한 정보는 쉽게 알아내지 못하는 것 같더라고."

마그나스가 알고 있는 대부분의 정보는 그와 연결된 상인 조합에서 나온 것이다. 제온은 방금 전의 토벌단과의 전투를 떠올리며 말했다.

"토벌단을 만든 게 다리우스라면, 어째서 그 근위대를 합류시키기 않은 거지?"

"그게 바로 문제라니까. 다리우스가 근위대를 키우는 건 확실해. 하지만 지금까지 단 한 번도 공식적으로 모습을 드러낸 적이 없어. 그러니까 다리우스가 대체 무슨 생각으로 근위대를 키우는지 모르겠다는 거야."

"그런가? 잘은 몰라도 그 녀석들까지 토벌단에 합류했으면 위험할 뻔했네."

"뛰어난 마법사들을 고용했다는 말도 있고, 수련집행관 중에 재능이 보이는 자들을 따로 빼내서 키운다는 말도 있어. 하지만 대부분 소문이고 확실한 건 없어. 아, 그나마 확실한 거 하나는 있네."

"뭔데?"

"타로스 왕국의 크롬 나이트. 거기에 필요한 성법기를 공급해 주는 게 바로 다리우스야."

"크롬 나이트라……."

"어땠어? 직접 싸워본 소감은?"

마그나스의 질문에 제온은 풀 플레이트 아머를 입고 자신을 향해 질주하던 위압적인 기사들의 모습을 떠올렸다.

"생각보다 강했어. 볼 라이트닝도 막아내고."

"진짜?"

"그래도 대충 어떤 구조로 되어 있는지는 이해했어. 두꺼운 갑옷 어딘가에 안티 매직에 필요한 성법기가 들어 있고, 기사들은 서로의 몸에 손을 대는 것으로 항마력을 공유하는 것 같아."

"공유라니? 그럼 숫자가 많아지면 못 막을 마법이 없다는 말이잖아?"

"그렇긴 한데……."

제온은 말끝을 흐리며 생각했다. 물론 숫자가 늘어나면 늘어날수록 마법사에게 있어 악몽 같은 존재가 되겠지만, 제온의 생각으로는 그게 말처럼 쉬운 일은 아닐 것 같았다.

"간단한 일은 아닐 거야. 크롬 나이트의 숫자를 늘리는 건."

"어째서? 성법기가 장착된 갑옷만 대량 생산할 수 있으면 그만 아냐?"

"그 갑옷이 문제야. 풀 플레이트 아머인데, 그것도 보통 풀 플레이트 아머보다 더 두꺼운 것 같았어. 그런 말도 안 되는 갑옷을 입고 자신의 발로 전장을 질주할 수 있는 인간이 그렇게 흔할까?"

자신이 그런 갑옷을 입는다면 천천히 걷는 것조차 불가능할 것이다. 마그누스는 이해가 간다는 듯 고개를 끄덕이며 대답했다.

"체력이나 근력이 엄청난 인간이 필요하다는 거네. 기술이 더 발전해서 갑옷이 가벼워지기 전까지는 걱정할 필요 없겠어."

"차라리 안티 매직 골렘을 만들어내는 쪽이 편할 거야."

제온은 자신이 태어나고 자란 악몽 같은 연구실을 떠올리며 얼굴이 무거워졌다. 반면 마그누스는 생각만으로도 반가운 친구의 모습을 떠올리며 말했다.

"골렘을 만드는 기술이 얼마나 어려운지 알고 있잖아? 게다가 안티 매직 골렘 정도라면 샤리 정도가 아니고서는 만들 수 있는 사람이 존재하기나 할까?"

"뭐, 샤리라면 충분히 만들겠지."

제온도 웃으며 고개를 끄덕였다. 그러자 조용히 이야기를 듣고만 있던 마이가 번개같이 끼어들며 말했다.

"샤리. 마법협회에 공식으로 등록된 아크메이지. 나인제로 몬스터즈의 일원. 격토계 마법의 달인. 명맥이 끊겨가던 격토계 8등급 마법 '메이크 골렘(Make golem)으로 제3차 마도대전에서 뛰어난 공적을 올림. 여기서 메이크 골렘이란……."

"어이어이, 우리가 바로 그 나인제로 몬스터즈라고."

마그나스는 마이의 말을 끊으며 그녀의 몸을 위아래로 흔들었다.

"그런 식으로 설명 안 해줘도 다 알아. 아카데미 다닐 때 샤리가 만든 골렘의 스파링 파트너가 된 게 누구라고 생각해?"

"흔들지 마, 마그. 마이는 어지러워."

마이는 무표정한 얼굴로 눈을 감았다. 제온은 쓴웃음을 지으며 마그나스에게 말했다.

"흔들지 마. 멀미나서 토하겠다."

"이 정도 가지고 뭘. 어이, 마이!"

"마이는 토하지 않아."

"아니, 그게 아니라, 이 정도면 아프레온의 힘이 얼마나 준 거야?"

마이는 대답하지 않고 제온을 바라보았다. 제온은 그녀의 붉은 눈동자를 잠시 바라보다가 말했다.

"천 명 정도 죽였을 거야. 그중에 마법을 쓰는 신관은 400명 정도였어."

"마이가 마지막으로 본 문서에는 성의력 85년 기준으로 신수교단에 충성 서약을 한 신관의 숫자는 총 2,150명이었어. 마요르에서 150명 정도가 줄었다고 계산하면, 초신수에게 공급되는 마력 중에 약 4분의 1이 줄어든 거야. 그리고 케인(Caine)의 계산으로는 적어도 절반 이하로 줄여야 제온에게 승산이 있다고 했어."

"응? 케인이 누군데?"

"케인은 성법기야."

"성법기?"

"살바스 수도회의 본진에 있는 아주 커다란 성법기야. 거기에 정보를 넣으면 결과가 나와."

"뭔가 상상이 안 가는데……."

마그나스는 눈살을 찌푸리며 잠시 생각하다 이내 어깨를 으쓱이며 마이의 몸을 위아래로 가볍게 흔들었다.

"뭐 아무려면 어때. 직접 가서 확인해 보면 되지."

"흔들지 마. 그보다도 제온, 샤리에 대한 정보를 더 설명하지 않아도 돼?"

"샤리?"

제온은 가볍게 웃으며 고개를 끄덕였다.

"샤리에 대해 무슨 설명을 더 들을 필요가 있겠어? 살바스 수도회가 무슨 정보를 긁어모았는지는 몰라도 아마 우리가 알고 있는 것보다 많이 알고 있지는 않을 거야."

"그래? 그럼 마이는 더 이상 말하지 않을게."

마이는 고개를 끄덕이며 입을 다물었다. 제온은 의아한 표정으로 그런 마이를 바라보다 이내 마그나스에게 고개를 돌려 비행 도중 중간에 쉬어갈 곳에 대한 이야기를 꺼내기 시작했다.

그리고 마이는 고개를 숙인 채 나지막한 목소리로 중얼거리듯 말했다.

"마이는 중요한 이야기라고 생각하지만……."

같은 시간. 이켈 지방에서 남쪽으로 250㎞ 떨어진 곳에 위치한 매직 아카데미의 자치구.

'지금쯤 제온은 토벌단과 싸우고 있을까?'

샤리는 귀 밑까지 짧게 자른 단발 머리카락을 손으로 넘기며 손에 든 책을 책장에 꽂았다. 스물일곱 살이라는 젊은 나이에 아카데미의 학장직에 오른 그녀에게 있어 아카데미는 자신의 고향이자 집이고, 직장이자 삶의 터전이기도 했다.

지금 그녀가 있는 도서관은 유리언 대륙의 그 어떤 왕국의 도서관보다도 거대한 규모와 장서를 자랑하는 역사 깊은 장소이다. 아카데미 메인 홀의 1층과 2층 전체가 내부로 연결된 도서관이었고, 교수들이 살고 있는 3층 위로 올라가기 위해서는 반드시 이 도서관을 거쳐 갈 수밖에 없도록 건물 구조가 만들어져 있었다.

"안녕하세요, 학장님?"

마침 근처에 있던 여학생 두 명이 고개를 숙이며 샤리에게 작은 목소리로 인사를 건넸다. 샤리는 빙긋 웃으며 고개를 끄덕인 다음, 새롭게 뽑아 든 두 권의 책을 품에 안은 채 근처에 있는 문을 열고 방 안으로 들어갔다.

"휴우……."

방 안에 들어간 샤리는 나지막하게 한숨을 내쉬며 테이블 위에 책을 올려놓았다. 아카데미의 도서관에는 이런 식으로 외부와 격리된 작은 방이 십여 개가 있었는데, 모두 도서관을 찾은 사람들이 다른 사람의 시선을 신경 쓰지 않고 책을 읽을 수 있도록 만들어진 공간이었다.

좁은 방 안에 있는 것은 오직 테이블과 의자 하나뿐이다. 항간에는 창문조차 없는 이 공간이 학생들 간의 불순한 이성 교제 공간으로 사용된다는 소문이 있었지만, 실제로는 모두가 마법사인 이곳에서 그런 과감한 행동을 할 만큼 정신 나간 학생은 존재하지 않았다. 아무리 문으로 막혀 있다 해도 바깥에서 마력을 통해 안에 있는 사람의 숫자를 체크할 수 있는 것이다.

의자에 앉은 샤리는 테이블에 놓은 책은 거들떠보지도 않은 채 뒤꿈치로 바닥을 가볍게 두드린 다음 양손을 가지런히 모아 자신의 허벅지 위에 내려놓았다.

그러자 잠시 후 덜컹 하는 소리와 함께 나무로 만든 벽면이 회전하며 한 사람이 겨우 드나들 만한 비밀 통로가 모습을 드러냈다.

"콜록콜록……."

이윽고 한 남자가 비밀 통로를 통해 방으로 들어오며 기침을 하기 시작했다. 샤리는 빙긋 웃으며 품속의 손수건을 꺼내 남자를 향해 내밀었다.

"괜찮으세요?"

"아니… 별거 아니다. 통로에 먼지가 너무 많아서."

"아무래도 따로 청소를 할 수 없는 공간이니까요. 여기까지 오시느라 고생이 많으셨어요. 제가 그쪽으로 가도 되는데……."

그쪽이란 도서관의 비밀 통로와 연결된 아카데미 외부의 여관방을 말하는 것이다. 아카데미는 그 자체만으로도 거대한 캠퍼스였지만, 캠퍼스 외부에도 학생들이나 학생들의 가족을 위한 중 규모의 마을이 자리 잡고 있었다.

"그럴 수야 없지. 아크메이지의 마력이라면 지상에서도 감지가 될 테니까."

고개를 젓는 남자의 얼굴에 강한 경계심이 드러났다. 샤리는 몸을 비스듬하게 기울이며 캄캄한 비밀 통로 입구를 바라보았다.

"확실히 요즘 감시가 늘어났어요. 사람들이 많은 자리에서 대놓고 신수교단을 화나게 했더니."

"어째서 그랬느냐?"

"물론 싫어하니까요."

샤리는 당연하다는 듯 어깨를 으쓱인 다음 빙긋 웃으며 남자의 얼굴을 바라보았다.

"농담이에요. 아, 물론 신수교단을 싫어한다는 건 농담이 아니구요."

"적당히 적대하는 편이 좋다고 판단한 거냐?"

"그런 셈이죠. 어느 정도는 강하게 나가는 편이 오히려 의심을 피할 수 있으니까요."

매직 아카데미는 어디까지나 중립적인 입장이지만, 신수교단은 제온과 친구이던 샤리를 의심하지 않을 수 없었다.

그러나 샤리가 말한 의심은 제온과 관련된 것이 아니었다. 어떤 의미에서는 제온 역시 관련되어 있지만, 그보다 더 근원적으로 신수교단과 적대하는 세력에 대한 문제였다.

샤리는 수염이 세기 시작한 남자의 얼굴을 바라보며 말했다.

"그러고 보니 데커 아저씨 얼굴을 직접 보는 건 1년 만이네요. 요즘은 통신구로만 정보를 교환했으니까요. 수도회는 상황이 어떤가요?"

"나쁘진 않다. 그날 이후로는 말이지. 하지만 결국 알바스 지부는 폐쇄하는 걸로 결정이 났다."

"살바스 수도회의… 알바스 지부가 사라졌군요."

샤리는 비슷한 이름의 운율을 맞추며 말했다. 데커라 불린 남자는 가볍게 한숨을 내쉬며 고개를 끄덕였다.

"시설이 아깝긴 하지만 피해가 너무 괴멸적이라 어쩔 수가 없었다."

"그러니까 전부터 말씀드렸잖아요. 제 골렘으로는 제온을 막을 수가 없다고."

샤리는 안타깝다는 표정을 지었다. 알바스 산맥의 연구소에서 제온을 막아선 안티 매직 골렘은 바로 그녀가 만든 것이었다.

'물론 골렘보다 더한 걸 가져다 놔도 제온을 막을 수는 없었겠지만.'

샤리는 당시의 광경이 머릿속에 떠오르는 듯했다. 아내인 프로나를 잃은 제온이 자신의 고향을 찾아가 모든 걸 파괴하는 모습이.

그리고 좀 더 오래된 기억들이 샤리의 뇌리를 스쳤다. 아홉 살이 되던 해, 그녀는 자신에게 특별히 잘해주던 아카데미 교수들의 손에 이끌려 모래뿐인 사막을 찾아갔다.

그리고 그 사막 어딘가의 무너져 가던 유적의 지하에서 처음으로 살바스 수도회에 대해 알게 되었다.

그곳은 살바스 수도회의 본거지였다. 한때 신수교단이었지만 지금은 그들의 신이던 초신수를 죽이기 위해 모든 것을 바친 자들의 조직이었다.

그리고 매직 아카데미는 그런 살바스 수도회와 비밀리에 연결되어 있었다. 총 열두 명의 교수 중에 여덟 명이 살바스 수도회 출신이었다. 물론 아카데미는 자체적으로 독립된 기관이지만, 외부로 드러낼 수 없는 수도회에 정보와 자원을 공급해 주는 중요한 역할을 담당하고 있었던 것이다.

그들은 어린 샤리에게 살바스 수도회에 들어올 것을 강요하지는 않았다. 하지만 진실을 알게 된 샤리는 자발적으로 수도회에 협력하기 시작했고, 그것은 아카데미의 학장이 된 지금까지 이어져 오고 있었다.

"전 결국 이런 일이 터질 거라고 생각하고 있었어요. 알파 프로젝트는 비인륜적이에요. 그 일을 주도한 사람들은 제온의 손에 죽어도 할 말이 없다고요."

샤리는 비난하는 얼굴로 데커를 바라보았다. 데커는 길게 한숨을 내쉬며 대답했다.

"매정하구나. 그럼 나도 제온의 손에 죽어도 어쩔 수 없다는 거냐?"

"당연하죠. 그래도 아저씨가 죽으면 무덤에 꽃 한 송이 정도는 놓아드릴게요. 그동안 알고 지낸 정이 있으니까요."

샤리는 눈 하나 깜짝하지 않고 웃으며 말했다. 데커는 다시 한 번 한숨을 내쉰 다음 그녀에게 물었다.

"혹시나 해서 물어보는 거다만… 제온이 자신의 몸에서 제어 장치를 제거했다는 사실을 알고 있었느냐?"

"몰랐어요. 하지만 그랬을 거라고 예상은 했죠. 처음 아카데미에서 그 애를 봤을 때 다리를 절고 있었거든요."

제온이 다리를 절은 것은 자신의 몸에서 제어 장치를 뽑아낸 후유증이었다. 시간이 지나 회복이 진행되면서 정상적으로 걸을 수 있게 되었지만, 아직도 자신의 힘으로 빠르게 달리는 건 불가능에 가까웠다.

"그랬다면… 미리 좀 말해주지 그랬느냐."

"수도회도 당연히 예측하고 있을 거라고 생각했어요. 자기들이 만들어 놓고도 제온이 어떤 인간인지 몰랐던 건가요?"

샤리는 어깨를 으쓱였다. 물론 수도회가 예측하고 있든 없든 간에 그녀가 일부러 제온에게 불리한 정보를 자진해서 알려주지는 않았을 것이다.

그녀가 열네 살이 되었을 때, 처음으로 강력한 마법사를 인공 배양하는 프로젝트 알파에 대해 알게 되었다.

샤리는 즉각 반발하며 비난했다. 하지만 알파 프로젝트는 수도회 계획의 근본이었다. 이제 와서 열네 살짜리 꼬마가 반발한다고 멈출 수 있는 단계는 아득히 지나 버린 상태였다.

그 때문에 지금까지도 살바스 수도회에서 샤리의 위치는 외부의 협력자에 불과했다. 그녀 스스로가 수도회에 정식으로 가입하는 것을 거절했다.

샤리는 실험체로 태어나 서로 죽고 죽이는 소년들의 존재를 알고 난 이후 매일 밤잠을 설치며 괴로워했다. 그녀를 더욱 힘들게 한 것은 그녀도 마음 한구석으로는 알파 프로젝트가 초신수를 죽이는 데 결정적으로 필요하다는 사실을 납득하고 있다는 점이다.

덕분에 실험실을 탈출한 실험체의 이야기를 들었을 때 주먹을 불끈 쥐며 환호했다. 그리고 열일곱 살이 되어 매직 아카데미에 입학했을 때, 바로 그 실험체와 같은 교실에서 공부한다는 사실에 만감이 교차하지 않을 수 없었다.

"아무튼 당신들이 그동안 무사한 건 제온의 곁에 프로나가 있었기 때문이에요. 그렇게 생각하면 역시 워터 드래곤이 프로나를 제물로 흡수한 건 단순히 마력 문제가 아니었을지도 모르겠네요."

"정말이라면 우린 이미 패배한 것이나 다름없지. 하지만 그건 그냥 운이 나빴을 뿐이다. 초신수가 제물을 선택하는 건 마력보다도 가능성이니까 말이다."

데카는 신중한 표정으로 말했다. 샤리는 천사처럼 웃던 프로나의 얼굴을 떠올리며 마음속으로 애도했다.

'들었니, 프로나? 네 뱃속에 있던 아이는 제온보다도 더 인정받은 거야. 세상의 섭리를 무너뜨릴 가능성으로 말이지.'

"아무튼 알바스 지부의 괴멸로 급박하게 되었다. 내가 이렇게 직접 찾아온 건… 상황이 어떻게 돌아가고 있는지를 직접 확인하고 또 부탁할게 있어서다."

"상황이라면 신수교단과 제온에 관련된 것 말씀이시죠?"

데카는 고개를 끄덕였다. 샤리는 바로 어제저녁에 들어온 따끈따끈한 정보를 떠올리며 빙긋 웃었다.

"당연하다면 당연한 일이지만, 토벌단은 제온을 죽이는 데

실패했어요. 제스터라는 섬에서 크게 전투가 벌어졌는데, 토벌단은 동원한 병력의 절반 이상을 잃고 가까스로 퇴각한 모양이에요."

"그렇구나. 토벌단의 규모가 이천 명 정도라고 했으니……."

"죽은 신관의 숫자는 500명이 좀 안 되는 것 같아요. 죽은 사람의 비율이 신전기사에 비해 압도적으로 높다고 하던데, 어쩌면 제온도 신수교단의 신관과 초신수의 관계를 알고 있는지 모르겠네요."

샤리는 별것 아니라는 듯 지나가는 말투로 말했다. 하지만 데카는 샤리의 말에 짐짓 충격을 받은 듯 심각한 표정으로 중얼거리기 시작했다.

"위험해. 그건 너무나 위험한 일이야."

"네? 뭐가 위험하다는 건가요?"

"제온이 그 사실을 알고 있다는 건… 역시 베타를 데려갔다는 말이다."

"베타요? 실험관은 제온이 모두 파괴했다고 하지 않았나요?"

"너한테는 그렇게 말했지. 물론 거짓말은 아니었다."

"그런데 어떻게 제온이 베타를 데려갈 수 있죠?"

"불량품이 하나 있었다."

그 순간 샤리의 눈썹이 일그러졌기 때문에 데카는 빠르게 표현을 수정하며 말을 바꿨다.

"알바스 지부의 기록에 따르면 문제가 있는 실험체가 있었다. 돌연변이가 일어났는지 선천적으로 몸의 색소가 부족하고 체력이 극단적으로 약했다고 하더군."

　"그런데요?"

　"그 실험체의 시체가 발견되지 않았다. 알바스 지부를 정리하면서 말이다."

　"그럼 제온이 그 아이만 죽이지 않고 살려서 데려간 건가요?"

　"그럴 가능성이… 있다."

　데카는 무거운 표정으로 대답했다. 샤리는 잠시 생각하다 어깨를 으쓱였다.

　"그런데요? 그게 뭐가 문제죠?"

　"문제의 그 실험체는 폐기… 흠, 처분하기 전까지 연구원들의 문서 작업을 도왔다고 하더구나."

　"폐기나 처분이나 끔찍한 표현인 건 똑같아요. 됐으니까 빨리 이야기나 하세요."

　"흠, 그러니까… 그 아이는 거의 모든 것을 알고 있다."

　"그게 무슨 말씀이죠?"

　"살바스 수도회의 목적과 계획을 말이다. 그리고 가장 문제가 되는 건… 우리 수도회의 본진이 어디에 있는지도 알고 있다는 거다."

　데커의 표정은 더없이 무겁고 불안했다. 샤리는 동정하는 얼굴로 데커를 바라보며 말했다.

"귀찮게 쫓아다니던 토벌단도 무너뜨렸으니 제온의 다음 목표는 이미 정해진 거나 다름없군요."

"그렇게 강 건너 불구경하듯이 말하지 말거라. 어쨌거나 너도 수도회의 일원이 아니냐?"

"그럴 리가요? 어디까지나 전 외부의 조력자에 불과한 걸요?"

샤리는 정색하며 고개를 저었다.

"물론 저도 초신수를 제거해야 한다는 사실엔 동의해요. 하지만 수도회의 방법은 잘못됐어요. 인류을 저버리고 천륜을 깨뜨려 봤자 그게 무슨 소용이에요?"

"하지만 그렇지 않고서는 천륜을 깨뜨릴 수가 없지 않느냐!"

데커는 발끈한 듯 소리쳤다. 그리고는 스스로 당황하며 주위를 두리번거리기 시작했다.

"이, 이런, 내가 실수로 흥분해서……."

"괜찮아요. 아저씨의 절규를 들은 사람은 저밖에 없으니까요."

샤리는 한숨을 내쉬며 말했다. 비록 제온 정도로 정교하고 넓지는 않았지만 그녀의 감지력 역시 모든 '정상적'인 마법사를 통틀어 둘째가라면 서러워할 만큼의 수준이었다.

"아, 아무튼 지금 중요한 건 우리 본진이 위기에 처했다는 거다. 그리고 너도 알다시피 우리는 본진을 다른 곳으로 옮길 수가 없지 않느냐."

"그렇죠. 거기엔 케인이 있으니까요."

샤리는 본진의 최심부에 자리 잡고 있는 정체불명의 거대한 장치를 떠올렸다.

정보를 입력하면 답을 알려주는 성법기.

그러나 단지 그것뿐만이 아니다. 그곳에는 현 세대 인간의 상식을 아득히 초월하는 막대한 양의 정보가 들어 있었다.

오래전 처음으로 그것을 발견한 살바스라는 이름의 신관에게 초신수와 신수교단의 진실을 알려준 것도 다름 아닌 그 장치였다. 살바스 수도회가 알파와 베타를 만들어낼 수 있는 것도 케인의 안에 남아 있는 정보 때문이고, 샤리가 휴대용 통신구의 개발에 성공한 것도 거기에 필요한 재료와 기술을 케인으로부터 얻어낼 수 있었기 때문이다.

"지금 상황에서 제온이 본진을 찾아오면… 우리로서는 녀석을 막을 수가 없다. 그래서 내가 직접 여기까지 찾아온 것이다. 네게 부탁하기 위해서 말이다."

데커는 절실한 표정으로 말했다. 샤리는 어이없다는 얼굴로 그를 바라보았다.

"저보고 제온을 막으라구요? 진심으로 하는 말씀이세요?"

"그래도 같은 아크메이지 아니냐?"

"아크메이지가 문제가 아니에요. 제가 미쳤다고 제온과 싸우겠어요?"

"싸우면 진다는 이야기냐, 아니면 싸우기 싫다는 이야기냐?"

"둘 다요. 싸우면 질 게 뻔하고, 싸우기도 싫어요."

샤리는 한숨을 내쉬며 고개를 저었다.

"제온을 막고 싶으면 마왕이라도 데려와야 할 거예요. 아, 물론 그 마왕도 예전에 제온이 죽였지만요. 물론 네프카라면 제온과 좋은 승부를 낼 수 있겠지만……."

"우리가 무슨 수로 페슈마르 왕국의 국왕을 섭외할 수 있겠느냐."

"제 말이 그 말이에요."

"그렇다면… 우린 결국 실험체를 꺼낼 수밖에 없다."

데커는 우울한 표정으로 중얼거렸다. 샤리는 눈살을 찌푸리며 채근했다.

"설마 또 있었어요? 알파와 베타 말고? 본진에서 세타라도 만들고 있던 건가요?"

"알파는 재현이 불가능하고, 베타는 실패할 가능성이 높았다. 우리가 세타를 기획하는 것도 당연하지 않으냐?"

"정말로 세타란 말이군요."

샤리는 기가 찬다는 듯 고개를 저으며 말했다.

"또 얼마나 많은 불쌍한 여자를 희생시켰나요? 당신들 진짜 역겨운 거 알아요?"

"뭐라고 말해도 상관없다. 하지만 알면서 막지 않았다는 건 너에게도 책임이 있다는 거야. 제온이 그 사실을 알게 되면 널 어떻게 생각할까?"

"후, 지금 절 협박하시는 건가요?"

샤리는 지긋지긋하다는 듯 웃었다. 그리고 의자에서 일어나 데커의 어깨에 묻은 먼지를 털어주기 시작했다.

"그러고 보니 먼지가 많이 묻으셨네요. 혹시 통로를 지나오면서 못 보셨어요? 가지런히 세워둔 석상들을?"

"물론 봤다. 전에 왔을 때보다 몇 개가 더 늘어나 있더구나."

데커는 자신이 지나온 비밀 통로에 늘어서 있던 석상들을 떠올렸다. 사람보다 조금 큰 사이즈의 석상들은 제각각 공포와 경악에 사로잡힌 인간의 순간적인 감정을 적나라하게 드러내고 있었다.

"그거 전부 진짜 사람이에요."

샤리는 데커의 귓가에 속삭이듯 말했다.

"아카데미를 노리는 적대 세력의 스파이, 반목하는 가문의 자제를 죽이기 위해 보낸 킬러, 주류에 들지 못해 반란을 획책하는 교수, 모두 제가 직접 처리했어요. 알고 계시잖아요? 매직 아카데미의 총장직이 결코 깨끗한 자리가 아니라는걸요."

"샤리……."

"제온 하나를 상대하는 걸로 성이 차지 않으시다면야 얼마든지 상대해 드리겠어요. 그러니까 절 화나게 하지 마세요. 안 그러면 제온이 본진에 도착했을 때 거기서 수십 개의 석상을 발견하게 될 테니까요."

"널… 여기까지 오게 한 게 우리라는 것을 잊은 게냐?"

"그래서요? 고맙다고 절이라도 할까요?"

샤리는 어깨까지 올라오는 암 랭스(Arm length)라 불리는 하얀 장갑을 신경질적으로 벗어 던졌다. 장갑 안에 숨겨져 있던 그녀의 양팔은 힘줄과 핏줄이 보기 흉하게 일어나 있었다.

"이걸 보라구요. 당신들이 해놓은 짓을. 제가 대체 왜 목숨 걸고 당신들을 지켜줘야 하죠? 평생 동안 사람들에게 맨살을 내보일 수 없게 해줘서?"

"…덕분에 아크메이지 급의 마력을 얻지 않았느냐?"

"누가 달라고 했냐고요!"

순간 돌로 만들어진 바닥이 흐물흐물 녹아들기 시작했다. 데커는 한쪽 발이 땅 밑으로 꺼지는 것을 느끼며 숨을 들이마셨다.

"미안하다, 샤리. 우린 그냥 재능이 있는 네게 더 큰 마력을 주고 싶었을 뿐이야. 다시 한 번 말하지만… 마력 주입기에 그런 부작용이 있을 거라곤 생각도 못했다."

"당연하죠. 알고 그랬으면 당신들 모두 사형이에요."

샤리는 광기에 번뜩이는 눈을 질끈 감았다. 모든 일에는 양면성이 있지만, 살바스 수도회를 향한 샤리의 마음만큼 애증이 반복되는 경우도 드물었다.

"…당신들의 사명이 중요한 건 알고 있어요. 인류를 위한, 아니, 지상에 있는 모든 지성을 가진 종족을 위한 숭고한 사명이죠. 저도 그걸 알고 있으니까 지금까지 눈감아준 거예요.

가능한 한 모든 지원을 아끼지 않았고요."

"그래, 알고 있다."

데커는 침통한 얼굴로 고개를 숙였다. 샤리는 그에게서 떨어지며 방문을 향해 몸을 돌렸다.

"직접 도와드릴 수는 없어요. 제온을 상대로 이길 수도 없을뿐더러 제온에게 원한을 사고 싶지도 않아요."

"샤리……."

"그 대신 새로 만든 골렘들을 보내드릴게요. 열 살 때 만든 것보다는 훨씬 쓸 만할 거예요."

알바스 산맥의 연구소를 지키던 안티 매직 골렘. 그것은 바로 샤리가 열 살 때 만든 골렘이었다. 데커는 그 이상의 지원이 불가능하다는 걸 느끼며 미련 없이 비밀 통로를 향해 몸을 돌렸다.

"고맙다, 샤리. 하지만 우리가 입을 다물고 있어도… 제온은 이미 살바스 수도회와 너의 관계를 알고 있을지도 몰라."

"가세요. 더 이상 절 괴롭히지 말고."

"…알겠다. 잘 있거라."

데커는 고개를 끄덕이며 비밀 통로 안으로 사라졌다. 샤리는 질끈 감았던 눈을 뜨며 긴 한숨을 내쉬었다.

"제온이… 그걸 알게 된다고?"

샤리는 가슴 안쪽이 짓눌린 것처럼 오그라드는 기분을 느꼈다. 그녀는 매직 아카데미에 처음 입학했을 당시를 떠올리며 입술을 깨물었다.

어째서 저 아이는 인형처럼 표정이 없는 걸까?

모두가 제온을 보며 궁금해할 때, 오직 샤리만이 그 이유를 알고 있었다. 심지어 어린 시절 그녀는 실험관 속에서 자라고 있던 제온을—물론 수많은 알파 중의 하나였지만—직접 본 적도 있었다.

알바스 산맥의 연구소에서 벌어진 일은 이미 아카데미에 전해진 상태였다. 제온은 연구소에서 완전히 벗어났다고 생각했다. 하지만 그와 스태틱 가문을 연결해 준 것도, 신체적으로 부적격한 그를 별다른 제지 없이 아카데미에 받아준 것도 모두 살바스 수도회와 연결된 매직 아카데미의 계획에 불과했다.

세상 속에 풀어놓고 길러야 하는 것이다.

진정한 알파를 완성하기 위해서는.

"사실은 내가 먼저 다가가고 싶었는데……."

샤리는 문에 머리를 기댄 채 나지막한 목소리로 중얼거렸다. 모든 걸 알고 있는 그녀는 제온이 인간 사회에 적응할 수 있도록 도와주고 싶었다. 하지만 만들어진 인간에 대한 무의식적인 공포가 며칠이 지나도록 그녀가 제온에게 접근하는 것을 가로막았다.

그사이 제온에게 먼저 다가간 것은 프로나였다. 프로나는 아무것도 몰랐지만, 샤리는 상상조차 할 수 없는 방식으로 제온을 서서히 인간으로 돌려놓았다.

결국 그들은 맺어졌고, 샤리는 한발 뒤에서 두 사람을 축복해 주었다. 둘은 정말 잘 어울렸고, 자신은 더러운 조직에 한쪽 발을 담그고 있는 위선자에 불과했다.

"피부도 더럽고 말이야. 여자의 피부는 생명인데."

샤리는 자조하듯 웃으며 자신의 팔을 바라보았다. 수십 마리의 지렁이가 피부 안쪽에서 굳어버린 듯 보기 흉한 자신의 팔은 언제나 똑같은 모습으로 거기에 남아 있었다.

총 6년 동안 함께 배우고 함께 싸운 나인제로 몬스터즈 앞에서도 샤리는 단 한 번도 장갑을 벗어 맨살을 보여준 적이 없다. 어쩌면 프로나보다 먼저 제온에게 다가가지 못한 것은 제온에 대한 공포가 아니라 스스로에 대한 혐오감 때문이었을지도 모른다.

"자기도 좋아하지 못하면서… 대체 누굴 좋아할 수 있겠어?"

샤리는 바닥에 내던진 장갑을 주워 끼며 가면 같은 표정으로 웃어 보였다.

그녀는 자신이 어떤 얼굴로 웃는지 잘 알고 있었다. 그래서 언제나 프로나가 부러웠다. 천사처럼 웃던 프로나는 분명 자기 자신을 진심으로 아끼며 사랑했을 것이다.

같은 시간, 알바스 산맥의 깊은 고원에 수십 명의 남자가 흩어진 채 무언가를 찾고 있었다.

"추기경님! 이곳입니다!"

그중에 무언가를 발견한 남자가 손을 번쩍 치켜들며 소리쳤다. 조금 떨어진 캠프의 간이 테이블에 앉아 차를 마시고 있던 다리우스는 즉시 몸을 일으켜 소리가 들린 곳을 향해 걸어가기 시작했다.

"여기가 입구인가?"

"틀림없습니다. 전에 확인한 그곳입니다."

하얀 망토를 걸친 남자는 밝은 표정으로 고개를 끄덕였다. 다리우스는 손으로 턱을 쓰다듬으며 지면에 놓인 나무로 만든 덮개를 바라보았다. 성에가 잔뜩 낀 덮개는 박살이 난 채 구멍이 뻥 뚫린 상태였다.

"로슨, 이 구멍은 선발대가 뚫고 들어가서 생긴 건가?"

다리우스의 질문에 한때 수련집행관이던 로슨이 고개를 저으며 대답했다.

"아닙니다. 처음 발견했을 때부터 파손되어 있었습니다."

"흐음, 역시 제온인가?"

"이단자 말씀이십니까?"

"올해 초에 이곳에서 이단자의 움직임이 감지되었지. 혹시나 해서 너희들을 보낸 건데… 부디 직접 온 보람이 있었으면 좋겠구만."

"별거 아니었으면 추기경님을 직접 왕림하시게 했겠습니까? 분명 깜짝 놀라실 겁니다."

로슨은 레비테이션으로 살짝 떠오른 다음 긴장과 기대가 섞인 표정으로 구멍 위로 이동하며 말했다.

"그럼 따라오시죠. 제가 앞장서겠습니다."

"위험하지 않나?"

"이미 선발대의 조사가 끝났습니다. 안쪽 통로에 부서진 골렘의 파편이 대량으로 있습니다만 문제는 없습니다."

"골렘?"

"이 시설을 지키던 골렘인 것 같습니다. 이 시설이 이단자의 공격을 받았다면 골렘을 파괴한 것도 분명 그자일 것입니다."

"이거 점점 더 흥미로워지는군. 먼저 들어가게."

다리우스 역시 레비테이션으로 떠올라 로슨과 함께 구멍 안쪽으로 내려가기 시작했다. 이미 토벌단이 제스터 섬에서 대패를 하고 가까스로 육지로 도망쳤다는 보고를 받은 상황이지만, 탐험을 시작한 그의 표정에선 조금의 불안이나 고민의 흔적을 찾아볼 수 없었다.

『광신사냥꾼』 3권에 계속…

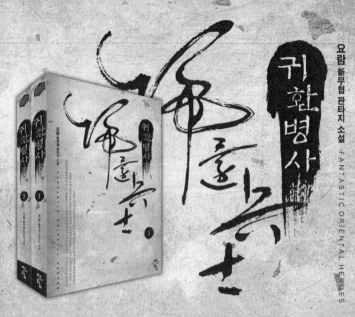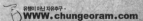

김현우 퓨전 판타지 소설

레드 크로니클
Red Chronicle

『드림워커』, 『컴플리트 메이지』의 작가
김현우가 색다르게 선보이는 자신작!

『레드 크로니클』

백 년의 세월 검을 들고 검의 오의에
다가선 남자 티엘 로운.

모든 것을 베는 그가 마지막으로
검을 휘둘렀을 때
그를 찾아온 것은 갈라진 시공간,
그리고… 자신의 젊은 시절이었다!

"하암, 귀찮군."

검의 오의를 안 남자가 대륙을 바꾼다!
티엘 로운의 대륙 질풍기!

유형이 아닌 자유추구 -
WWW.chungeoram.com

도시의 주인

말리브 장편 소설
FUSION FANTASTIC STORY

말리브 작가의 신작 현대 판타지!

죽기 위해 오른 히말라야.
그러나, 죽음의 끝에 기연을 만나다!

『도시의 주인』

다시 한 번 주어진 운명.
이제까지의 과거는 없다!

소중한 이를 위해! 정의를 외친다!

Book Publishing CHUNGEORAM